SWORD ART ONLINE
ソードアート
オンライン
プログレッシブ
008
川原 礫
イラスト／abec
デザイン／ビィピィ

「あの……これ、なに？」
キリト
アインクラッド最上層到達を目指す剣士。《ソロ》プレイヤーだが、現在はアスナとコンビを組んでいる

「うるさいわね、こういうものなの」
アスナ
《SAO》に閉じ込められた女性プレイヤーの一人。自棄になっていた自身の考えを改め、ゲームクリアを目指す

「……いつまで見てるの？」
「い、いやその、綺麗だなーと思って……」

「ば、バカじゃないの」

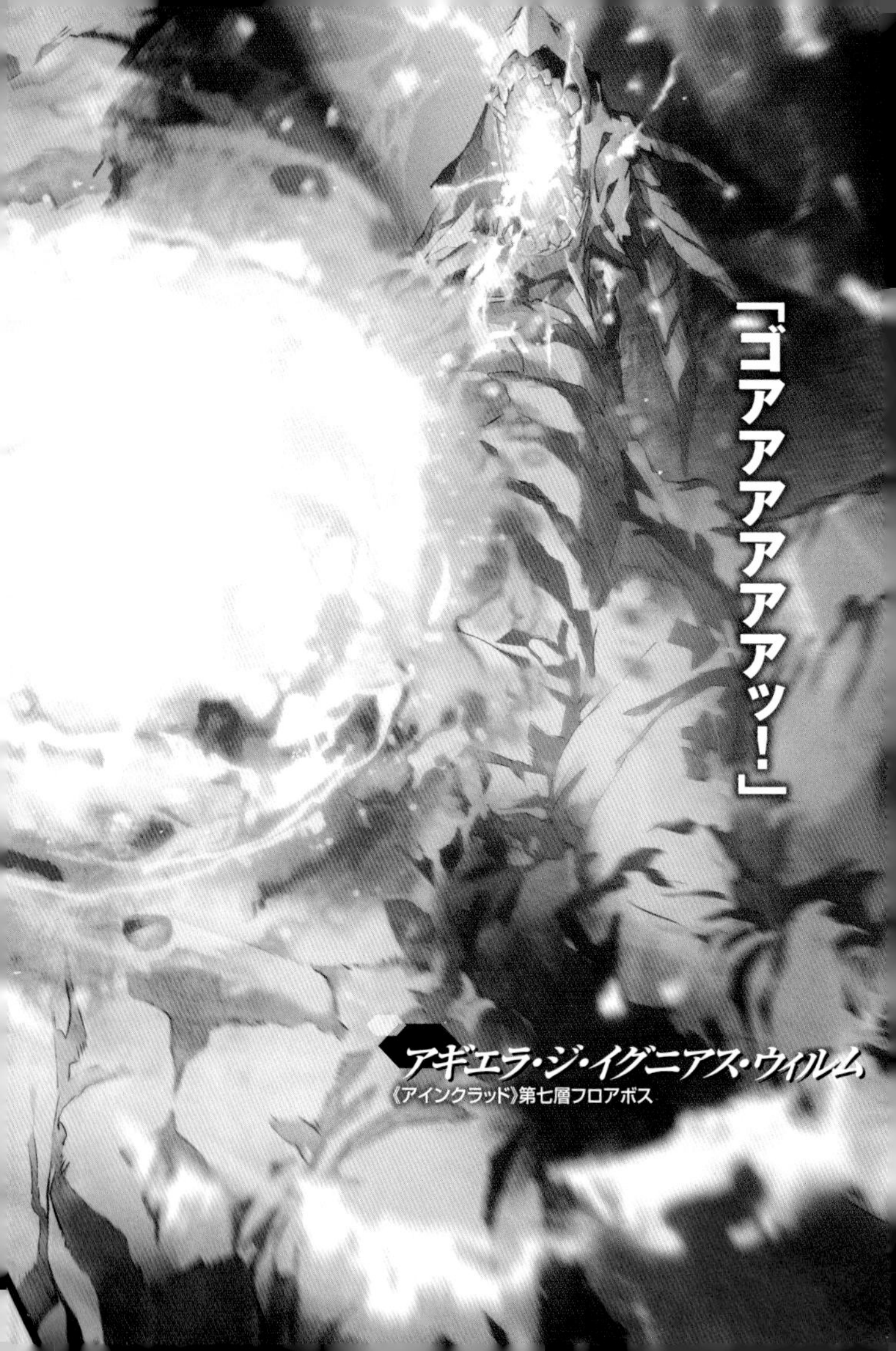
「ゴアアアアアアッ！」
アギエラ・ジ・イグニアス・ウィルム
《アインクラッド》第七層フロアボス

「──みんな、耐えてくれ！」
「うああっ！」
「お……おい、どうするんや！」
「ひいいっ！」

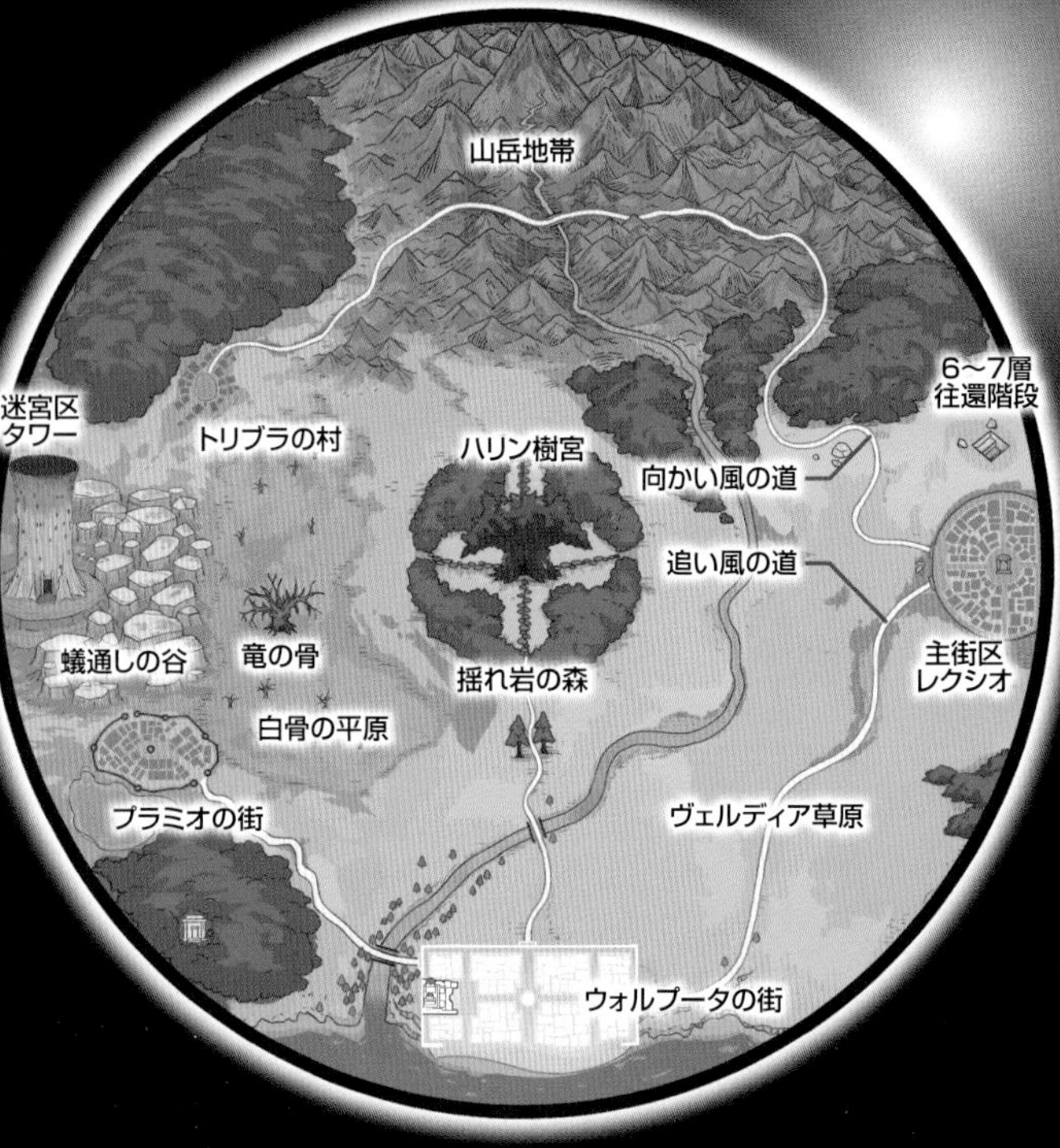

AINCRAD

浮遊城アインクラッド　各階層データ

■第七層

第七層の特徴は二つある。ひとつ目は《常夏》だ。

キリトたちが第七層を訪れたのは、現実世界では真冬の一月。だがそれにもかかわらず、真夏の日差しと蒸し暑さが、フロア全体を支配している。

もうひとつの特徴は、《カジノ》だ。

第七層のスタート地点・主街区レクシオは東の端に、ゴール地点・迷宮区タワーは西の端にある。迷宮区タワーに向かう道は二つあるが、片方は険しい地形と多数のモンスターが待ち受ける《向かい風の道》。もう片方は、地形は平坦、モンスターの湧きも少ない《追い風の道》。追い風の道を行った先に、巨大なカジノが特徴の街、《ウォルプータ》がある。

ウォルプータのカジノでは、カードゲームやダイス、ルーレットなどさまざまなギャンブルが楽しめるが、中でも一番の目玉は《バトルアリーナ》、すなわちモンスター闘技場だ。

出場モンスターは、すべて第七層に棲息するもので、バトルは一対一で行われる。試合数は昼の部と夜の部で各五試合、一日十試合が行われる。ベータテスト時代、多数のプレイヤーがここで財産を失ったという。

イラスト／来栖達也

SWORD ART ONLINE

SWORD ART ONLINE
ソードアート・オンライン
PROGRESSIVE
プログレッシブ

008

川原 礫

イラスト／abec

「これは、ゲームであっても遊びではない」

『ソードアート・オンライン』プログラマー
茅場晶彦

デザイン／ビィピィ

SWORD ART ONLINE PROGRESSIVE

赤き焦熱のラプソディ(下)

アインクラッド第七層　2023年1月

14

日本では複合型温泉施設《おんせんしせつ》に対して用いられる《スパ》という単語は、ベルギーにある同名の温泉地が語源なのだと、現実世界にいた頃《ころ》何かで読んだことがある。

だから、ウォルプータ・グランドカジノの総支配人ニルーニルから「スパに行かない？」と誘《さそ》われた時、アスナは少々驚《おどろ》いた。しかしそれを言うなら、異世界の住人たるニルーニルたちが日本語を喋《しゃべ》っていることだってそもそもゲームの都合なのだ。この世界はあくまで仮想空間で運営されるＶＲＭＭＯＲＰＧで、全ての住人はプログラムによって動かされているＮＰＣである……はずなのだが。

「アスナ、背中を流してやろう」

左で髪《かみ》を洗っていたダークエルフ騎士《きし》のキズメルにそう言われ、アスナは一度瞬《まばた》きしてから笑顔《えがお》で頷《うなず》いた。

「本当？　じゃあ、お願いしようかな」

「いいとも」

キズメルは、何らかの植物を加工したとおぼしき細目《ほそめ》のスポンジに、瓶入《びんい》りのボディソープらしき液体を垂らしてたっぷり泡立《あわだ》てると、白木の椅子《いす》ごとアスナの後ろに移動した。背中を丸め、スポンジが触《ふ》れるのを待ったが、いきなり指先で背骨のあたりを上から下に撫《な》でられ、びくっと体を跳《は》ねさせてしまう。

「ひゃっ……ちょっと、何するのよ！」

「ははは、すまんすまん。ティルネルと風呂《ふろ》に入ると、よくいまの悪戯《いたずら》をやられたことを思い出してな……ついやり返したくなってしまった」

「わたしにやり返すのは理不尽《りふじん》でしょ……まあ、いいけど」

「ふふ、悪かった」

もう一度謝《あやま》ると、キズメルは今度こそスポンジでアスナの背中を擦《こす》り始めた。強すぎも弱すぎもしない、ちょうどいい力加減。誰《だれ》かに背中を流してもらうのは、もしかしたら家族と入浴していた小学校低学年の頃《ころ》以来かもしれない。

ＮＰＣのキズメルが《プレイヤーと入浴した時は背中を流す》ようにプログラムされているとは思えないし、《妹にされた悪戯《いたずら》をプレイヤーにやり返す》のは生身の人間だってなかなか思いつかないか、思いついても実行しない行動だろう。やはりキズメルは、ただのプログラムではないだけでなく、アスナが現実世界で見知っていたＡＩとも大きく異なる存在なのだ。

いまやアスナは、キズメルを……そして他の多くのＮＰＣたちを、異世界アインクラッドに生きる本物の住人たちなのだと認識《にんしき》している。それはきっと、暫定《ざんてい》パートナーのキリトも同じだろう。

そんなことを考えながらキズメルの手に体を委ねていると、《他のＮＰＣ》の代表格であるところのニルーニルが、アスナの右側で羨《うらや》ましそうな声を出した。

「それ、気持ちよさそうね。キズメル、私の背中もやってくれる？」

「喜んで。少しお待ちを」

キズメルは、洗い終えたアスナの背中の泡《あわ》を、手《て》桶《おけ》のお湯で丁寧《ていねい》に洗い流した。

「ありがと、キズメル」

「どういたしまして」

礼を言ったアスナに微笑《ほほえ》みかけ、椅子《いす》ごと右に移動する。

同じ白木の椅子《いす》に座《すわ》るニルーニルは、豪奢《ごうしゃ》な金髪《きんぱつ》を両手で二つに分け、体の前側に垂らした。露《あら》わになった人形のように細い背中を、キズメルが優《やさ》しくスポンジで擦《こす》る。

心地《ここち》よさそうに目を閉じる少女の横顔を、微笑《ほほえ》ましい気持ちでしばし見詰《みつ》めてから、アスナは広い浴場に視線を巡《めぐ》らせた。

ウォルプータ・グランドカジノの三階にある超高級ホテルの中にある浴場は、スパと呼ぶに相応《ふさわ》しい広さと豪華《ごうか》さを備えている。

廊下《ろうか》に面したドアを通るとまず寝椅子《ねいす》を並べたラウンジがあり、続いて清潔な脱衣所《だついじょ》があり、その先がようやく浴場なのだが、リゾートホテルや温泉宿の大浴場とも、スーパー銭湯やクアハウスとも似て非なる雰囲気《ふんいき》だ。

何と言っても、まず窓がない。いまは午後一時なので、南向きの大きな窓があれば日差しをふんだんに取り込めるはずだが、照明は壁《かべ》に並ぶランタンだけだ。黒っぽい天然石を主とした内装と相まって、ニルーニルの部屋ほどではないが薄暗《うすぐら》い。しかし、まるで温室の如《ごと》く大量に配置されたバリエーション豊かな植物が、閉塞感《へいそくかん》を打ち消している。

十メートル四方はありそうな浴場面積の半分が洗い場だが、これは完全に日本風の造りで、常に新鮮《しんせん》なお湯が流れる樋《とい》と、スポンジやシャンプーやボディソープが用意された棚《たな》の前に、白木のバススツールが並んでいる。いや、そもそも現実世界のアメリカやヨーロッパのホテルには大浴場などないのだから、この場所そのものが日本的だと言える。

その意味では、ファンタジーの定番である中世ヨーロッパ風の世界観を採用しているアインクラッドには本来存在するべきではない施設《しせつ》なのかもしれないが、アスナにしてみれば広くて豪華《ごうか》なお風呂《ふろ》を排除《はいじょ》することで保たれるリアリティーなど、揺《ゆ》れ岩《いわ》の森の吸血ウミウシほどの価値もない。

三層のダークエルフ野営地にあったテント風呂《ぶろ》、四層のヨフェル城や五層のシヤーヤの村の大浴場、そして六層のガレ城の地下温泉が、どれほど心を癒《いや》し、活力を与《あた》えてくれたことか。いやそれらの前に、一層でキリトが借りていた農家二階の部屋の風呂場《ふろば》……あの日、あそこで心ゆくまで入浴できなければ、アスナはデスゲームＳＡＯに立ち向かう気力を失っていたかもしれない。

思い起こせば、情報屋のアルゴと初めて会ったのもあの場所だった。いきなり浴室に入ってきた時は思い切り悲鳴を上げてしまったが、いまでは無条件に心を許せる大切な友達だ。

そのアルゴはさっさと髪《かみ》と体を洗い終え、巨大《きょだい》な浴槽《よくそう》を独《ひと》り占《じ》めしている。手足を伸ばして脱力《だつりょく》している姿を見た途端《とたん》に我慢《がまん》できなくなり、アスナはキズメルに声を掛《か》けた。

「わたし、お湯に浸《つ》かってるね」

「ああ、我々もすぐに行く」

という返事に頷《うなず》いてから立ち上がり、天然石の床《ゆか》を横切って浴槽《よくそう》へ。手桶《ておけ》でかけ湯をして、透明《とうめい》なお湯に滑《すべ》り込む。

「はううう………」

という声が漏《も》れるのを止めることはできない。手足の先までじんわりと痺《しび》れるような快感に身を委ね、口許《くちもと》までお湯に沈《しず》んで瞼《まぶた》を閉じる。

ＳＡＯのＶＲシステムが最も苦手にしているのは液体の表現だ──といつかキリトが言っていた。確かに一層で入浴した時は、素肌《すはだ》とお湯の馴染《なじ》み感《かん》や全身を包む圧力感、水面で揺《ゆ》れる反射光、水滴《すいてき》の挙動などに少しずつ違和感《いわかん》が残った。しかしそれも、入浴回数を重ねるにつれ気にならなくなってきている。アスナがＶＲ風呂《ぶろ》に慣れたのか、システムが進化しているのか。ここにキリトがいれば意見を聞けるのに……などと思ってしまってから、いちゃダメでしょ！と自分に突っ込みを入れる。

と、アスナの思考を読んだかのように――。

「イヤー、キー坊《ぼう》も来りゃ良かったのにナー」

左側でぐんにゃり脱力《だつりょく》していたアルゴがいきなりそんなことを言ったので、アスナは危《あや》うくお湯を飲《の》み込みそうになってから、水面に口を出した。

「そ、そんなわけにいかないでしょ……ここ、男湯ないし」

「目隠《めかく》しさせりゃオッケーだヨ」

「それはさすがにかわいそうだよ」

苦笑《くしょう》してから、ふと気付く。

「……あれ、アルゴさん、このお風呂《ふろ》って女湯の表示あったっけ……？」

「なかったナー」

「…………」

思わず浴場の入り口を見てしまう。ということはここは混浴で、この瞬間《しゅんかん》にも男のＮＰＣ、あるいはプレイヤーが入ってくる可能性があるのだろうか。

「大丈夫《だいじょうぶ》よ」

またしてもアスナの心を読んだかの如《ごと》き発言が、すぐ後ろから降ってきた。

振り向くと、髪《かみ》と体を洗い終えたニルーニルが両腰《りょうこし》に手を当てて立っていた。

「宿泊客《しゅくはくきゃく》がここを使えるのは午後三時から夜九時までで、いまは私たちの貸し切り。だから、こんなことをしても許されるわ」

　そう言うや、一瞬《いっしゅん》体を沈《しず》めてから高々とジャンプ。空中で前方屈伸宙返《くっしん》りを決め、お尻《しり》から浴槽《よくそう》に落下する。華奢《きゃしゃ》な体つきでも勢いが勢いなので盛大《せいだい》にお湯が飛び散り、アスナとアルゴの頭上に雨の如《ごと》く降り注ぐ。

　前髪《まえがみ》から雫《しずく》をぽたぽた垂らしながら呆然《ぼうぜん》としていると、ほとんど音を立てずに浴槽《よくそう》に入ってきたキズメルが真顔で言った。

「もしここにキオ殿《どの》がいたら怒《おこ》られたのでは？」

「間違《まちが》いないわね」

　水面に浮《う》いてきたニルーニルがしれっと肯定《こうてい》する。

「お風呂《ふろ》はほとんどキオと一緒《いっしょ》だから、たまに別々の時があると、普段《ふだん》できないことをしたくなるのよ。アスナたちも飛《と》び込んでみたら？」

「え、遠慮《えんりょ》しておきます」

　どうにか作った笑顔《えがお》でそう答えながら、アスナは内心で「絶対にただのプログラムじゃないよね」と呟《つぶや》いた。

　濡《ぬ》れた前髪《まえがみ》を両手で掻《か》き上げて後ろに流し、再び全身を弛緩《しかん》させる。お湯は少し熱めだが、現実世界と違《ちが》って湯あたりしたり脱水《だっすい》したりという心配はない。付け加えれば、腰下《こしした》まであるロングヘアをまとめずに湯船に浸《つ》かっても、抜《ぬ》け毛《げ》が浮《う》いたり体に絡《から》まったりもしない。

この世界の便利さに慣れすぎると、現実世界に戻《もど》ったあと苦労しそうだな……と考えてから、淡《あわ》く苦笑《くしょう》する。一層からずいぶん高いところまで上ってきた気がするが、まだたった七層なのだ。浮《ふ》遊城《ゆうじょう》アインクラッドの未踏《みとう》フロアは頭上に九十三層も残っている。仮に一層を一週間で攻略《こうりゃく》できたとしても、二年近くかかる。いや、フロアの難易度はどんどん上がるはずだから、それすらも希望的観測だろう。

でも、不思議なことに、未来に思いを馳《は》せても以前ほどは絶望を感じない。一度でもHPがゼロになれば本当に死ぬという異常で非情な世界に慣れてしまったのか、という思考をすぐに打ち消す。それも少しはあるかもしれないが、全てではない。

たぶん、絶望を中和してくれるものたちが、アスナの中に少しずつ溜《た》まってきているのだ。風景の美しさや食事の美味《おい》しさ、お風呂《ふろ》の快感、謎解《なぞと》きの達成感、アルゴやキズメルとの交流……そして、いつも隣《となり》にいる黒髪《くろかみ》の暫定《ざんてい》パートナー。認めるのは少々しゃくだが、彼がアスナを怒《おこ》らせたり呆《あき》れさせたり驚《おどろ》かせたり笑わせたりするたび、澱《おり》のように積もった恐怖《きょうふ》や焦燥《しょうそう》がわずかに吹《ふ》き払《はら》われていく。

彼と一緒《いっしょ》に旅をしていれば、いつか心の中の黒いものが全て消え去る日が来るのだろうか。この世界に囚《とら》われたことにも意味があったと思えるようになるのだろうか。

いまはまだ、確信は持てない。予期せぬ巨大《きょだい》な絶望に打《う》ち倒《たお》され、立ち上がれなくなってしまうかもしれない。それでも――。

右側で瞼《まぶた》を閉じているキズメル、左側で何やらニヤニヤしているアルゴ、正面で手足を伸ばしてお湯に浮《う》いているニルーニルを順に見てから、アスナは今夜また入浴する機会があったらキリトを誘《さそ》ってあげてもいいかも、と考えた。

もちろん、水着着用前提ではあるが。

15

それにしても暑い。

少し悩《なや》んでからメニューウインドウを開き、メイン防具の《コート・オブ・ミッドナイト》を除装する。もう二秒ほど考え、《フォーティファイド・ブレストプレート》もストレージに戻《もど》す。

これで俺が装備している衣類は、インナーを除けば黒の長袖《ながそで》シャツと同色のパンツだけだ。どちらもタイトなデザインだが、パンツは《影糸《かげいと》》なるファンタジック素材で作られていて、ハイディング効果が高いうえに体感温度をわずかながら調節してくれる。ふう、と息を吐《は》き、周囲を見回す。

現在位置は、ウォルプータ・グランドカジノの北側の壁《かべ》と、高い塀《へい》に挟《はさ》まれた薄暗《うすぐら》い通路の中間あたり。カジノの前庭とこの通路は厳《いか》めしい鉄柵《てっさく》で隔《へだ》てられていたので、一般客《いっぱんきゃく》立ち入り禁止ゾーンであることは確定的だ。しかしＳＡＯには、従来型の３ＤアクションＲＰＧに付きものだった《絶対に越《こ》えられない透明《とうめい》な壁《かべ》》が存在しないため、塀《へい》や柵《さく》、壁《かべ》を乗《の》り越《こ》えようと思えば——もちろん筋力や敏捷力《びんしょうりょく》の許す範囲《はんい》で——越《こ》えられるし、それだけで犯罪者《オレンジ》フラグが立ってしまうことも原則的にない。

しかし衛兵NPCに見つかれば話は別だ。いきなり攻撃《こうげき》されたりはさすがにしないと思うが、ハリン樹宮《じゅきゅう》でのことを思えば、捕縛連行監禁尋問《ほばくれんこうかんきんじんもん》あたりまでは大いに有り得る。通路の左側は四階建てのカジノの壁《かべ》、右側は高さが三メートルはありそうな塀《へい》で、仮に前後から挟《はさ》まれたら逃げ場がない。今夜はニルーニルに依頼《いらい》されたコルロイ家の不正暴露《ばくろ》作戦、明日はキズメルの名誉《めいよ》を回復するための秘《ひ》鍵奪還《けんだつかん》作戦と重要ミッションが続くので、たとえ一晩でも投獄《とうごく》されるわけにはいかない。

無茶をせずに引き返すべきか……と思うが、何かを見落としているのではという漠然《ばくぜん》とした不安がずっと腹の底に居座《いすわ》っている。コルロイ家が、ラスティー・リカオンの上位種の毛皮を赤く染めてバトルアリーナに出場させているのはほぼ確定的だし、メイドのキオがまさにいま作っている脱色剤《だつしょくざい》をリカオンに振りかけて、衆人環視《しゅうじんかんし》の場で本来の毛皮の色を明らかにすればコルロイ家も言い逃《のが》れはできまい。ニルーニルの作戦に隙《すき》はない、と頭では理解できるのだが、ゲーマーの性《さが》なのか物事が順調に運んでいる時ほど落とし穴に警戒《けいかい》したくなるのだ。

——カジノ裏のモンスター厩舎《きゅうしゃ》をちょっとだけ覗《のぞ》いて、直感レーダーに何も反応しなければすぐ撤退《てったい》しよう。

そう自分に言い聞かせ、再び通路を歩き始める。

幸い、衛兵に出くわすことなく建物の北西の端《はし》まで到達《とうたつ》できたので、純白の壁《かべ》に背中を押し当ててしばし耳を澄《す》ませる。人の声がかすかに聞こえるが、誰《だれ》かが近づいてくる気配はない。

角から少しだけ顔を出し、様子を窺《うかが》う。

カジノの裏には、正面の前庭よりかなり広い石敷《いしじ》きのスペースがあり、馬が繋《つな》がれていない馬車が三台ほど停《と》まっている。見れば馬車は後部の扉《とびら》が横スライド式の鉄格子《てつごうし》になっていて、フィールドで捕獲《ほかく》したモンスターを運ぶためのものだと思われる。

広場の北側には木造の倉庫めいた建物があるが、時々いななき声が聞こえてくるのであれは馬用の厩舎《きゅうしゃ》だろう。もう少し顔を出し、広場に面したカジノ本体の壁《かべ》を見ると、馬車が丸ごと入れるサイズの大扉《おおとびら》と、その両脇《りょうわき》に小型の扉《とびら》が設けられている。きっとあの内部が、目当てのモンスター厩舎《きゅうしゃ》だ。

カジノとは別の独立した建物なのだと思い込んでいたが、どうやら一体化しているらしい。窓から内部を覗《のぞ》くだけのつもりが、これではそれも不可能だ。いくらなんでも、忍《しの》び込むのは危険が大きすぎる——と思うものの、まるで俺を誘《さそ》うように、小型扉《こがたとびら》の片方が半開きになっている。

——行けばいいんだろ、行けば！

SAOシステム、もしくは運命の女神様《めがみさま》に向けて心の中で毒づくと、俺は改めて広場全体をチェックした。隠《かく》れ場所《ばしょ》から五メートルと離《はな》れていない馬用厩舎《きゅうしゃ》の中から、モップを動かす音と調子外れな歌声が聞こえてくるが、それ以外の場所は無人だ。たぶん、まだナクトーイ家とコルロイ家のモンスター捕獲隊《ほかくたい》は仕事から戻《もど》ってきていないのだろう。

覚悟《かくご》を決めて建物の陰《かげ》から出ると、身を屈《かが》めつつ壁際《かべぎわ》を小走りに前進。半開きの扉《とびら》の手前で一瞬《いっしゅん》立ち止まり、内部に人の気配がないことを確かめてからするりと忍《しの》び込む。

途端《とたん》、かすかな異臭《いしゅう》が鼻を突く。藁《わら》と土と獣《けもの》の臭《にお》い。広くて薄暗《うすぐら》い、ガレージのような空間だ。現実世界の動物園を思い起こさせる、壁《かべ》も床《ゆか》も石張りで、奥《おく》の壁《かべ》には黒々とした四角い穴が二つ並んでいる。なんだありゃ、と首を捻《ひね》ってから、モンスターの搬入口《はんにゅうぐち》なのだと気付く。たぶん、馬車を後ろ向きに押していき、あの横穴に密着させてから鉄格子《てつごうし》をスライドすると、中のモンスターが自分から穴に入っていく仕組みなのだろう。

そのつもりで耳を澄《す》ませると、穴の奥《おく》から低い唸《うな》り声《ごえ》らしきものが聞こえてくる気がする。あそこには絶対入りたくないが、他に出入り口は……あった。左右の壁《かべ》に、地味な灰色の扉《とびら》。目を凝《こ》らすと、左の扉《とびら》には赤い竜《りゅう》、右の扉《とびら》には黒い花──恐《おそ》らく百合《ゆり》だろう──を図案化した紋章《もんしょう》が嵌《は》め込まれている。

赤竜《せきりゅう》と黒百合《くろゆり》。一方がコルロイ家の紋章《もんしょう》で、もう一方がナクトーイ家の紋章《もんしょう》というわけか。昨日からの記憶《きおく》を辿《たど》っても、ニルーニルの部屋を含《ふく》めてカジノ内で同じ紋章《もんしょう》を見た記憶《きおく》はない。アスナかアルゴにメッセージを飛ばせば、ニルーニルに直接確認《かくにん》してくれるかもしれないが、どこで何をしているのかという質問がくっついてくることは確実だし、正直に答えれば即座《そくざ》に探索《たんさく》中止命令が飛んでくることも確実。

こうなったらカジノらしく山勘《やまかん》で……と一歩踏《ふ》み出した途端《とたん》に思い出す。

昨夜、モンスター闘技場《とうぎじょう》を見物した時、コルロイ家のラスティー・リカオンとナクトーイ家のバウンシー・スレーターはケージ奥《おく》の壁《かべ》に設けられた左右別々の引き上げ戸から登場した。モンスター厩舎《きゆうしや》が内部で二分割《ぶんかつ》されているとすれば、リカオンが出てきたほうがコルロイ家の厩舎《きゆうしや》で、ダンゴムシが出てきたほうがナクトーイ家の厩舎《きゆうしや》ということになる。

どっちがどっちだったかと懸命《けんめい》に記憶《きおく》を再生し、確信に至る。最初に現れたダンゴムシが左、次に出てきたリカオンが右の引き上げ戸だ。つまり俺が探《さぐ》るべきコルロイ家の厩舎《きゆうしや》は右側の、黒百合《くろゆり》の紋章《もんしよう》があるほう……ではない。いまは昨夜と百八十度逆向きに立っているのだから、コルロイ家の扉《とびら》は左側、赤竜《せきりゆう》のほうだ。

忍《しの》び足《あし》で扉《とびら》に近づき、ノブを回して引っ張る。あっさり開いたので、再び気配を探《さぐ》ってから内部に侵入《しんにゆう》。静かに扉《とびら》を閉め、見回す。

ハリン樹宮《じゆきゆう》の地下牢《ちかろう》を連想させる、薄暗《うすぐら》い通路が左右に延びている。しかしこちらは床《ゆか》も壁《かべ》も天井《てんじよう》も硬《かた》そうな石造り、扉《とびら》は木製だが鉄で補強されていて、閉じ込められたら松明《たいまつ》で錠前《じようまえ》を焦《こ》がして脱出《だつしゆつ》とはいかないだろう。

ストレージに入れっぱなしの愛剣《あいけん》を装備するべきか、しばし考えてから却下《きやつか》する。不法侵入《しんにゆう》しているのはこちらなのだから、たとえ衛兵に見つかっても居直《いなお》り強盗《ごうとう》のような真似《まね》はしたくない。極力走って逃げる、逃げられなかったらその時はその時だ。

通路の左はすぐ行き止まりになっているので、右手へ進む。壁《かべ》に扉《とびら》がいくつか並んでいるが、一つ開けてみたら埃《ほこり》っぽい倉庫だったので、残りは素通《すどお》りする。

突き当たりの壁《かべ》には扉《とびら》のない開口部があり、そこを通《とお》り抜けると下りの螺旋《らせん》階段が現れる。しばらく聞き耳を立ててから、忍《しの》び足《あし》で慎重《しんちょう》に下りていく。ランタンで照らされた螺旋《らせん》階段は、天然石の踏《ふ》み面《づら》が滑《なめ》らかに磨《す》り減《へ》っていて、コルロイ家とナクトーイ家が積み重ねてきた歴史を如実《にょじつ》に伝えてくる。

下りるにつれて気温が下がるが、空気に含《ふく》まれる獣臭《けものくさ》さも増していく。バトルアリーナに出場するモンスターは全て、英雄《えいゆう》ファルハリ譲《ゆず》りの《怪物《かいぶつ》を従える秘術》で飼《テ》い慣《イ》らされて《ム》いるはずだが、ニルーニルはテイム状態が無条件に永続するわけではないと言っていた。ならば、部外者の俺に反応してテイムが解けてしまう、というような展開も絶対にないとは言えない。いつでもダッシュで逃げられるよう五感のセンサーを全開にしつつ、螺旋《らせん》階段のラスト一段を下りる。

アーチ型の戸口の先には、一階より幅広《はばひろ》の通路が延びている。しかし左右の壁《かべ》に並ぶのは、扉《とびら》ではなく鋼鉄の檻《おり》だ。いまのところ通路に人の姿はないが、ずっと奥《おく》からかすかな話し声が届いてくる。

懸命《けんめい》に耳をそばだてても、会話の内容はおろか人数さえ把握《はあく》できない。心の中でもう一度、行けばいいんだろ……と呟《つぶや》いて通路に踏《ふ》み込む。

数メートル進み、まず右側の檻《おり》を覗《のぞ》き込むと、汚《よご》れた敷《し》き藁《わら》の上にブタのようなカピバラのような、ずんぐりした姿の動物がうずくまっていた。確か、主街区《しゅがいく》レクシオの周辺に出現する《ジャイアント・ピンサーラット》というモンスターだ。動きは遅《おそ》いし特殊攻撃《とくしゅこうげき》もしてこないが、ヤットコ《ピンサー》のような上下の歯で噛《か》む力が異常に強く、武器を咥《くわ》え込まれると引《ひ》き剝《は》がすことはほぼ不可能で、他の武器で倒《たお》すかパーティーメンバーに倒《たお》してもらわないと巨大《きょだい》な両手斧《りょうておの》でも噛《か》み砕《くだ》かれてしまう。

だがそこにさえ気をつければ倒《たお》しやすいモンスターなので、ベータ時代にはかなり経験値を稼《かせ》がせてもらった。倒《たお》した数は五十や百ではきかないはずだが——こうして捕《と》らえられている姿を見ると、憐《あわ》れみのようなものを感じてしまう。

偽善的《ぎぜんてき》な感傷だ、と自分に言い聞かせて鉄柵《てつさく》から離《はな》れる。もう他の檻《おり》は見ないことにして、二つ目から四つ目までは無視して通り過ぎたが、五つ目の檻《おり》の前に来た途端《とたん》、吸い寄せられるように目が動いてしまった。

この檻《おり》は、丸棒を縦に並べた鉄柵《てつさく》ではなく、細い鉄線を十字に組んだ格子《こうし》で塞《ふさ》がれている。格子《こうし》の隙間《すきま》は見たところ三センチ以下なので、よほど小さいモンスターを閉じ込めているのかと思ったが、檻《おり》の隅《すみ》にわだかまっている影《かげ》は最初の檻《おり》にいたカピバラと変わらないサイズ感だ。興味を引かれて凝視《ぎょうし》すると、カラーカーソルが出現する。固有名は【Argent Serpent】……ベータテストで遭遇《そうぐう》した記憶《きおく》はないが、サーペントというからにはヘビのたぐいだろう。その前の単語は、残念ながら俺の脳内辞書に登録されていない。

ともあれ、胴体《どうたい》が細長いヘビなら、檻《おり》が目の細かい格子《こうし》でできているのも納得《なっとく》だ。しかし、カジノにあるバトルアリーナの鉄柵《てっさく》は隙間《すきま》が十センチくらいある。あそこにヘビを放したら、客席に這《は》い出してくるのではないか……などと考えた、その時。

「……のやろう、おとなしくしろ！」

突然《とつぜん》、荒《あら》っぽい怒鳴《どな》り声《ごえ》が通路に響《ひび》き渡《わた》り、俺は反射的に振り向いた。しかし通路には誰《だれ》もいない。罵声《ばせい》の対象は俺ではなかったようだ。

再び進行方向を見る。残っている檻《おり》は右と左に一つずつ、突き当たりの壁《かべ》にもやけに小さな戸口が見えるがモンスターの部屋ではなさそうだ。耳を澄《す》ませると、右手いちばん奥《おく》の檻《おり》から、獣《けもの》の唸《うな》り声《ごえ》らしきものが聞こえてくる。

忍《しの》び足《あし》でじりじり進み、いったん壁《かべ》に貼《は》り付《つ》いてから、六つ目の檻《おり》を覗《のぞ》き込む。

縦横二・五メートルほどの小部屋に、二人の男が背中を向けて立っている。そして、申し訳程度に敷《し》き藁《わら》が散らばった床《ゆか》の片隅《かたすみ》で体を前傾《ぜんけい》させているのは、赤い毛皮の犬型モンスター。カーソルを出すまでもなく、ひと目で例のラスティー・リカオンだと解《わか》る。よくよく見ると、体のあちこちで赤い色が剝《は》げ落《お》ち、白っぽい地毛が覗《のぞ》いている。

リカオンは男たちに向けて鋭《するど》い牙《きば》を剝《む》き出し、低い唸《うな》り声《ごえ》を響《ひび》かせ続ける。あれが毛皮の色を変えられた上位種だとすれば、攻略集団《こうりゃくしゅうだん》のプレイヤーでも手こずるほどの相手のはずだが、男たちが平然としているのは、リカオンが頑丈《がんじょう》そうな鉄の首輪と太い鎖《くさり》で、壁《かべ》に埋《う》め込まれた金輪《かなわ》に繋《つな》がれているからだろう。

男たちは二人ともがっしりした体格で、あずき色のシャツと革《かわ》ベスト、肘《ひじ》まである革手袋《かわてぶくろ》を身につけている。カーソルに表示された名前はどちらも【Handler of the Korloy family】――ハンドラーって何だっけと考え、調教師のことだと悟《さと》る。つまり《コルロイ家の調教師》か。

様子を窺《うかが》っていると、右側の男が短めの鞭《むち》を振り上げ、叫《さけ》んだ。

「バカ犬め、言うことをきかないとこれを喰《く》らわすぞ！」

途端《とたん》、リカオンはじりっと下がったが威嚇《いかく》をやめる気配はない。左側の男が、苛立《いらだ》ちの滲《にじ》む声で言う。

「いいかげんコイツを塗《ぬ》っちまわないと、試合までにしっかり染まらねぇし臭《にお》いも抜けねぇぜ。昨日もちょっと生乾《なまがわ》きだったんだ」

見れば、左の男は右手に大きな刷毛《はけ》を握《にぎ》り、左手に陶器《とうき》の壺《つぼ》を抱《かか》えている。刷毛《はけ》はくすんだ赤色に染まっていて、つまりあの壺《つぼ》の中にリカオンの毛色を偽装《ぎそう》するための染料《せんりょう》が入っているのだろう。

そのつもりで嗅覚《きゅうかく》に集中すると、獣臭《けものくさ》さの中に甘《あま》ったるい刺激臭《しげきしゅう》がいくらか混じっている。間違《まちが》いなく、闘技場《とうぎじょう》の檻《おり》に付着していた赤い染《し》みと同じ臭《にお》い。俺でさえ不快に思うのだから、鼻のいい犬型モンスターが嫌《いや》がるのは当然だ。

だが、あのラスティー・リカオン――正確な種族名は異なるのだろうが――は、バーダン・

コルロイの《使役の力《しえき》》によって支配されているはずだ。檻《おり》の隅《すみ》には餌皿《えさざら》と水桶《みずおけ》があるので、空腹でテイム状態が解けたとは思えない。なのになぜ、調教師の男たちに牙《きば》を剝《む》き続けているのか。

という俺の疑念が伝わったわけでもあるまいが、右側の男が鞭《むち》のグリップ部分で首筋を掻《か》きながら言った。

「こりゃあ、バーダン様に術を掛《か》け直してもらわねぇとダメかもなぁ」

それを聞いた左の男が、逞《たくま》しい肩《かた》を上下させる。

「でも、今日で処分しちまう予定なんだろ？」

「ああ、これ以上はさすがにナクトーイの間抜《まぬ》けどもでも怪《あや》しいと思うだろうからな。今夜、最後の一働きをしてもらったらこの犬ッコロはお払《はら》い箱《ばこ》さ」

「だったら、術の掛《か》け直しを頼《たの》んでも、どうにかしてあと一戦もたせろって言われるだろうよ。あの術だって安かねぇんだからな」

「それもそうだな……」

――モンスターをテイムするための術が《安くない》とはどういう意味なのか。ニルーニルやキオの説明では、先祖の英雄《えいゆう》ファルハリから受《う》け継《つ》いだ特殊《とくしゅ》能力、つまりエクストラスキルのようなものというニュアンスだったが。

怪訝《けげん》に思いつつも様子を窺《うかが》っていると、鞭《むち》を持っているほうの男が舌打ちした。

「チッ、仕方ねぇ。いったん鞭《むち》でぶちのめして動けなくするから、その間に染料《せんりょう》を塗《ぬ》っちまえ。試合まで回復薬を飲ませ続ければ、あと一戦くらいどうにかなるだろうさ」

「解《わか》った、やってくれ」

左の男が下がると、右の男は再び右手を振り上げた。

革紐《かわひも》を編んで作った鞭《むち》が木枯《こが》らしのような音を立ててうねり、リカオンの背中をしたたかに打《う》ち据《す》えた。

「ギャンッ‼」

甲高《かんだか》く吼《ほ》えたリカオンが、背中から赤いダメージエフェクトを散らしながら横倒《よこだお》しになる。すぐに起き上がり、唸《うな》り声《ごえ》を響《ひび》かせるが、すでに四割ほど減っていたＨＰバーはいまの一撃《いちげき》で半分を割《わ》り込んでしまっている。

再び鞭《むち》がビュウッと空気を切《き》り裂《さ》く。リカオンは飛びすさろうとしたが、短い鎖《くさり》が鈍《にぶ》い音を立てて張《は》り詰め、そこに鞭《むち》が襲《おそ》いかかる。脇腹《わきばら》を痛撃《つうげき》されたリカオンは弾《はじ》かれたように跳《は》ね、床《ゆか》に落ちる。ＨＰがさらに一割減り、スタンエフェクトが発生する。

男が三たび鞭《むち》を振り上げた瞬間《しゅんかん》――。

「やめろ‼」

俺は無我夢中《むがむちゅう》でそう叫《さけ》んでいた。

直後、慌《あわ》てて口を閉じたがもう遅《おそ》い。

「あァ⁉」

「誰《だれ》だァ⁉」

男たちが喚《わめ》きながら振り向く寸前に、急いで顔を引っ込める。いますぐ走って逃げれば——いや、大声で仲間を喚《よ》ばれたら、螺旋《らせん》階段の途中《とちゅう》で挟《はさ》み撃《う》ちになるかもしれない。

咄嗟《とっさ》の判断でウインドウを開き、装備フィギュアの頭部に《ぼろぼろの麻袋《あさぶくろ》》を設定する。

シュワッという効果音とともに麻袋《あさぶくろ》が実体化し、俺の頭をすっぽり包んだ。覗《のぞ》き穴《あな》はないが、編み目が粗《あら》くてあちこち解《ほつ》れているので思ったより外がよく見える。

ウインドウを消すと同時に檻《おり》の扉《とびら》が勢いよく押《お》し開《あ》けられ、男たちが飛び出してきた。二人とも即席覆面姿《そくせきふくめんすがた》の俺を見て一瞬《いっしゅん》目を剝《む》いたものの、すぐに剣呑《けんのん》な表情に戻《もど》って叫《さけ》ぶ。

「てめぇ、どこのどいつだ⁉」

「ナクトーイの手先か⁉」

二つ目の問いかけは正鵠《せいこく》を得ているが、イエスと言うわけにもいかない。黙《だま》り込んでいると、まだ刷毛《はけ》と壺《つぼ》を持ったままの調教師が、スキンヘッドに口髭顎髭《くちひげあごひげ》といういかにもな悪相を歪《ゆが》め、吐《は》き捨《す》てた。

「誰《だれ》だろうと、あのワン公の秘密を知られちゃ黙《だま》って帰すわけにゃいかねぇぜ。おい、適当にブチのめして、空いてる檻《おり》に叩《たた》き込んどけ」

「任せとけ、前からコイツで人間をぶっ叩《たた》いてみたかったんだ」

もう一人の調教師が、右手の鞭《むち》でバシッと床《ゆか》を打つ。それが合図となったかのように、二人のカラーカーソルが黄色から赤へと変化する。

とは言え色味はかなり薄《うす》い。つまりレベルは俺より確実に低いはずだが、鞭《むち》を持った人間と戦うのは初めてだし、そもそも侵入者《しんにゅうしゃ》は俺なのだ。戦っても犯罪者《オレンジ》にならないからと言って、殺してしまうわけにはいかない。極力HPを減らすことなく二人とも無力化し、本職の衛兵が駆《か》けつけてくる前にここから遁走《とんそう》しなくては。

鞭《むち》を持った調教師は、髭《ひげ》を生やしていない代わりに髪《かみ》がやや長く、眉毛《まゆげ》も堂々としている。その眉《まゆ》を逆ハの字に逆立て、思い切り鞭《むち》を振りかぶる。

鞭《むち》を使う相手と戦うのは初めてでも、リカオンを折檻《せっかん》する様子を覗《のぞ》き見《み》たおかげで間合いとタイミングは頭に入っている。びゅうっという風切り音が通路に響《ひび》いた時にはもう、俺は床《ゆか》を蹴《け》って突進《とっしん》していた。

左上から襲《おそ》いかかってくる鞭《むち》を、体を沈《しず》めて回避《かいひ》する。少し膨《ふく》らんだ先端《せんたん》が髪《かみ》を掠《かす》めるのを感じながら、腰撓《こしだ》めに構えていた左拳《ひだりこぶし》を一直線に打ち出す。

赤いエフェクトを宿した拳《こぶし》が、鞭使《むちつか》いの立派な眉《まゆ》と眉《まゆ》のあいだを痛撃《つうげき》。体術スキルの基本技《きほんわざ》《閃打《センダ》》——さしたる威力《いりょく》はないが、急所にクリーンヒットさせた場合は行動不能《スタン》に陥《おちい》らせる確率が剣による斬撃《ざんげき》よりいくらか高い。

狙《ねら》い通り、鞭使《むちつか》いは派手に吹《ふ》き飛《と》ぶと大の字に倒《たお》れたまま動かなくなった。HPは七割以上残っているが、頭の周りを黄色いエフェクト光が回転している。狙《ねら》いどおりのスタン状態――しかもわずか三秒で回復してしまう弱スタンではなく、一分近くも動けなくなる強スタンだ。プレイヤー相手ではこうはいかないが、兵士や戦士ではない一般人《いっぱんじん》NPCはバッドステータス耐性《たいせい》が低い傾向《けいこう》がある、気がする。

「んなっ……⁉」

もう一人の調教師が、驚《おどろ》きの声を漏《も》らしてから、深々と息を吸い込んだ。大声で衛兵を呼ぶつもりだろう。そうはさせじと、俺は再び床《ゆか》を蹴《け》り飛ばす。

今度は右手で《閃打》を繰《く》り出し、こめかみに命中させる。吹《ふ》っ飛《と》んだ調教師は、後頭部を檻《おり》の鉄棒に激突《げきとつ》させ、ダメージエフェクトとスタンエフェクトを散らしながらばたんと倒《たお》れた。男の左手から放り出された壺《つぼ》を、床《ゆか》に落下して騒々《そうぞう》しく砕《くだ》ける寸前でキャッチする。

目論見《もくろみ》どおりに二人を殺さず行動不能にできたが、強スタンの持続時間はあと五十秒ほど。そのあいだにコルロイ家の厩舎《きゅうしゃ》を脱出《だっしゅつ》し、カジノの正面まで戻《もど》らなくてはならない。

右足を支点にぐるりとターンしようとした俺の視線が――。

檻《おり》の奥《おく》に力なく横たわる、ラスティー・リカオンの姿を捉《とら》えた。

反射的に足を踏《ふ》ん張《ば》ってしまってから、再び走り出そうとするがアバターが動いてくれない。もし俺がここで逃げ出したら、二人の調教師はあのリカオンをどうするだろうか。毛皮染めの不正がナクトーイ家に露見《ろけん》したと考え、処分を早めるのではないか。

だとしても仕方ない。どうせ今夜には処分されるはずだったのだから、遅《おそ》いか早いかだけの違《ちが》いだし、そもそもあのリカオンは愛玩《あいがん》動物ではなく、七層で倒《たお》してきたランサービートルやポイズンワスプやヘマトメリベと何ら変わらぬモンスターだ。フィールドで遭遇《そうぐう》すれば、躊躇《ちゅうちょ》なく剣を抜いて倒《たお》していたであろう単なるｍｏｂ《モブ》。

それは解《わか》っているのに――。

「……くそっ！」

俺は毒づきながら、開けっ放しの扉《とびら》から小部屋に飛《と》び込んだ。

横たわっていたリカオンが頭をもたげ、低く唸《うな》る。だがその声はいかにも弱々しい。黄色いカラーカーソルのＨＰバーは、三割ほどしか残っていない。

ウインドウを開き、左手に持っていた壺《つぼ》をストレージに放《ほう》り込みつつ《クイックチェンジ》のボタンを押して愛剣《あいけん》を装備する。背中から引き抜くや、リカオンの首輪と壁《かべ》の金輪《かなわ》を繋《つな》いでいる鎖《くさり》を一撃《いちげき》で切断。

衝撃《しょうげき》が伝わったのか、リカオンが「ガウッ」と短く吼《ほ》えた。急いで剣を鞘《さや》に戻《もど》し、傷ついた獣《けもの》に向けて囁《ささや》く。

「おとなしくしててくれ」

「グルル……」

という唸《うな》り声《ごえ》が、イエスなのかノーなのかは定《さだ》かでない。だがカーソルが黄色のままなので、攻撃対象としてターゲットされているわけではないはずだ。意を決して近づき、ジャーマン・シェパードほどもある体を両腕で抱え上げる。骨格はがっちりしているが、地道に上げてきた筋力値のおかげか、さして重いとは感じない。

「ガウッ！」

再び声を上げたリカオンは何度かもがく素振《そぶ》りを見せたが、すぐにぐったりと頭を下げた。俺を受け入れたわけではなく、もう抗《あらが》う力もないらしい。

フィールドに湧《わ》くモンスターは、ＨＰバーがほんの一ドットでも残っていれば大暴れする。それはこのリカオンも同じはずなのに、なぜ動けないのか。何らかの隠《かく》れバッドステータスに冒《おか》されているのだろうか。

いや、詮索《せんさく》はあとでいい。いまはとにかくこの地下厩舎《きゅうしゃ》から脱出《だっしゅつ》しなくては。

俺はリカオンを抱《だ》いたまま小部屋を飛び出した。調教師たちはまだスタン中だが、頭を取り巻く黄色いエフェクト光はかなり薄《うす》れている。あと十秒もすれば動けるようになるだろう。

麻布越《あさぬのご》しに通路の奥《おく》を睨《にら》み、フルスピードでダッシュする。三秒足らずで通路を駆《か》け抜け、ほとんど減速しないまま階段ホールに飛《と》び込む。湾曲《わんきょく》する壁《かべ》を五歩ほど走ってから螺旋《らせん》階段に飛び乗り、三段飛ばしで駆《か》け上《のぼ》る。

ここで、背後から男たちの喚《わめ》き声《ごえ》が追いかけてきた。だが侵入者《しんにゅうしゃ》を想定した造りにはなっていないのだろう、鐘《かね》やラッパが鳴《な》り響《ひび》いたりはしない。調教師たちの声が衛兵の耳に届くまで、もう少しだけ猶予《ゆうよ》がありそうだ。

一階に到達《とうたつ》すると、短い通路を走り抜けてモンスター搬入用《はんにゅうよう》のガレージに出る。幸いここはまだ無人——しかし外の裏庭はそうはいかないだろう。

侵入《しんにゅう》する時に使った扉《とびら》の手前でいったん立ち止まり、様子を窺《うかが》う。予想どおり、広い裏庭の真ん中で、馬房《ばぼう》の掃除《そうじ》を終えたらしい厩務員《きゅうむいん》二人と完全武装の衛兵二人が何やら立ち話をしている。

そんなところに、麻袋《あさぶくろ》を被《かぶ》ってリカオンを抱《かか》えたよそ者がのこのこ出ていけば百パーセント大騒《おおさわ》ぎになるし、このままでもあと二十秒もすれば調教師たちが一階に上がってきてしまう。ストレージを調べれば何か使えるものが入っているかもしれないが、膨大《ぼうだい》なアイテムを端《はし》からチェックしている時間などあるはずもない。

……ストレージ。

「————！」

俺は両目を見開くと、リカオンを左手だけで抱《かか》え、右手でウインドウを開いた。入手順になっているストレージの先頭、【ルブラビウムの花の染料《せんりょう》】という文字列を叩《たた》き、オブジェクト化。出現した陶器《とうき》の壺《つぼ》を摑《つか》むや、思い切り振りかぶる。

《投剣《とうけん》》スキルが欲《ほ》しいところだが、この距離《きょり》なら当たるはず……当たってくれ！ と念じつつ、半開きになった扉《とびら》の隙間《すきま》からフルパワーで壺《つぼ》を投擲《とうてき》。

一直線に飛翔《ひしょう》した壺《つぼ》は、こちらに体を向けている衛兵の頑丈《がんじょう》そうな胸当てに見事ヒットし、真っ赤な液体を爆発物《ばくはつぶつ》の如《ごと》く飛散させた。向き合って話していた四人の顔が、リカオンの毛皮と同じ色に染まる。

「うわあっ！」

「な、何だ!?」

「目が、目がぁ!!」

男たちが顔を押さえてうずくまった瞬間《しゅんかん》、裏庭に飛び出す。同時に背後で、

「衛兵！　衛兵ーッ！」

「侵入者《しんにゅうしゃ》だぁ――ッ！」

という喚《わめ》き声《ごえ》が響《ひび》いた。だが衛兵も厩務員《きゅうむいん》もそれどころではあるまい。のたうち回っている四人のすぐ傍《そば》を走《はし》り抜け、来る時に使った脇道《わきみち》ではなく裏庭の奥《おく》にある両開きの門を目指す。そうした理由は、れっきとしたモンスターを抱《かか》えたままカジノの正面入り口に登場するわけにはいかないからだが、裏門からの脱出《だっしゅつ》も簡単ではない。

スライド式の門扉《もんぴ》は、分厚い板材を鋼鉄で補強した造りで、剣はおろか両手用ハンマーでも破壊《はかい》できまい。上下に二つ並ぶ掛金《かけがね》はソードスキルを使えば切断できるかもしれないが、すぐ後ろに調教師たちが迫《せま》ってきている状況《じょうきょう》で、悠長《ゆうちょう》に門を動かしている余裕《よゆう》はない。

つまり脱出《だっしゅつ》方法はただ一つ――高さ二メートル半はありそうな門を、リカオンを抱《かか》えたまま

乗《の》り越《こ》える。

カジノの裏手に通じる脇道《わきみち》を塞《ふさ》いでいた格子門《こうしもん》と同じ高さだが、今度はすぐ横によじ登れる壁《かべ》はない。左右に延びる石塀《いしべい》は門より高く、表面は完全に平滑《へいかつ》。足がかりにできそうなのは、門扉《もんぴ》の接触部《せっしょくぶ》にネジ留《ど》めされている上下二つの掛金《かけがね》だけ。

先にフックのついた金属棒を回転させて受け金具に落とすタイプだが、やたらと巨大《きょだい》なのでブーツの爪先《つまさき》をぎりぎり引っかけられそうだ。しかしリカオンを抱《かか》えた状態では成功率は高く見積もって五割、それを連続でやらなければいけないので二割五分。

ダッシュしながら三秒で状況《じょうきょう》を確認《かくにん》し、一秒で決断した俺は、自分に向けて低く叫《さけ》んだ。

「……行けっ！」

恐《おそ》れや不安がわずかでもアバターに伝わったら絶対失敗する。現実世界の俺が装着しているナーヴギアの伝送帯域を運動命令だけで埋《う》め尽《つ》くすつもりで、右足にあらん限りの力を込め、石畳《いしだたみ》を蹴《け》る。

走《はし》り幅跳《はばと》びの要領で五メートル近くもジャンプし、下側の掛金《かけがね》に左足の爪先《つまさき》を引っかける。《スパイクド・ショートブーツ》の靴底《くつぞこ》に打たれた鋲《びょう》が金属棒をしっかり噛《か》んだ感触《かんしょく》を信じ、今度は垂直に跳《と》ぶ。

上側の掛金《かけがね》に、かろうじて右足が届いた。しかしここで助走の勢いが尽《つ》きてしまう。あとは筋力だけで俺とリカオンを一メートル持ち上げなくてはならない。

「うおおおっ!!」

門の外にも衛兵がいる可能性を考えれば声を出すべきではないし、仮想世界でシャウト効果が働くのかどうかも定《さだ》かでないが、雄叫《おたけ》びの力もプラスして二度目の垂直ジャンプ。股関節《こかんせつ》が軋《きし》むほど引き上げた左足が、どうにか門扉《もんぴ》の上部に届……かない。右手を伸ばせば摑《つか》めるが、いま手を離《はな》すとリカオンが落ちてしまう。

俺の脚《あし》があと一センチだけ長ければ！　という繰《く》り言《ごと》を振《ふ》り払《はら》い、瞬時《しゅんじ》に方針を切《き》り替《か》える。落下が始まる前に、左足で門扉《もんぴ》を蹴《け》って百八十度ターンし、広場に体を向ける。衛兵と厩務員《きゅうむいん》はまだ顔を押さえてうずくまっているが、調教師二人はもう広場の中ほどにまで到達《とうたつ》している。このまま何もしなければ地面に墜落《ついらく》するだけだし、ノーダメージで着地してもジャンプし直す余裕《よゆう》はない。

しかし、俺にはあと一つだけ奥《おく》の手《て》がある。

落下しながら両足を折《お》り畳《たた》み、上体を深く前に屈《かが》める。キイィィン……というサウンドとともに、右足に黄色いライトエフェクトが宿る。

左足で虚空《こくう》を踏《ふ》み、右足を思い切り振り上げる。物理法則を無視した真上方向への推進力が、俺を再び跳躍《ちょうやく》させる。

体術スキルの後方宙返り蹴《け》り技《わざ》、《弦月《ゲンゲツ》》。黄色い光が、空中に大きな弧《こ》を描《えが》く。アシスト頼《だよ》りの空中発動ゆえに、ちゃんと地面を踏《ふ》み切《き》った時ほどの勢いは出なかったが、逆さまになった頭がかろうじて門扉《もんぴ》を越《こ》えた。ぐったりしていたリカオンも突然《とつぜん》の宙返りには驚《おどろ》いたのか「ぐるっ」と小さく吼《ほ》えたが、幸い暴れたりはしなかった。いや、もうその元気もないのだろう。

さらに宙返りを二回と捻《ひね》りを一回決めて、足から着地。体を沈《しず》めたまま素早《すばや》く周囲を見ると、危惧《きぐ》したとおりフル武装の衛兵が門の左右に立っている。

兜《かぶと》の中で両目を丸くした衛兵たちが、

「な、何だ⁉」

「お前、どこから……」

と声を上げた時にはもう、俺は立ち上がって走り始めていた。カジノの裏庭を囲む石塀《いしべい》は、ウォルプータの街自体の外壁《がいへき》でもあったらしく、目の前に【Ｏｕｔｅｒ Ｆｉｅｌｄ】の表示が浮《う》かび、消える。後ろで調教師たちの怒鳴《どな》り声《ごえ》が聞こえたが、それもすぐに遠ざかる。

前方には真夏めいた日差しに照らされた草原が広がり、馬車の轍《わだち》が無数に刻まれた未舗装路《みほそうろ》が延びている。道は少し先で右にカーブしていて、これに沿って進めば数時間前にアスナたちと通った、ウォルプータの西門に通じる道と合流するのだろう。しかし街に逃げ込むわけにはいかないし、周囲に何もない道の上では追っ手から丸見えだ。

走りながら振り向くと、重武装の衛兵二人と、門を開けて出てきた調教師二人も走り始めたところだった。すでに三十メートル以上引《ひ》き離《はな》しているが、こちらは大型犬並みの図体《ずうたい》をしたリカオンを抱《かか》えたままなので、平地の追いかけっこで振《ふ》り切《き》れる自信はない。いったん連中の視界から消えて、ターゲットを切らなくては。

　再び前を見た途端《とたん》に思い出す。カーブする道から外れて直進すれば、五百メートル足らずでウルツ石を探した河原に到達《とうたつ》する。そして河原の左右には、身を隠《かく》すのにうってつけな灌木《かんぼく》の茂《しげ》みがいくつもあったはず。

「おい、もうちょっと頑張《がんば》れ！」

　ぐったりしたままのリカオンに呼びかけると、俺は両足のギアを上げた。

　全身を限界まで前傾《ぜんけい》させつつも、極力上体を揺《ゆ》らさない、忍者《にんじゃ》のような走り方で突進《とつしん》する。男たちの怒声《どせい》がどんどん遠ざかるが、逃げることに必死になりすぎて転んだら元も子もない。前方の地面を凝視《ぎょうし》し、草に隠《かく》れた石や枯《か》れ枝《えだ》を回避《かいひ》しつつひたすら走る。

　緩《ゆる》やかな丘《おか》を登り切ると、青々とした灌木《かんぼく》の連なりと、その隙間《すきま》で白く煌《きら》めく水面が見えた。北部の山岳地帯《さんがくちたい》から発して東の草原を流れ、南の海岸へと達する七層最大の川だ。小さな海に流《なが》れ込む大量の水が最終的にどこへ行くのか気になるところだが、いまは余計なことを考えている場合ではない。

　丘《おか》を駆《か》け降《お》りながら、灌木《かんぼく》が五、六本集まったポイントに目をつける。木々の根元には密度の高い藪《やぶ》が生成されていて、あの中なら姿を隠《かく》せそうだ。あとは、追っ手が丘《おか》を登り切る前に、藪《やぶ》に飛《と》び込めるかどうか。

約百メートルの下り斜面《しゃめん》を、半ば転がり落ちるように突き進む。一歩ごとに転倒《タンブル》判定されているような気分だが、自分のステータスとリアルラックを信じるしかない。みるみる近づく藪《やぶ》の根元に狙《ねら》いを定め、残り五メートルで一気に体を後ろに倒《たお》してスライディング。リカオンを両腕《りょううで》でしっかり抱《だ》き、右足から植物の塊《かたまり》に突っ込む。

SAOでは、ほとんどの樹木は素材として伐採《ばっさい》——つまり破壊《はかい》できるが、中には基礎《きそ》地形として破壊《はかい》不能オブジェクトに指定されている木もある。もし狙《ねら》いを定めた藪《やぶ》がそのたぐいならシステム障壁《しょうへき》に跳《は》ね返《かえ》されていたところだが、幸い藪《やぶ》は小さい葉っぱを無数に散らしつつ俺を受け入れた。さらに幸運なことに、数本の灌木《かんぼく》に囲まれた中心部はちょっとした空洞《くうどう》になっていたので、そこに潜《もぐ》り込む。

被《かぶ》りっぱなしだった麻袋《あさぶくろ》を脱《ぬ》ぎ捨《す》て、駆《か》け降りてきたばかりの丘《おか》を枝の隙間《すきま》から見上げると、五秒ほどしててっぺんに追っ手が姿を現した。衛兵二人と調教師二人は、見失った俺を捜してきょろきょろ周囲を見回す。彼らがプレイヤーか高度AIなら藪《やぶ》に潜《もぐ》り込んだくらいで撒《ま》けはしないだろうが、通常のNPCにはモンスターとさほど変わらないレベルの追跡《ついせき》アルゴリズムが与《あた》えられている。

四人の男たちはしつこく草原を眺《なが》め回し、何度か視線が俺の隠《かく》れ場所《ばしょ》を横切ったが、丘《おか》から降りてくる様子はない。やがて捜索《そうさく》を中断し、何やら言葉を交《か》わす。直後、赤く変化していた四つのカラーカーソルが、全て黄色に戻《もど》る。

男たちが丘《おか》を反対側に降りていき、完全に見えなくなると、俺は肺の中の空気を細長く吐《は》き出した。ここでようやく、自分がまだラスティー・リカオンを抱《だ》きかかえたままであることを思い出す。

リカオンは、俺の腕《うで》に頭を預けてハッハッと浅い呼吸を繰《く》り返《かえ》している。慌《あわ》ててHPバーを見ると、残量はいつの間にか二割を切り、しかもごくゆっくりとだが減少を続けているようだ。調教師の鞭《むち》に毒でも塗《ぬ》られていたのか——いやそれならデバフアイコンが表示されるはずだし、これから試合に出すモンスターを毒で弱らせる理由がない。

ならばこの継続ダメージ《D o T》は、何らかの《隠《かく》しバッドステータス》によるものだ。そしてその手の代物《しろもの》は、クエストの都合で隠《かく》されている場合が多い。ということは。

「……染料《せんりよう》のせいか！」

俺は押《お》し殺《ころ》した声で叫《さけ》ぶと、上体を起こした。

先刻、裏庭を強行突破《とつぱ》するために、俺は調教師から入手した《ルブラビウムの花の染料《せんりよう》》を衛兵たちに投げつけた。数秒間だけ慌《あわ》てさせられれば御《おん》の字《じ》と思っていたのだが、NPCたちは両目を押さえて七転八倒《しちてんばつとう》していた。あの様子からすると、染料《せんりよう》には毒性があり、目や傷口に入った場合は継続《けいぞく》ダメージを受けるのだろう。

つまりリカオンは、全身の毛皮にたっぷり染料《せんりよう》を塗《ぬ》りたくられた状態で鞭打《むちう》たれたせいで、HPが減り続けているのだ。すぐ近くの川まで運んで染料《せんりよう》を洗い流せば……いや、ただの水で落とせる程度のものなら、ニルーニルも脱色剤《だつしょくざい》を作ろうとはしない。染料《せんりょう》を除去できないなら傷を癒《い》やす、すなわちいったんHPを全回復させれば、ダメージも止まるはず。

俺は急いでストレージを開くと、放り捨てた麻袋《あさぶくろ》を回収してから、回復ポーションを実体化させた。栓《せん》を抜き、リカオンの口に近づける。

「ほら、これを飲め」

だがリカオンは、だらりと舌を出したまませわしなく呼吸を繰《く》り返《かえ》すばかりでポーションを飲もうとしない。やむなく舌に赤い液体を注ぎかけるが、そのまま地面に流れ落ちてしまう。

以前に遊んだことのある別のMMORPGでは、テイムしたモンスターのHPを回復するには専用のスキルが必要だったので、SAOもそうなのかもしれない。だとすると、いまの俺にはリカオンの傷を癒《い》やすすべはない。ヒーリング・クリスタルなら効果があるかもしれないが、七層で入手できた唯一《ゆいいつ》のクリスタルはアスナが持っているし、最後の命綱《いのちづな》になるかもしれないものをモンスターに使うのはさすがに躊躇《ためら》われる。

衝動的《しょうどうてき》にリカオンを助け、ここまで逃げてきたが、結局何の意味もなかったということか。いや、コルロイ家の不正を暴《あば》くチャンスを潰《つぶ》してしまったのだから無意味どころかマイナスだ。クエスト受注者のアルゴ、依頼主《いらいぬし》のニルーニルとキオ、一緒《いっしょ》に脱色剤《だつしょくざい》の材料を集めたアスナにどう詫《わ》びればいいのか……。

「…………あっ」

再び、俺の口から小さな声が漏《も》れた。

リカオンを救う方法が、もしかしたらもう一つだけある。実現する可能性は低いが、ここで諦《あきら》めたら自分を許せなくなってしまうだろう。

開いたままのウインドウを操作し、メッセージを一通書いて送信。

瀕死《ひんし》のリカオンの首筋を撫《な》でながら待っていると、二分ほどで返信が届いた。一読し、軽く息を吐《は》くと、俺は使いさしのポーションをストレージに戻《もど》し、代わりに革《かわ》の水筒《すいとう》を取り出した。

「ポーションは嫌《いや》でも、水なら飲めるだろ」

掌《てのひら》に水を溜《た》め、口許《くちもと》に近づけると、リカオンは少しだけ頭を持ち上げてぴちゃぴちゃ舐《な》めた。

しかしもちろん、それでＨＰが回復するわけではないし、継続《けいぞく》ダメージも止まらない。せめて、鎖《くさり》の切《き》れ端《はし》がぶら下がったままの鉄の首輪を外してやりたいが、接合部がネジ留《ど》めされていて指で回そうとしてもびくともしない。

再びぐったりしてしまったリカオンの頭を膝《ひざ》に乗せ、俺はじっと待ち続けた。

16

どんなに早くても三十分はかかると思ったのだが、草を踏《ふ》みしめる足音が聞こえてきたのは、俺がメッセージを送ってから十五分後のことだった。

枝葉の隙間《すきま》から丘《おか》を見上げると、斜面《しゃめん》をまっすぐ降りてくる人影《ひとかげ》が二つ視認《しにん》できた。藪《やぶ》の中の俺が見えているわけではなく、マップに表示される現在位置マーカーに従っているはずだが、念のためにカラーカーソルを出現させ、名前を読む。

前を歩くプレイヤーの、緑色のカーソルは【Ａｒｇｏ】。しかし後ろのカーソルは黄色で、名前は──【Ｋｉｏ】。

「えっ……」

俺はリカオンのＨＰ残量を確認《かくにん》すると、急いで藪《やぶ》から這《は》い出した。

「アルゴ、ここだ！」

手を振る俺に、いつものフーデッドケープを羽織った情報屋が小走りに近づいてくる。

「キー坊《ぼう》、お前なァ……」

呆《あき》れ顔《がお》から発せられた言葉を、「ありがとう悪かった細かい話はあとでする」と遮《さえぎ》ってから、俺はキオに向き直った。

滑《なめ》らかな足取りで丘《おか》を降りてきた長身のメイドさんは、ブレストプレートに装甲《そうこう》スカート、腰《こし》にはエストックという武装状態のままだ。横分けにされた髪《かみ》の下の表情は、いままでで最も険しい。

思わず直立不動になる俺の前で立ち止まると、キオは言った。

「キリト。コルロイ家の廐舎《きゅうしゃ》に忍《しの》び込み、例のラスティー・リカオンを連れ出したとは、どういうことだ？」

「説明はあとでちゃんとします。いまは時間がないんです、お願いしたものは持ってきてくれましたか？」

「……ここに」

キオがベルトに取り付けた大型の革《かわ》ポーチから、ワインボトルに似た形の瓶《びん》を取り出した。いや、よく見れば使用済みのワインボトルそのものだ。栓《せん》の下まで詰《つ》められた乳白色の液体が、日差しを受けて真珠《しんじゅ》のように光る。瓶《びん》の大きさからすると、五、六百ミリリットルはありそうだ。

「それが脱色剤《だつしょくざい》……？　小瓶《こびん》一つぶんしかできないって言ってませんでしたっけ？」

「予定どおり三時間煮《に》詰《つ》めれば、三分の一の量になったのだ。しかしこの状態でも、全量使えば効果は同じはずだ」

そう答えたキオは、右手に持った瓶《びん》から俺の顔に視線を移し、当然の疑問を口にした。

「ニルーニル様が持っていくよう仰《おっしゃ》るから従ったが……リカオンを厩舎《きゅうしゃ》から連れ出したなら、なぜ脱色剤《だっしょくざい》が必要なのだ？　いまさら毛色を元に戻《もど》したところで、何の意味もないだろう」

「それはそうなんだけど……」

どう説明したものか一瞬《いっしゅん》悩《なや》んでから、俺はキオとアルゴに言った。

「ちょ、ちょっと待っててくれ」

さっと周囲を見回し、他に誰《だれ》もいないことを確認《かくにん》してから、再び藪《やぶ》に潜《もぐ》り込む。

リカオンは相変わらず、短い下生えに横たわったままだ。ＨＰバーは残り十五パーセント。残量が少なくなるにつれ、減少速度も増している気がする。

「いま助けてやるからな」

自分でも絶対の確信は持てない励《はげ》ましを口にすると、俺は四《よ》つん這《ば》いのままリカオンの下に両手を差《さ》し込み、肘《ひじ》と膝《ひざ》で体を反転させた。そのまま藪《やぶ》から這《は》い出し、リカオンを抱《かか》えながら立ち上がった途端《とたん》――。

「ノワッ」

というような声を上げ、アルゴが素早《すばや》く飛《と》び退《の》いた。瀕死《ひんし》の犬に何を大げさな、と思ったが考えてみればこいつは純然たるモンスターなのだし、当然の反応なのかもしれない。

キオのほうは動じる様子がないので、足早に近づき、ですますを省きつつ説明する。

「どうも、こいつの毛皮を染めるのに使われた《ルブラビウムの花の染料《せんりょう》》ってやつに毒性があるみたいで、それが傷口から入って、このままだと死んじゃいそうなんだ。いますぐ脱色剤《だつしょくざい》で染料《せんりょう》を抜かないと……」

そこまで聞いた途端《とたん》、キオは細い眉《まゆ》を寄せた。しかしそれは、俺がタメ口を使ったからでも、リカオンを案じたからでもないようだ。

「ルブラビウムか……確かにあの花には毒がある。他にちょうどいい色合いの染料《せんりょう》が見つからなかったのだろうが、そんな危険な代物《しろもの》を使うとはな」

「うん、だから、その脱色剤《だつしょくざい》で……」

「なぜだ」

「へっ？」

きょとんとする俺を、キオは鋭《するど》い声で問《と》い質《ただ》した。

「なぜそのリカオンを助けようとする。そいつは人間に飼われている犬や猫《ねこ》、牛馬《ぎゅうば》とは違《ちが》う、本物の怪物《かいぶつ》なのだぞ。いまはまだバーダン・コルロイの使役《しえき》の術によって支配されているが、術が切れればその状態からでもお前の喉笛《のどぶえ》を食いちぎろうとするだろう。術が切れなかったとしても、いまさらコルロイの厩舎《きゅうしゃ》に戻《もど》すわけにもいかないし、ナクトーイ家の仕業と疑われている以上、ニルーニル様が支配し直して闘技場《とうぎじょう》に出すこともできない。貴重な脱色剤《だつしょくざい》を使って助けることに、何の意味があるのだ？」

それは、俺が檻《おり》に飛《と》び込む時にも、ここまで逃げてくる時にも、藪《やぶ》の中でアルゴを待っている時にも繰《く》り返《かえ》し自問したことだった。

結局、俺のしたことに合理的な理由などない。強《し》いて言うなら――。

「……もしここにアスナがいたら、絶対にそうしようとするからさ」

呟《つぶや》くようにそう答えると、キオはすっと目を細め、探《さぐ》るような視線で俺の目を射た。

「なぜそう言い切れる。彼女もお前と同じ冒険者《ぼうけんしゃ》なのだから、ウォルプータに辿《たど》り着《つ》くまでに、数え切れないほどの怪物《かいぶつ》を殺してきたはずだ。その怪物《かいぶつ》たちと、お前が抱《かか》えているリカオンの、何が違《ちが》うのだ」

「誇《ほこ》りとか、尊厳かな」

という俺の言葉に、キオは再び眉《まゆ》を寄せた。

「尊厳だと……？」

「いままで俺やアスナが倒《たお》してきた怪物《かいぶつ》……モンスターは、十全な状態で、誰《だれ》の命令も受けず、命を懸《か》けた戦いを挑《いど》んできたんだ。確かに俺はたくさんのモンスターを殺したけど、逆に俺が殺される可能性もあったし、実際に死にかけたことも何度もある。――でも、こいつは違《ちが》う。地下厩舎《きゆうしや》の檻《おり》の中で、鎖《くさり》に繋《つな》がれて、毒の染料《せんりよう》を塗《ぬ》りたくられて、調教師に鞭《むち》で打たれていた。対等な条件で戦って殺すのと、一方的に虐《しいた》げられている奴《やつ》を見捨てるのは、同じじゃないよ」

懸命《けんめい》に考えながらそう答えたが、俺の言葉には、ひとつ大きな欺瞞《ぎまん》がある。

本当のところ、モンスターたちは自分の意思でプレイヤーに戦いを挑《いど》んでくるわけではない。

彼らを制御《せいぎょ》するＳＡＯシステムによって、そう命じられている──いや、突《つ》き詰《つ》めれば恐《おそ》らく、個々のモンスターに意思などないのだ。彼らは、独立したＡＩであるキオやニルーニル、キズメルとは違《ちが》って大きなシステムの一部であり、このリカオンも例外ではない。俺は、同じ木に咲《さ》いた花を、右手で無造作に摘《つ》み取《と》りながら左手で愛《め》でているだけなのかもしれない。

それでも──。

「……なるほど」

軽く頷《うなず》いたキオは、自分が着ているエプロンドレスをちらりと見下ろし、また俺を見た。

「私はニルーニル様に絶対の忠誠をもってお仕えしているが、暴力や縛鎖《ばくさ》、あるいは術で支配されているわけではない。そういうことか」

「うん……まあ、そういうことかな」

「ではお前は、傷を癒《い》やしてやったそのリカオンが怪物《かいぶつ》の尊厳に基《もと》づいて戦いを挑《いど》んできたら、剣を抜いて殺すのだな？」

厳しい問いだが、頷《うなず》くしかない。

「……ああ。俺が殺されるかもしれないけどね」

「…………フ」

驚《おどろ》いたことに、俺の答えを聞いたキオはかすかな笑《え》みを漏《も》らした。

「フフ、おかしな奴《やつ》だ。アルゴ、男の冒険者《ぼうけんしゃ》というのはみんなこうなのか？」

キオに訊《き》かれたアルゴは、三メートルほど離《はな》れた場所から答えた。

「いーや、ソイツが飛《と》び抜けておかしいんだヨ」

「それを聞いて安心した。……いいだろう、どうせもう使うあてのないものだ。好きにするがいい」

そう言ったキオが、右手に持っていたガラス瓶《びん》を差し出す。

俺はリカオンをそっと足許《あしもと》の草むらに横たえてから、両手で瓶《びん》を受け取った。液体の比重が高いのか、同じ大きさのワインボトルよりもいくらか手応えがある。

「えっと……刷《は》毛《け》とか使わなくていいのか？」

「不要だ。そのまま、頭から尻尾《しっぽ》までゆっくり振りかけてみろ」

「………わかった」

頷《うなず》き、コルクの栓《せん》を引き抜く。

つい匂《にお》いを嗅《か》いでしまうが、ナーソスの実のライチと胡椒《こしょう》に似た香りはほとんど消えている。

リカオンの上に屈《かが》み込み、慎重《しんちょう》に瓶《びん》を傾《かたむ》ける。

わずかに粘《ねば》りけのある真珠色《しんじゅいろ》の液体がとろりと流れ出し、リカオンの頭に落ちる。丸い耳がぴくっと動いたが、それ以上の反応はない。右手を動かし、首から胴体《どうたい》へと液体を振りかけていく。

細長い尻尾《しっぽ》の先まで垂らし終えたところで、ちょうど瓶《びん》が空になった。赤く染まった毛皮は、液体で濡《ぬ》れた箇所《かしょ》だけがきらきら光っているが、色が抜ける様子はないしそもそも量がまるで足りない――。

と思った瞬間《しゅんかん》、しゅわっ！　と音を立てて液体が激しく泡立《あわだ》ち始めた。白くきめ細かい泡《あわ》はもこもこと膨《ふく》らんで、たちまちリカオンの全身を包《つつ》み込んでしまう。

「お……おい、これでいいのか？」

焦《あせ》りながらキオを見ると、武装メイドは眉《まゆ》ひとつ動かすことなく答えた。

「黙《だま》って見ていろ」

「……ハイ」

首を縮め、顔の向きを戻《もど》す。

俺の膝《ひざ》よりも高く盛り上がった泡《あわ》は、なおもしゅうしゅう音を立てながら、生き物のようにうごめき続けている。中のリカオンが窒息《ちっそく》してしまうのではと心配になるが、泡《あわ》の上に浮《う》かぶＨＰバーは残量一割から急減少する様子はない。

「オッ⁉」

離《はな》れた場所から見守っていたアルゴが、いきなりそんな声を出した。同時に俺も目を見開く。

泡《あわ》の山が、下の方から真っ赤に変色していく。一瞬《いっしゅん》リカオンの血かと思ったが、甘《あま》ったるい刺激臭《しげきしゅう》が立ち上ってきて、《ルブラビウムの花の染料《せんりょう》》が溶《と》けているのだと気付く。

てっぺんまで赤く染まった泡《あわ》の山が、今度は空気に溶《と》けるようにみるみる低くなっていく。

ほんの数秒で七割がた消滅《しょうめつ》し、呑《の》み込んでいたモンスターを露《あら》わにする。

「おっ……」

と、今度は俺が声を漏《も》らした。

横たわるリカオンの毛皮は、特徴的《とくちょうてき》な黒ぶち模様はそのまま残っているものの、錆《さ》びた鉄のように濁《にご》った赤色が綺麗《きれい》に抜け落ちている。鉄の首輪が嵌《は》められたままだが、その下の毛皮も脱色《だっしょく》されたようだ。明らかになった本来の毛色は、陽光を受けてきらきら輝《かがや》く、銀色がかった薄《うす》い灰色。

染料《せんりょう》を溶《と》かし込んだ泡《あわ》が全て消えても、リカオンは目を閉じて草むらに横たわったままだが、苦しそうだった呼吸は落ち着いている。HPバーの減少もどうやら止まったようだ。

詰《つ》めていた息を小さく吐《は》いたその時、バーの下に表示されていた【Rusty Lykaon】という固有名の前半が溶《と》け崩《くず》れ、別の単語へと変化した。

【Storm Lykaon】。幸い、新たな修飾語《しゅうしょくご》も中学英語の範囲内《はんいない》だ。

「ストーム・リカオン……アルゴ、知ってるか？」

右側に目を向けると、情報屋はさっとかぶりを振った。

「いーヤ、聞いたことも見たこともないヨ」

「俺も……。キオさん、知ってる？」

さらに視線を動かした俺を、武装メイドはじろりと見返し――。

「知らないな」

「えっ……ナクトーイ家には、七層の全モンスターが網羅《もうら》された等級表があるんじゃ？」

「全モンスターとは言っていない」

こちらを睨《にら》みながらも、キオは俺の記憶《きおく》を補完してくれた。

「等級表に記載《きさい》されているのは、闘技場《とうぎじょう》のケージで戦える大きさで、観客や建物に危険が及《およ》ぶ特殊攻撃《とくしゅこうげき》を行わない怪物《かいぶつ》だけだ」

「あー、そうだっけ……。いや、でも、このストーム・リカオンも条件に合致《がっち》するんじゃ？　バウンシー・スレーターを倒《たお》した回転攻撃《こうげき》にはびっくりしたけど、檻《おり》を壊《こわ》せるほどじゃないと思うぞ」

「私はその回転攻撃《こうげき》とやらを見ていないからな。ただ……さしものコルロイ家も、檻《おり》を壊《こわ》してしまうような怪物《かいぶつ》を出してはくるまい。となると、このストーム・リカオンが等級表に載《の》っていないのは、確かに奇妙《きみょう》なことだな……」

眉《まゆ》を寄せるキオと同時に、足許《あしもと》の犬型モンスターを見下ろす。

ＨＰバーの減少は止まったが、残り一割から回復する様子はない。リカオン自身も変わらず目を閉じ、横倒《よこだお》しになったままだ。

通常、モンスターはプレイヤーとの戦闘《せんとう》でダメージを受けても、どちらかが逃げたりして戦《せん》闘《とう》状態が解除されればＨＰは急速に回復していく。このストーム・リカオンも、俺たちが立ち去ればそうなるのかもしれないか、イレギュラーな条件が重なりすぎていて確信は持てない。

もしこの状態が続けば、ウォルプータを拠点《きょてん》にレベル上げをしているプレイヤーに発見され、黄色カーソルであろうと殺されてしまう可能性が高い。

街から遠く離《はな》れた、当分プレイヤーが来ないであろう場所まで運んで、様子を見るしかないのか……と思っていると。

キオが再び革《かわ》ポーチに手を入れ、新たな瓶《びん》を取り出した。

俺が左手に持ったままのワインボトルよりかなり小さく、全面に宝石のような多面カットが施《ほどこ》されている。中身は、少しオレンジがかったピンク色の液体。

「これを使え。怪物《かいぶつ》専用の回復剤《かいふくざい》だ」

そう言って瓶《びん》を差し出すキオの顔を、俺はまじまじと見詰《みつ》めてしまった。

「え……ど、どうしてそんなものを？　キオさんは、リカオンを助けるのには反対しているとばっかり……」

「反対さ。だが、ニルーニル様が持っていけと仰《おっしゃ》ったのだ。使わないなら持ち帰るぞ」

「つ、使うよ、ありがとうございます！」

ぺこりと頭を下げつつ右手で回復剤《かいふくざい》を受け取り、左手の空《あ》き瓶《びん》を返却《へんきゃく》する。

リカオンの上に屈《かが》み込もうとして、再度キオの顔を見る。

「あの……これ、俺が飲ませても効果あるのか？」

モンスター回復スキル的なものを習得していないことを言外に匂《にお》わせてみたが、武装メイドは何を馬鹿なと言いたげな表情を浮《う》かべた。

「誰《だれ》が飲ませようが、中身は同じだろう。もっとも、動けないほど弱った怪物《かいぶつ》に薬を飲ませるには技術が必要らしいが」

確かに、先ほど俺がポーションを飲ませようとした時は、リカオンは口に垂らされた薬液を舐《な》めようともしなかった。今度も同じことになったら、理由は不明だが脱色剤《だつしょくざい》に加えて回復剤《かいふくざい》まで提供してくれたニルーニルに申し訳が立たない。

「……ちなみに、キオさんはその技術をお持ちなんです？」

再び敬語に戻《もど》して訊《たず》ねたが、即座《そくざ》にメイドさんらしからぬ言葉が返る。

「持っているわけがない。私が厩務員《きゅうむいん》や調教師に見えるか？」

「み、見えません」

首を縮めつつ、念のためアルゴを見やるが、こちらも真顔で小刻みにかぶりを振るばかり。

どうやら今度も俺がやるしかないようだ。

ぐったり横たわるリカオンの、頭のすぐそばに跪《ひざまず》く。途端《とたん》、閉じられていた目が薄《うす》く開き、口から「グル……」と低い唸《うな》り声《ごえ》が漏《も》れたが、それ以上の反応はない。

恐《おそ》らく、口《くち》の端《はし》から薬液を流《なが》し込んでも前と同じ結果になってしまうだろう。どうにかしてしっかり飲《の》み込んでもらわなくてはならない。何かスポイトのようなものがあれば……いや、鋭《するど》い牙《きば》で噛《か》み砕《くだ》かれてしまうのがオチだ。

懸命《けんめい》に考え、もうこうするしかないと腹をくくる。右手の親指で回復剤《かいふくざい》の栓《せん》を抜き、左手をお椀《わん》にして少しだけ注ぐ。

夕焼け空の色をした液体はひんやりと冷たく、ほとんど何の匂《にお》いもしない。こぼさないよう注意しながら、リカオンの鼻先に近づける。しかし、二秒、三秒と経過しても何の反応もない。やはり専用の回復スキルが必須《ひっす》なのか……と肩《かた》を落としかけた、その時。

リカオンが、ウルフ系より短めなマズルをほんの少しだけ持ち上げた。俺の左手に黒い鼻を近づけ、何度も匂《にお》いを嗅《か》ぐ。反射的に声を掛《か》けそうになったが、ぐっと我慢《がまん》して見守る。

やがて、リカオンはもう五センチほど頭を上げると、俺の手に溜《た》まった液体に舌を伸ばした。毒味をするように一回だけ舐《な》め、数秒後にもう一度、さらにもう一度舐《な》める。

「オッ……HPガ」

アルゴの声に、ちらりとリカオンのカラーカーソルを見上げる。残り一割だったHPバーが、じわじわと回復し始めている。

再び下を見ると、左手のお椀《わん》がほぼ空になっていた。急いで右手の瓶《びん》から液体を注《つ》ぎ足《た》す。するとリカオンは、多少ふらつきながらも上体を起こし、前肢《ぜんし》を広げて踏《ふ》ん張《ば》った。俺の手に真上から鼻を突っ込み、ぴちゃぴちゃと音を立てて勢いよく舐《な》め始める。またすぐなくなってしまうので、新たに注《つ》ぎ足《た》す。

それを三回繰《く》り返《かえ》すと、右手の瓶《びん》も空になった。

立ち上がり、再度ＨＰバーを見ると、ちょうど右端《みぎはし》まで回復したところだった。ほっと安堵《あんど》の息を吐《は》くが、これで問題解決というわけではない。耳の奥《おく》に、キオの言葉が甦《よみがえ》る。

——ではお前は、傷を癒《い》やしてやったそのリカオンが怪物《かいぶつ》の尊厳に基《もと》づいて戦いを挑《いど》んできたら、剣を抜いて殺すのだな？

いま、俺の腰《こし》に剣はないが、ウインドウを開いてクイックチェンジのボタンを押せば一瞬《いっしゅん》で《ソード・オブ・イヴェンタイド》が実体化する。眼前の犬、いやモンスターはベータ時代に何十匹《びき》も倒《たお》したラスティー・リカオンではなく、未見の上位種ストーム・リカオンだったわけだが、バウンシー・スレーターとの勝負を見た限りでは、こちらの命を脅《おびや》かすほどの強敵ではあるまい。とはいえ油断はできない——攻撃《こうげき》してくる素振《そぶ》りをわずかでも見せたら、すかさず剣を装備し、キオの質問への答えを遂行《すいこう》しなくてはならない。

完全回復したストーム・リカオンは、がっしりした四肢《しし》でしっかり地面を踏《ふ》みしめて立つと、ぶるりと身震《みぶる》いした。黒いぶちのある銀灰色《ぎんかいしょく》の毛皮が、強い日差しを受けて雪のように輝《かがや》く。もう赤錆《あかさび》の色はどこにも残っていないし、鞭《むち》で打たれた傷も見当たらない。

リカオンは、首輪から垂れた短い鎖《くさり》をちゃりちゃりと鳴らしながら大きく弧《こ》を描《えが》いて歩き、三メートルほど離《はな》れるやこちらに向き直った。ここだけは以前と色が変わらない、茶色の双眸《そうぼう》でじっと俺を見据《みす》える。

ゆっくりと頭が低くなっていく。銀色の体毛が逆立つ。鼻筋にしわが寄り、鋭《するど》い牙《きば》がちらりと覗《のぞ》く。

「……グルルルル…………」

低く唸《うな》るストーム・リカオンの頭上で、カラーカーソルが小刻みに点滅《てんめつ》し始めた。黄色と、やや薄《うす》めの赤色が不規則に入《い》れ替《か》わる。バーダン・コルロイに施《ほどこ》された使役《しえき》の術が解けかけているのだ。

「グルオッ！」

ひときわ鋭《するど》い吼《ほ》え声《ごえ》が響《ひび》いたのと同時に、カーソルが赤色に固定された。

やや薄《うす》めではあるが、それでも予想より赤みが濃《こ》い。レベル22の俺にここまで赤く見えるということは、七層の通常湧き《つうじょうわ》モンスターの中では最強クラスと思っていい。少なくとも昨夜対戦したダンゴムシ――バウンシー・スレーターより格段に強いはずなのに、なぜ闘技場《とうぎじょう》ではあそこまで苦戦したのか。

いや、確かニルーニルが、リカオンは昨夜まで四連戦していると言っていた。その間毎日、全身に毒の染料《せんりょう》を塗《ぬ》りたくられたせいで、筋力や敏捷力《びんしょうりょく》が相当下がっていたのだろう。つまりいまようやくリカオンは、本来の力を取《と》り戻《もど》したというわけだ。

そして、モンスターの尊厳――あるいはＳＡＯシステムの命令に従って、俺を攻撃《こうげき》しようとしている。

「キリト」

「キー坊《ぼう》！」

後方のキオと、右側のアルゴが同時に俺の名を呼んだ。

二人が言いたいことは解《わか》っている。早く剣を出して抜けというのだろう。そうするべきだ。いまの俺は防具をほとんど除装しているし、体術スキルだけでは恐《おそ》らくリカオンの攻撃《こうげき》を捌《さば》き切れない。

——しかし。

「……おい」

俺は、目の前で唸《うな》り続けているモンスターに呼びかけた。

「せっかく自由になったのに、ここで俺と戦って死ぬのか？　それが本当にお前の望んでいることなのか？」

無意味な問いだ。アインクラッドに湧出《ポップ》する全てのモンスターは、独立した思考プログラムなど持っていない。一個の生物なのは見かけだけで、本質は巨大《きよだい》なゲームシステムの一部分に過ぎないのだ。

あと五秒この状況《じようきよう》が続いたら、ウインドウを開いて愛剣《あいけん》を装備する。心の中でそう宣言し、猛々《たけだけ》しい光を宿す双眸《そうぼう》をじっと見返しながら、数字を嚙《か》み締《し》めるようにカウントする。
一、二、三、四……。

「グル…………」

不意に、リカオンが唸《うな》るのをやめた。

頭を低く下げた戦闘《せんとう》姿勢のまま、じり、じりと後ずさっていく。六、七メートルほど離《はな》れた瞬間《しゅんかん》、稲妻《いなずま》の如《ごと》く身を翻《ひるがえ》し、川のほうへ走り始める。

呆《あき》れるほどのスピードだ。ベータテストで戦ったラスティー・リカオンの倍近く速いだろう。銀灰色《ぎんかいしょく》の四肢《しし》獣《そくじゅう》はみるみる遠ざかり、川辺に立ち並ぶ灌木《かんぼく》の隙間《すきま》に飛《と》び込むと、俺の視界から消え去った。

それでも赤いカラーカーソルは数秒間動き続けていたが、やがてそれも消える。河原に身を隠《かく》したわけではなく、彼方《かなた》へと──恐《おそ》らくは北西方向に走り去ったらしい。

「…………」

両肩《りょうかた》の力を抜きつつ、ストーム・リカオンが逃げていった方向を見詰《みつ》めていると、すぐ隣《となり》でアルゴの声がした。

「……アイツ、キー坊《ぼう》の言ったことが解《わか》ったのかナ？」

だったらいいけどな、と思いつつも俺はかぶりを振った。

「いや……動物型モンスターでも、猿系《さるけい》とか犬系とかの頭がいいやつは戦力差を察して逃げることがあるだろ。あいつも、俺たちに勝てないと判断したんじゃないか」

「でも、カーソルだいぶ赤かったゾ？　正直、戦闘《せんとう》になったらちびっとヤバイかもって思ったヨ」

「まあ、それは俺もだけど……。つまり、それでもリカオンが逃げるくらい……」

後ろの武装メイドさんがヤバ強いってことなんだろうな、と声には出さずに続けながら俺は振り向いた。

リカオンが走り去った方向を見やっていたキオは、俺の視線に気付くと小さく肩《かた》をすくめ、言った。

「これで満足したか、キリト？」

「あー……まあ、少なくとも、後悔《こうかい》はしてない……かな」

歯切れの悪い返事に、キオは少しばかり苦笑《くしょう》したように思えたが、すぐにいつもの無表情に戻《もど》る。俺が返したワインボトルを革《かわ》ポーチにしまうと、やや厳しさの増した声で——。

「それではニルーニル様の部屋に戻《もど》り、お前がコルロイ家の厩舎《きゅうしゃ》に忍《しの》び込んだ理由と、そこで何が起きたのかを説明してもらおうか」

「で、ですよね。もちろんしますとも」

こくこく頷《うなず》きながら、俺は足許《あしもと》から回復剤《かいふくざい》の栓《せん》を拾い上げた。ただのガラスではなく、天然水晶《すいしょう》のような重さと質感があり高級品なので、右手に持ったままの空《あ》き瓶《びん》に差《さ》し込み、キオに歩み寄ってこちらも返却《へんきゃく》する。

俺がアルゴに頼《たの》んだ脱色剤《だっしょくざい》だけでなく回復剤《かいふくざい》も携行《けいこう》していたのは、ニルーニルがそうしろと命じたからだとキオは言っていた。そのおかげでリカオンを助けられたわけだが、ニルーニルはなぜ回復剤《かいふくざい》が必要になることが予想できたのか。他にも色々訊《き》きたいが、まずは俺の勝手な行動を謝罪し、理由をきっちり説明しなくてはならない。

「では行くぞ」

そう言うと、キオはエプロンドレスを翻《ひるがえ》して振り向き、緑の丘《おか》を登り始めた。

黒い装甲《そうこう》スカートの上で上品に揺《ゆ》れる白リボンを、アルゴと並んで追いかける。三十歩ほど進んだ時、不意に《鼠《ねずみ》》がキオに届かない音量で囁《ささや》いた。

「ナァ、キー坊《ぼう》。モンスターって、同じ個体と長時間戦ってると、だんだんこっちの武器とかソードスキルに対応してくるよナ」

「へ？　ああ……そうだな、亜人系《あじんけい》は特に」

「つまりモンスターにも、NPCほどじゃないにせよ学習能力があるわけダ。なら、そいつが長生きして戦闘《せんとう》を経験すればするほど、カスタマイズされた存在になっていくってことだロ？　だったらあのリカオンも、画一的なアルゴリズムに従って逃げたんじゃなくて、自分の判断で戦うのをやめたって考えてもいいんじゃないカ？」

「う、うーん……まあ、そうかもだけど……」

アルゴ説の妥当性《だとうせい》を脳内検討しかけてから、ふと隣《となり》を見る。

「……な、なんだヨ？」

「いや……ひょっとして、慰《なぐさ》めてくれたのかなーって……」

途端《とたん》、アルゴは眉《まゆ》を持ち上げつつ口をすぼめるという奇妙《きみょう》な表情を作った。ヒゲペイントのせいで本物のネズミの顔真似《かおまね》をしているように見えて、軽く噴《ふ》き出してしまう。

「なんだヨ、オレっちが慰《なぐさ》めたらダメなのカ？」

ますます口を尖《とが》らせるアルゴに、俺は急いで謝《あやま》った。

「いや、ダメじゃないよ。あんがとな……アルゴ説、採用しとくよ」

「フン、最初からそう言えってノ」

そんなやり取りをしていると、先を歩くキオが振り向き、怪訝《けげん》そうに片眉《かたまゆ》を持ち上げた。

17

ウォルプータの西門が見えてきたあたりで、キオは革《かわ》ポーチから灰色のフードつきマントを引っ張り出してふわりと羽織った。ポーチもさほど大きいわけではないので、いったいどこに入っていたのかと驚《おどろ》くが、近くで眺《なが》めるとマントは実体を感じさせないほど薄《うす》い。それでいてまったく透《す》けないし海風でまくれ上がったりもしないので、特殊《とくしゅ》な素材で作ったレアアイテムだと思われる。

俺やアスナも隠密《おんみつ》行動でフーデッドマントを装備する機会は多々あるので、それ欲《ほ》しい！と思わずにいられない――きっとアルゴも同じだろう――が、ちょうだいと言って貰《もら》えるものでもあるまい。クエスト報酬《リワード》で提示されることを祈《いの》りつつ、メイド衣装《いしょう》を完全に隠《かく》したキオに続いて西門を通《とお》り抜ける。

現在時刻は午後二時少し前。モンスター闘技場《とうぎじょう》の昼の部が午後三時開始だったはずだから、そろそろカジノ前の広場に人が増えてくる頃合《ころあ》いだ。ほとんどはNPCだろうが、キバオウとリンドがカジノチップ十万枚獲得《かくとく》に再挑戦《さいちょうせん》するならALSとDKBの主要メンバーも集まってくるはずだし、そろそろ主街区《しゅがいく》レクシオからカジノ目当ての中堅《ちゅうけん》プレイヤーたちが到着《とうちゃく》してもおかしくない。

加えて、カジノの正面入り口にはフル武装の衛兵もいるので、あそこを通るなら俺もキオやアルゴと同じくフードを被《かぶ》りたいところだが、この気温で三人連れが揃《そろ》ってそんな格好をしていたら逆に悪目立ちしてしまう。恐《おそ》らく衛兵はコルロイ家ではなくカジノ自体に雇《やと》われているのだろうし、俺は厩舎《きゆうしや》で大立ち回りした時は麻袋《あさぶくろ》を被《かぶ》っていたので身元が露見《ろけん》してはいない……はずだ。

とりあえずキオが迷いのない足取りで大通りを進んでいくので、黙《だま》ってついていくしかない。カジノ前の広場は予想どおり賑《にぎ》わっていて、プレイヤーであろう武具装備の男女も散見される。自然と下を向きつつ灰色マントを追いかけていると、キオは広場に入ってもカジノ方向に曲がらず、そのまま直進して一軒《けん》の宿屋に入った。

カジノ三階の超高級ホテルには及《およ》ばないが、充分《じゆうぶん》にお高そうなエントランスホールをぱちくりと見回してから小声でキオに訊《たず》ねる。

「ニルーニル様は、カジノじゃなくてここにいるのか？」

「いいからついてこい」

と言われればこくこく頷《うなず》く以外の選択肢《せんたくし》はない。キオは黒ベスト姿のコンシェルジュが立つカウンターの前を素通《すどお》りし、薄暗《うすぐら》い廊下《ろうか》を足早に歩いていく。

やがてとあるドアの前で立ち止まると、マントの中から鍵束《かぎたば》を取り出し、十本以上も連なった鍵《かぎ》の一つを使って解錠《かいじよう》。開けた先は、高級ではあるが広いとは言えないシングルルームで、ニルーニルはもちろん誰《だれ》の姿も見当たらない。

「…………？」

頭からクエストNPCばりにクエスチョンマークを出す俺の目の前で、キオは灰色のマントを脱《ぬ》ぐとくるくる畳《たた》んだ。たちまち二《ふた》つ折《お》りの財布《さいふ》ほどにまで小さくなったそれを革《かわ》ポーチに入れ、軽く息を吐《は》いてから、部屋の隅《すみ》にあるクローゼットに歩み寄る。

キオが両手で引き開けた扉《とびら》の中を後ろから覗《のぞ》いたが、そこにもニルーニルはいないし洋服も掛《か》かっていない。しかしキオは空っぽのクローゼットに右手を入れ、銀色のハンガーパイプを摑《つか》むと、手前に回転させた。

キリキリ、カチンという金属音が響《ひび》いた、次の瞬間《しゅんかん》。

クローゼットの背板がかすかに軋《きし》みながら奥《おく》へ開き、俺は素《す》っ頓狂《とんきょう》な声を上げてしまった。

「おわっ⁉」

両目を三回瞬《しばたた》かせてから、アルゴがやけに静かなことに気付いて横を見ると、したり顔でニヤニヤ笑っているではないか。

「お前、知ってたな」

「来る時にもこの部屋を通ったからナ」

という答えには納得《なっとく》するしかない。

「なるほどね……」

キオの肩越《かたご》しに覗《のぞ》き込むと、開いた背板の奥《おく》には薄暗《うすぐら》い通路がいずこへか延びている。いや、行き先は一つしか考えられない。

「キリト、アルゴ、先に入れ」

振り向いたキオにそう言われた途端《とたん》、アルゴが「あいよ」と応じて躊躇《ちゅうちょ》なくクローゼットに足を踏《ふ》み入《い》れた。俺も無言で後に続く。ウォークインタイプというほどのサイズではないが、下に引き出しがないのでことさら足を持ち上げる必要はない。

扉《とびら》のように九十度開いた背板の奥《おく》は、床《ゆか》も壁《かべ》も天井《てんじょう》も石張りの、いかにもな隠《かく》し通路《つうろ》だった。幅《はば》は五十センチほどしかないので、俺やアルゴは肩《かた》をすぼめればどうにかまっすぐ歩けるが、大柄《おおがら》なエギルあたりは横向きにならなければつかえてしまいそうだ。

そういえばあの陽気な両手斧使《りょうておのつか》いや仲間のアニキ軍団たちは、いまどこにいるんだろう……などと考えながらアルゴに続いて二メートルほど進み、立ち止まる。

肩《かた》を擦《す》らないよう気をつけつつ振り向くと、キオがクローゼットに入ってきたところだった。両開きの扉《とびら》を内側から引っ張って閉め、通路まで下がって片開《かたびら》きの背板も元どおりに閉じる。カチッと音がするところまで押し込み、壁《かべ》の高いところから突き出たレバーを引き下げると、ロックが掛《か》かるような金属音がした。この操作は知っていないと手間取りそうだし、隠《かく》し通路《つうろ》の中ではすれ違《ちが》うのは不可能なので、俺とアルゴを先に行かせたのだろう。

クローゼットの背板が閉まると通路は一瞬《いっしゅん》だけ暗闇《くらやみ》に包まれたが、すぐにかすかな光が奥《おく》のほうから届いてきた。何らかの明かりが設置されているようだが、炎《ほのお》のオレンジ色ではなく、不思議な薄緑色《うすみどりいろ》を帯びている。おや、と眉《まゆ》を寄せた時、後ろでキオが言った。

「アルゴ、先に進んでくれ」

「ヨッシャ」

すたすた歩き始めた情報屋を追いかけると、通路は十メートルほど先で右に曲がり、そこの壁《かべ》に奇妙《きみょう》なオブジェクトが設置されていた。壁《かべ》の石積みに開けられた十センチ四方の穴から、太くて短い木の枝が突き出し、淡《あわ》い緑色の光を放っている。いや、光っているのは枝そのものではなく、そこから生えた細長いキノコだ。これは――

「オクリビダケ……？」

立ち止まってそう呟《つぶや》くと、背後のキオが反応した。

「知っていたか。リュースリアンと友誼《ゆうぎ》を結んでいるだけのことはあるな」

「だ、だけのことがあるってほどでもないけど……」

怪《あや》しげな返事を口にしてから、肩《かた》をすぼめて振り向き、質問する。

「そんなことより、どうしてこの通路にオクリビダケが？　こいつは《揺《ゆ》れ岩《いわ》の森》の木からもいだらすぐ死んじゃうんじゃ……？」

明るさは大したことがないが、非常用の光源としては優秀《ゆうしゅう》なので、ベータテスト時代にこのキノコを採取して持ち歩こうとしたプレイヤーは俺を含《ふく》めて少なからずいた。しかしどれほど注意深くもぎ取っても、どんな容器に保存しても、十秒もしないうちに萎《しお》れて跡形《あとかた》もなく消滅《しょうめつ》してしまったのだ。

まさか正式サービスでは採取可能になったのだろうか、だったら瓶《びん》いっぱいに採ってくるんだった……という俺の欲深な目論見《もくろみ》は、しかし直後に霧散《むさん》した。

「確かにそのとおりだ」

頷《うなず》いたキオは、俺を二歩ほど後退させると、淡《あわ》く光るオクリビダケを間近で覗《のぞ》き込みながら続けた。

「このオクリビダケも、枝からもぎ取ったら即座《そくざ》に死んでしまうだろう。なのになぜこうして生きていられるのかは……お前がニルーニル様に忠誠を誓《ちか》い、ナクトーイ家の侍者《じしゃ》とならねば教えられないな」

真顔でそんなことを言うキオの前で、俺は肩《かた》と首を限界まで縮めた。

「け、検討しておきます」

途端《とたん》、武装メイドさんがフッと薄《うす》く笑ったので、緑色の光に照らされたその顔をまじまじと見詰《みつ》めてしまう。しかし笑《え》みは即座《そくざ》に消え、いつもの硬《かた》い声が響《ひび》く。

「時間がない。急ぐぞ」

「アイヨ」

アルゴが歩き始める気配を感じ、俺は急いで体の向きを戻《もど》すと小さな背中を追いかけた。

約十メートル間隔《かんかく》で設置されたオクリビダケの枝を五本まで数えたところで、ようやく通路の終点が見えてきた。

今度はクローゼットを経由せず、通路がそのまま階段に直結している。コルロイ家の厩舎《きゅうしゃ》で見た螺旋《らせん》階段と雰囲気《ふんいき》は似ているが、幅《はば》は半分ほどしかない。アルゴに続いて上り始めるが、これがなかなか終わらない。

何段、何メートル上ったのかまるで解《わか》らなくなった頃《ころ》、やっと階段が途切《とぎ》れた。そこからはまたしても狭《せま》い通路がしばらく続く。右に曲がり、左に曲がり、もういちど右に曲がった先が、どうやら目的地のようだ。

通路は頑丈《がんじょう》そうな板に塞《ふさ》がれ、右側の壁《かべ》の高いところに小さなレバーがある。俺が限界まで背伸《せの》びして届くかどうかという高さ——ということは。

「ア……しまった、オイラじゃ手が届かないゾ」

そう言いながらアルゴがレバーに右手を伸ばしたが、爪先立《つまさきだ》ちになっても十五センチ近くも足りない。もちろんジャンプすれば届くだろうが、華奢《きゃしゃ》なレバーに全体重が掛《か》かると、小柄《こがら》なアルゴでも壊《こわ》してしまいそうだ。破壊《はかい》不能オブジェクトでなければ、だが。

——そう言えばずっと前、こんなことが何度もあったな……。

などと考えたせいか、俺は無意識のうちにアルゴの脇《わき》の下《した》あたりを両手で掴《つか》み、よいしょと持ち上げていた。

途端《とたん》、

「ンノワッ⁉」

というような奇声《きせい》が上がり、はっと己《おの》が狼藉《ろうぜき》に気付く。しかしいまさら落っことすわけにもいかない。じたばたするアルゴをレバーに近づけ、平静を装《よそお》って言う。

「ほら、それ下げて」

「子供扱《こどもあつか》いすんナ！」

と抗議《こうぎ》しつつも、アルゴは右手でレバーを引き下げた。カチッ！　と歯切れのいい金属音が響《ひび》き、通路を閉ざしていた板が手前にスイングする。

それを見てから両手を下げると、アルゴは通路の床《ゆか》に足が着くやいなや勢いよく振り向き、俺の顔に人差し指を突きつけてきた。

「おいキー坊《ぼう》、いきなりレディーのワキ腹をワシ摑《づか》みにしていいと思ってんのカ⁉」

「わ、悪い悪い。つい、流れで」

「流れェー？　まさか、アーちゃんにもこんなコトしてるんじゃないだろーナ」

「し、してない、ししないよ！」

顔をぶんぶん左右に振る。

俺が想起したのは、アスナではなく妹の直葉《すぐは》との思い出だ。幼い頃《ころ》、彼女は外出する時には

必ず玄関《げんかん》の照明を自分で消したがって、そのたびに俺が体を持ち上げてやっていたのだ。一歳──正確には半年しか誕生日が違《ちが》わないのによくそんなことができたと思うが、確か幼稚園《ようちえん》の頃《ころ》までは、直葉《すぐは》は同い年の子供たちよりかなり小柄《こがら》で体力もなかったような記憶《きおく》がある。

それが、小学校に上がって剣道《けんどう》を始めた途端《とたん》にめきめきと背が伸び、元気になっていったのだから子供の成長というのは解《わか》らないものだ……などと逃避的思考《とうひてきしこう》を巡《めぐ》らせていると、アルゴはようやく右手を降ろした。

「いいか、次に同じマネしたら金取るからナ」

「か、金って、何代《なにだい》なんだよそれ」

「脇腹摑《わきばらつか》み代《だい》ダ！」

びしっと言い切り、ふんっと振り向いたアルゴの後ろで細長く息を吐《は》く。ふと真後ろから、押《お》し殺《ころ》した笑い声が聞こえた気がしたが、俺の後ろにいるのは無愛想NPCランキング一位を三層のダークエルフ鍛冶師《かじし》と争うキオお姉様なのでたぶん空耳だろう。

アルゴは開いた板の先に進むと、そこにあった簡素な扉《とびら》を左右に押《お》し開《あ》けた。途端《とたん》、仄《ほの》かな明かりが差《さ》し込んでくる。緑ではなくオレンジ色──光源は普通《ふつう》のランタンだ。

アルゴに続いて扉《とびら》から出た先は、左右の壁《かべ》に固定された金属棒にずらりと女性ものの衣類が掛《か》かった小部屋だった。もう少し広ければ服屋の中と勘違《かんちが》いしたかもしれない。衣類は全てが高級そうなパーティードレスやワンピース、キャミソールのたぐいだが、見たところサイズがかなり小さい。

少し進んで振り向くと、俺が通《とお》り抜けたのは艶《あで》やかな赤茶色に輝《かがや》く大型クローゼットだった。広場の宿屋にあった入り口と同じく、出口も偽装《ぎそう》されているようだ。いや——用途《ようと》を考えれば、こちらを入り口と見なすべきか。

最後に出てきたキオが、クローゼットの中のハンガーポールを奥《おく》に回すと、キリキリキリ……という音とともに背板が元の位置に戻《もど》っていき、カチッとロックが掛《か》かった。

クローゼットの扉《とびら》を閉め、振り向いたキオに、ひそひそ声で訊《たず》ねる。

「……もしかしてここにあるの全部、ニルーニル様の服なのか？」

「そうだ。汚《よご》れた手で触《ふ》れるなよ」

という言葉に苦笑《くしょう》しつつ、改めて左右の壁《かべ》に並ぶドレス類を眺《なが》める。そのつもりで見ると、赤や青、紫《むらさき》の服もあるが黒の比率がかなり大きい。ニルーニルが黒い服好きなのだとしても、理由は隠蔽状態《ハイディング》にプラス補正があるから……ではないだろう。

「しっかし……大変だなあ。ニル様もすぐ大きくなるだろうに、そしたらこの服全部買《か》い換《か》えだろ……？」

頭に浮《う》かんできた感想をそのまま口にしたが、キオは何やら奇妙《きみょう》な表情で瞬《まばた》きするだけで、何も答えなかった。考えてみれば、アインクラッドの子供ＮＰＣが成長するとは限らない——というか、そんなＲＰＧは皆無《かいむ》とは言わないがごくごく例外的だろう。さしもの高度ＡＩも、返事に詰《つ》まって当然だ。

これ以上この話題を引っ張るべきではないと判断し、衣装部屋《いしょうべや》の出口であ
金色のドアノブに右手を伸ばした瞬間《しゅんかん》、それがちゃっと回転したので反射的に飛向かう。

引き開けられたドアの向こうに立っていたのは、衛兵でも暗殺者でもなく、白いワンピー
姿の我《わ》が暫定《ざんてい》パートナーだった。

「クローゼットの中でいつまでお喋《しゃべ》りしてるわけ？」

見慣れた呆《あき》れ顔《がお》を向けてくるアスナに、俺はぎこちない笑《え》みを浮《う》かべて答えた。

「え、えーと、た……ただいまです」

隠《かく》し通路《つうろ》がある衣装部屋《いしょうべや》の外は、巨大《きょだい》な天蓋《てんがい》つきベッドが真ん中にどーんと据《す》えられた暗い部屋だった。どう見てもニルーニル様の寝室《しんしつ》なので、じろじろ眺《なが》め回さないよう気をつけつつ横切り、別のドアを通《とお》り抜ける。

ようやく見覚えのある部屋――グランドカジノホテル十七号室のメインルームに辿《たど》り着《つ》き、ほっと一息。しかし何かを言う間もなく、三人掛《さんにんが》けソファーから立ち上がった人影《ひとかげ》が小走りに近づいてきて俺の両肩《りょうかた》をがしっと摑《つか》んだ。

「キリト！　まったく……相変わらず、無茶なことばかりする奴《やつ》だな」

「心配かけてごめん、キズメル」

黒エルフの騎士《きし》に謝罪し、肩甲骨《けんこうこつ》のあたりをぽんぽん叩《たた》いてから、五人掛《ごにんが》けソファーに向き直る。

　この部屋の主にしてウォルプータ・グランドカジノの支配者ニルーニル・ナクトーイ嬢《じょう》は、大量のクッションが置かれたソファーに横たわって古めかしい本を読んでいたが、ページから視線を上げてこちらを見ると言った。

「おかえり、キリト」

　表情も口調も落ち着いている、と言うより気《け》だるげですらあるが、心の中で俺の独断専行をどう思っているのかはまったく解《わか》らない。一つ確かなのは、アルゴがニルーニルから受注した脱色剤《だっしょくざい》振りかけクエストは俺のせいで失敗してしまったということだ。なぜなら、数時間前にこの部屋を出た時はニルーニルの頭上で淡《あわ》く光っていたはずの【？】マークが跡形《あとかた》もなく消滅《しょうめつ》している。

　あとで、改めてアルゴに謝《あやま》らないとな……と思いながら、俺はキオがソファー脇《わき》の定位置に戻《もど》るのを待った。武装メイドの動きが止まるや否《いな》や、背筋を伸ばして若き当主《とうしゅ》に告げる。

「ただいま戻《もど》りました」

「……それで？」

「え、ええと……このたびは、大変なご迷惑《めいわく》を……」

　慣れない謝罪の言葉を申し述べようとした途端《とたん》、ニルーニルは眉《まゆ》をしかめてひらりと左振った。

「そういうの、面倒《めんどう》だからいいわ。コルロイ家の厩舎《きゅうしゃ》で何を見て、何があったのかを説明して」

「はっ、ハイ」

領《うなず》いた俺に、キズメルが水を満たしたグラスを渡《わた》してくれたので、目礼してから一息に飲み干す。昨夜アルゴが作ってくれた氷水ほどは冷えていないが、大冒険《だいぼうけん》の直後なので文句なしに美味《うま》い。

一つ咳払《せきばら》いしてから、俺は厩舎《きゅうしゃ》での出来事と、ラスティー・リカオンがストーム・リカオンだったこと、傷を治したら走って逃げてしまったことを最大限丁寧《ていねい》に説明した。省略したのは、モンスターの尊厳に関するキオとの会話くらいだ。

俺が「以上です」と締《し》めくくっても、ニルーニルは寝そべったまましばらく沈黙《ちんもく》し続けた。十五秒ほど経《た》ってから、ようやく口を開く。

「確認《かくにん》するけど、本当に厩舎《きゅうしゃ》では一切《いっさい》、誰《だれ》にも顔を見られていないのね？」

「はい」

そこには自信があるので即座《そくざ》に頷《うなず》く。

「忍《しの》び込む時は誰《だれ》にも見つからなかったし、調教師たちの前に出ていってからはずっと麻袋《あさぶくろ》を被《かぶ》ってましたから」

「それ、もういっかい被《かぶ》ってみて」

「は、はい？」

つい訊《き》き返してしまったが、命令は誤解の余地が一平方ヨクトメートルもないほど明快だ。そして嫌《いや》ですと言える立場でも状況《じょうきょう》でもない。

ウインドウを開き、装備フィギュアの頭をタップしてもう一度《ぼろぼろの麻袋《あさぶくろ》》を設定。しゅいん、という音とともに袋《ふくろ》が実体化し、視界が目の粗《あら》い麻布《あさぬの》に塞《ふさ》がれる。

「……こんな感じですけども……」

という俺の声は、自分でも若干不明瞭《じゃっかんふめいりょう》に感じられたが、室内がほぼ無音なのでニルーニルには聞こえたはずだ。なのにどれだけ待っても反応がない。

「えっと………」

途惑《とまど》いつつソファー脇《わき》のキオを見るが、なぜかすいっと視線を逸《そ》らされてしまう。ならばとローテーブルを挟《はさ》んで立つアルゴとアスナ、キズメルに目を向けても、反応は同じ。

誰《だれ》か何か言ってくれよ、と思いつつ突っ立っていると、突然《とつぜん》ニルーニルが顔をクッションに埋《う》め、肩《かた》を小刻みに震《ふる》わせ始めた。泣いている――のではなく笑いを堪《こら》えているのだ。

その反応が連鎖《れんさ》したかのように、キオが深く俯《うつむ》きつつ口許《くちもと》を押さえ、アスナたちはくるりと背中を向けた。これでは、ナーソスの実を素手《すで》で搾《しぼ》られた時とまったく同じ展開ではないか。

前回は、皆《みな》を和《なご》ませられるなら笑い者になるとて本望《ほんもう》なりと殊勝《しゅしょう》なことを考えたが、さすがに一日二回はサービス過剰《かじょう》というものだ。少しくらい反撃《はんげき》しても許される場面だろう。

　俺はじりじりと左に移動し、キオの真正面に立った。

　気配を感じた武装メイドが顔を上げた瞬間《しゅんかん》、指を垂らした両手を斜《なな》め上方にぴんと伸ばし、左膝《ひだりひざ》を上げて片足立ちになる、いわゆる鶴《つる》の構えを決める。

「ぶふっ！」

　キオが右手で隠《かく》した口許《くちもと》から妙音《みょうおん》を響《ひび》かせ、俺は麻袋《あさぶくろ》の中でしてやったりとほくそ笑《え》んだ。

　しかし直後、キオの右手が顔から左腰《ひだりこし》へと雷光《らいこう》の如《ごと》く閃《ひらめ》き、エストックの柄《つか》を握《にぎ》った。

「わあ、待った待った！」

　掲《かか》げていた両手を前に突き出し、袋《ふくろ》を被《かぶ》ったままの頭をぶんぶん左右に振っていると、ようやく笑いを収めたニルーニルが少し掠《かす》れた声を出した。

「キオ、まだ訊《き》きたいことが残ってるから、もうちょっと生かしておいてあげて」

「……は、ニルーニル様がそう仰《おつしや》るのであれば」

　頷《うなず》いたキオが、柄《つか》から右手を離《はな》して定位置定姿勢に戻《もど》る。それを見てほっと息を……吐《は》いていいのかどうか。ニルーニルの言葉は冗談《じょうだん》だと思うしキオもそう理解していると信じたいが、NPCがこんなブラック・ユーモアを発揮するなら、アーガスが……あるいは茅場《かやば》晶彦《あきひこ》が生み出したAIの能力評価をさらに引き上げる必要がありそうだ。

　ともあれ無礼討《ぶれいう》ちは回避《かいひ》できたようなので、突き出したままの両手を下ろし、ニルーニルに訊《たず》ねる。

「あのー……これ、脱《ぬ》いでもいいですかね？」

「駄目《だめ》、と言いたいところだけど見るたび笑っちゃいそうだからいいわ」

お許しが出るやいなや頭から麻袋《あさぶくろ》を引き抜き、もう被《かぶ》らずに済むよう祈《いの》りつつストレージに放《ほう》り込む。ニルーニルが二脚《きゃく》ある三人掛《さんにんが》けソファーの片方に手を向けたのでそこに腰掛《こしか》けると、アルゴが俺の隣《となり》に、アスナとキズメルが反対側のソファーに座《すわ》る。

キオが用意してくれた紅茶——今日のはシナモンフレーバーだった——を一口飲んでから、俺は話を中断地点まで戻《もど》した。

「……というわけで、見てもらったとおり顔は完全に隠《かく》れてたはずです」

「そうね、あれならコルロイ家の連中もお前を識別できない……と思うけど……」

いったんは頷《うなず》いたニルーニルだったが、俺の首から下をしげしげと見て付け加える。

「念のために、カジノに出入りする時は、その黒ずくめの格好はやめておいたほうがいいわ。違《ちが》う色の服、持ってないの？」

「……持ってません」

と肩《かた》をすぼめる俺に、アスナが容赦《ようしゃ》ない追撃《ついげき》を浴びせてくる。

「違《ちが》う色どころか、その人、その服しか持ってないんですよ」

「ええ……？　それ一着だけ？　同じのを毎日着てるの？」

推定年齢《ねんれい》十二歳の女の子に嫌悪《けんお》と憐憫《れんびん》の入り混じった視線を浴びせられれば、さしもの俺も恬然《てんぜん》としてはいられない。

「い、いえ、寝る時は着替《が》えますし……」

そもそもこの世界じゃ服の汚《よご》れは単なるエフェクトでそのうち消えるし、汗臭《あせくさ》くなったりもしないしと言いたいところだが自重する。考えてみれば、この世界には風呂《ふろ》はあっても、洗濯《せんたく》用具を見た記憶《きおく》はない。もし洗濯《せんたく》という行為《こうい》そのものが存在しないなら、同じ服を延々着続けても問題ないではないか。

などと自己弁護的思考を巡《めぐ》らせていると、ニルーニルがいっそうのしかめっ面《つら》で言った。

「もし寝《ね》巻《ま》きも持ってないなんて言ったら、次からは床《ゆか》で寝かせるところよ。ま、ないものは仕方ないわ。キオ、どこかにお父様の服がまだいくらか残ってるでしょ。黒じゃないやつを、適当に見繕《みつくろ》ってあげて」

ひらっと右手を振る主人に、メイドが気遣《きづか》うような表情を向ける。

「よろしいのですか」

「いいわよ、無駄《むだ》にタンスを塞《ふさ》いでるだけなんだから」

二人のやり取りを無言で聞いていたアスナが、何やら考え込むような顔になったのを見て、俺もやっと気付いた。

ニルーニルに父親と母親がいるなら、当然そのどちらかがナクトーイ家の当主《とうしゅ》を務めているはずだ。しかし現当主《とうしゅ》の座にあるのが幼いニルーニルだということは、恐《おそ》らく両親はもう――。

という推測の当否を訊《たず》ねていいものかどうか迷っていると、アスナの隣《となり》に座《すわ》るキズメルが、真っ向から切り込んだ。

「ニルーニル殿《どの》。ご両親、ご兄弟はおられぬのか？」

「ええ」

気《け》だるげな表情をまったく動かさず、ニルーニルが首肯《しゅこう》する。

「お父様とお母様は、もうずっと前に亡《な》くなったわ。兄弟もいなかったから、仕方なく当主《とうしゅ》をやってるの。キズメル、ご家族は？」

訊《き》き返され、騎士《きし》は一瞬《いっしゅん》目を伏《ふ》せてから答えた。

「両親は九層の都に暮らしている。しかし妹が、およそ五十日前の森エルフとの戦いで聖大樹《せいたいじゅ》に召《め》された」

「そう……。お悔《く》やみを」

ニルーニルは、いつの間にか紅茶から切《き》り替《か》えていた赤ワインのグラスを掲《かか》げ、しばし瞑目《めいもく》してから飲み干した。空のグラスをもてあそびながら、誰《だれ》にともなく呟《つぶや》く。

「リュースリアンとカレシアンは、何百年経《た》っても戦いをやめられないのね。……コルロイ家と長年いがみ合ってる私に言えたことじゃないけど」

「……私も森エルフには憎《にく》しみしか抱《いだ》いていないが、もしも………」

そこまで言いかけたキズメルは、躊躇《ためら》うようにいったん口を閉じてから、感情を押《お》し殺《ころ》した囁《ささや》き声《ごえ》で続けた。

「もしも、いにしえの大戦《おおいくさ》を食い止めるために聖大樹《せいたいじゅ》に御命《おいのち》を捧《ささ》げられた二人の巫女様《みこさま》の血を引く幼子《おさなご》が、再びリュースラとカレス・オーに生まれれば、長き戦いを終えられるかもしれない……とかつて女王陛下が言っておられた」

「へっ？」

と声を上げたのはニルーニルでもキオでもアスナでもアルゴでもなく俺だ。しまったと思うがいまさら引っ込められないので、咳払《せきばら》いしてキズメルに問いかける。

「巫女様《みこさま》の血を引く幼子《おさなご》って言ったけど、聖大樹《せいたいじゅ》の巫女様《みこさま》は、ず〜っと昔の《大地切断《だいちせつだん》》の時に亡《な》くなってるんだろ？　なのにどうして……あ、もしかして、巫女様《みこさま》たちが生まれた家は断絶せずに続いてるってことか？」

「いや、そういうわけではない」

大きくかぶりを振ると、騎士《きし》は丁寧《ていねい》に説明してくれた。

「そもそも、黒と白の聖大樹《せいたいじゅ》に仕えていた巫女様《みこさま》は、リュースラでもカレス・オーでも世襲制《せしゅうせい》ではないのだ。巫女様《みこさま》がお年を召《め》され、祈《いの》りの力が衰《おとろ》えると、王国のどこかにその力を継《つ》いだ赤子が生まれて次の巫女様《みこさま》となる。しかし《大地切断《だいちせつだん》》という奇跡《きせき》の御技《みわざ》と引《ひ》き替《か》えに身罷《みまか》られた巫女様《みこさま》を継《つ》ぐべき赤子は、悠久《ゆうきゅう》の時が過ぎたいまもなお生まれていない。リュースラでも、恐《おそ》らくカレス・オーでもな……」

「……なるほど……」

洋風でも和風でもファンタジーにはよくある設定――ではあるが、キズメルの沈《しず》んだ表情を見れば、そんな感想を抱《いだ》くことすら無神経というものだ。アインクラッドのエルフたちは皆《みな》、美しき故郷から追放された咎人《とがびと》というアイデンティティを、幼い頃《ころ》から否応《いやおう》なく刷《す》り込まれて育つのだから。

であるなら、六つの秘鍵《ひけん》を全て集めて《聖堂》を開き、浮遊城《ふゆうじょう》を大地に帰還《きかん》させたいという森エルフたちの願いも理解はできる。しかし問題は、黒エルフの伝承では、聖堂の扉《とびら》が開けばアインクラッドに壊滅的《かいめつてき》な破局が訪《おとず》れるとされているし、暗躍《あんやく》を続けるフォールン・エルフによれば聖堂が開くと《人族に残された最大の魔法《まほう》さえもが跡形《あとかた》もなく消え去る》らしいということだ。

壊滅的《かいめつてき》破局というのが具体的にどういう状況《じょうきょう》を指しているのかは不明だが、たとえば大地にゆっくり下降するのではなく隕石《いんせき》の如《ごと》く墜落《ついらく》して大爆発《だいばくはつ》を引き起こし、NPCもモンスターもプレイヤーも跡形《あとかた》なく消滅《しょうめつ》する――その時は俺もアスナもアルゴも本当に死んでしまう――という可能性だってゼロではない。また、フォールン・エルフの将軍ノルツァーが口にしていた《人族の最大の魔法《まほう》》が万が一《幻書《げんしょ》の術《じゅつ》》、すなわちメニューウインドウのことだったら、俺たちは装備変更《へんこう》もスキル習得も、ストレージからアイテムを取り出すことすらできなくなり、第百層到達《とうたつ》など夢のまた夢になってしまう。

俺とアスナだけが進めているクエストの展開如何《いかん》で、まだ生き残っているSAOプレイヤー約八千人が全員死亡することなどあってはならないと思うが、六層のスタキオンでの出来事を思えば絶対にないとは言い切れない。PKギルドの連中がスタキオンの領主サイロンを殺したせいで、それ以降は誰《だれ》もが《スタキオンの呪《のろ》い》クエストを受注できなくなってしまったのだ。一プレイヤーの悪意によってフロアのメインクエストを崩壊《ほうかい》させてしまえるなら、同じことがアインクラッドそのものに起きる可能性も否定できない。

やはり、《剝伐《はくばつ》のカイサラ》に奪《うば》われた四本の秘鍵《ひけん》は、何が何でも取り返さなくては。明日の作戦への決意を新たにしていると、ニルーニルが重苦しい空気《き》を切り替《か》えるように軽く両手を打ち鳴らした。

「さあキオ、お父様の服をあるだけ出してきて。キリトに似合いそうなのを、みんなで選んであげましょう」

げえーっ！　と思っても、もう逃げるチャンスなど存在しないのだった。

十分後。

恐怖《きょうふ》と戦慄《せんりつ》の着《き》せ替《か》えタイムがようやく終わり、俺はあまり経験がない種類の精神的疲労《ひろう》を感じながらソファーに沈《しず》み込んだ。

最終的に女性陣《じょせいじん》が選択《せんたく》したのは、ライトブルーの半袖《はんそで》リネンシャツとオフホワイトの七分丈《しちぶたけ》コットンパンツ、茶革《ちゃかわ》の編《あ》み込みサンダルというリゾート感たっぷりのコーディネートだった。

キオが用意してくれた服の中には、純白のタキシードや真紅《しんく》のシルクシャツ、フランス貴族が着るような襞飾《ひだかざ》りつきのシャツまであったので、それらがチョイスされなかっただけマシ……ではあるが、リネンシャツはよく見ると細かい花の模様が浮《う》き出ているし、コットンパンツもひんやりと滑《なめ》らかな肌触《はだざわ》りだ。ファッションには現実世界でも仮想世界でも興味のない俺だが、これらの服がNPCショップで買《か》い揃《そろ》えれば総額五千コルは下らない超高級品であることは、着ただけで推測できる。

「ふふ、黒じゃなくてもなかなか似合うじゃない」

二杯目《はいめ》のワインを舐《な》めながらニルーニルがそんなことを言うので、俺は背中を伸ばしてからぺこりと一礼した。

「ど、どうもです。極力汚《よご》さないで返すよ」

「返さなくてもいいわ、持ってても使い道がないもの」

「え……でも……」

これはお父さんの形見なんですよね、とは言えずに口ごもってしまう。こんな時に助け船を出してくれるはずのアスナは、キズメル、アルゴと一緒《いっしょ》に衣装部屋《いしょうべや》を見に行ってしまったのでここにはいない。

しかしニルーニルは俺が言おうとしたことを察したらしく、サマードレスから露出《ろしゅつ》した肩《かた》をひょいと上下させた。

「あなたもさっき、隠《かく》し扉《とびら》から出てきた時に見たでしょ。お父様の服は、まだまだ嫌《いや》ってほどあるのよ」

「た、確かに……。ずいぶんおしゃれなお父さんだったんですね」

「まあね。七層にはまともな服屋がないからって、大金を払《はら》って上の層から取り寄せたりしてたわ。キリトが着てるシャツも、確かそうだったと思う」

「上の層から……？」

つい部屋の天井《てんじょう》を見上げてしまってから、ニルーニルに視線を戻《もど》す。

「いや、でも、層を行き来するための迷宮区《めいきゅうく》タワー……《天柱《てんちゅう》の塔《とう》》には守護獣《しゅごじゅう》がいますよね？まさか、倒《たお》しちゃったんですか？」

もしそうなら、この層ではフロアボスと戦う必要はなくなる。

という虫のいい考えは、一秒で否定された。

「まさか。あの塔《とう》に上ろうとするのは、お前たちみたいな命知らずの冒険者《ぼうけんしゃ》くらいのものよ。うちとコルロイの怪物捕《かいぶつほ》獲《かく》部隊は手練《てだ》れ揃《ぞろ》いだけど、それでも塔《とう》には近づくことすら禁止されてるわ」

「そ、そうですか。……なら、お父さんはどうやって……？」

「あの塔《とう》を通らなくても、異なる層を往来できる者たちがいるでしょ」

首を傾《かし》げてから、やっと気付く。人間——人族《ひとぞく》には使えないテレポート装置が、各層に存在するではないか。

「塔《とう》を通らずに……？」

しかしそこで寝室《しんしつ》に通じる扉《とびら》が勢いよく開き、頬《ほお》を上気させたアスナが入ってきた。

「も……もしかして、エ……」

「あ〜、凄《すご》かった！　キリト君も見に行けばよかったのに！」

「お、俺はさっき見たし……」

「だったらもっと感動しなさいよ」

理不尽《りふじん》な叱責《しっせき》を口にすると、アスナはニルーニルに向き直った。

「ニルーニル様、服を見せてくれてありがとう！　あんなすてきなワードローブ、この世界で……ううん、元いたとこでも初めて！」

「楽しめたみたいでよかったわ。サイズが合えば、あなたにも気に入った服をプレゼントしたいんだけどね……」

微笑《ほほえ》みながらそう応じたニルーニルに、アスナが大きく両手を振《ふ》り動《うご》かす。

「そんな、とんでもないです！　眺《なが》めてるだけですっごく幸せでした、から……」

語尾《ごび》がややぎこちなく減速したのは、俺と同じ疑問を感じたせいだろう。

この世界の衣類や防具には、基本的にサイズの概念《がいねん》はなく、装備した人間の体格に合わせて伸《の》び縮《ちぢ》みするのだが、ニル様のコレクションはその限りではないらしい。そういう意味では、ニルーニルの父親の服が俺に合うサイズだったのは僥倖《ぎょうこう》と言うべきか。あるいは、全ての服や防具には《大人用》《子供用》といった分類があって、サイズ調整機能が働くのはその範囲内《はんいない》だけなのかもしれない。

ともあれ、アスナはすぐに笑顔《えがお》を取《と》り戻《もど》し、もう一度「ありがとうございました」と丁寧《ていねい》に礼を言ってからソファーに座《すわ》った。直後にアルゴとキズメルも戻《もど》ってきたので、キオが新しく淹《い》れてくれた紅茶を飲みつつ、再中断されていた報告を締《し》めくくる。

「改めて、今回の件では勝手なことをして本当にすみませんでした。せっかく作った脱色剤《だつしょくざい》も無駄《むだ》にしてしまって、どうお詫《わ》びしたらいいか……」

語彙力《ごいりょく》の限りを尽《つ》くして謝意を示そうとしたのだが、またしてもニルーニルに割《わ》り込まれてしまう。

「そういうのいいって言ったでしょ。起きちゃったことはどうにもできないんだから、どうせならこれからの話をしたいわ」

「これから……って言っても……」

ニルーニルが立案した元々の作戦は、モンスター闘技場《とうぎじょう》に登場したラスティー・リカオンに脱色剤《だつしょくざい》を振りかけて、賭《か》け客《きゃく》たちの目の前で毛皮が別の色に染められていたことを明らかにし、コルロイ家の重大なルール違反《いはん》を知らしめるというものだった。しかし一瓶《ひとびん》しかない脱色剤《だつしょくざい》は俺が使ってしまったし、それ以前に肝心《かんじん》のラスティー・リカオン改めストーム・リカオンは、フィールドの彼方《かなた》に走り去ってしまった。もう作戦をリカバリーする手段はない、と思われるのだが──。

俺が口ごもっていると、向かいに座《すわ》るアルゴが腕《うで》と脚《あし》を同時に組みながら言った。

「キー坊《ぼう》が連れ出したリカオンはどっかに逃げちまったケド、それってつまり、今夜の試合に穴が空くってコトだよナ。ニル様、そーいう時はどーいう取り決めになってるんダ？」

「取り決めなんかないわ」

うら若き当主《とうしゅ》は、自分の頭の代わりに、右手のワイングラスを軽く左右に振った。

「前にも言ったでしょ。試合に登録した怪物《かいぶつ》は、絶対に出場させなければならない……それがグランドカジノの掟《おきて》」

「でも、その掟《おきて》が破られたことがあるとも言ってましたよね。しかも、二回……」

アスナの指摘《してき》に、ニルーニルが軽く頷《うなず》く。

「ええ。どっちの時も、掟《おきて》を守れなかったほうの当主《とうしゅ》が相手方の当主《とうしゅ》に直接謝罪し、代わりの怪物《かいぶつ》を出場させる許可を請《こ》うたの。巨大《きょだい》な屈辱《くつじょく》と高額の補償金《ほしょうきん》を支払《しはら》ってね」

「ならば、今回もそうなると？」

と訊《たず》ねたのは俺の隣《となり》に座《すわ》るキズメルだった。ニルーニルはそちらを見ると、暗赤色の大きな瞳《ひとみ》を数回瞬《しばたた》かせた。

「どうかしらね。コルロイ家当主《とうしゅ》のバーダンにしてみれば、リカオンを出場させられないのは正体不明の犬泥棒《いぬどろぼう》のせいで自分たちの手落ちじゃないから、簡単に頭を下げる気にはならないかもしれないわ」

「なるほどな……。身内の恥《はじ》を晒《さら》すようだが、リュースラの三騎士団《きしだん》でも、似たような諍《いさか》いはたびたび起きたと聞いている。合同訓練で備品を紛失《ふんしつ》したり、共同任務の集合時間を間違《まちが》ったりな。そしてほぼ必ず、騎士団《きしだん》のあいだで原因の押しつけ合いになったそうだ」

「そういうところは人もエルフも変わらないわね」

　皮肉そうな笑《え》みを浮《う》かべながら、ニルーニルは続けて言った。

「となると、バーダンもリカオンを連れ去ったのはナクトーイ家の手の者だとか何とか言って、責任をこっちに押しつけようとするかもしれないわね……まあ、実際にそうなんだけど」

　ちらりと視線を向けられ、俺は限界まで首と肩《かた》を縮める。だがニルーニルの顔には、笑いを堪《こら》えるような表情だけが浮《う》かんでいる。

「でも、キリトのあの格好から身元を突き止めるのは無理だろうし、こっちは知らぬ存ぜぬで押《お》し通《とお》すだけだわ。最終的には、向こうが別の怪物《かいぶつ》に差《さ》し替《か》えさせてくれって頭を下げてくる展開になると思う」

「……差《さ》し替《か》えを認めるおつもりですか？」

　ソファー脇《わき》に立つキサの問いに、ニルーニルは「ふぅむ……」と可愛《かわい》らしく呟《つぶや》いた。

ワイングラスを見詰《みつ》める瞳《ひとみ》の奥《おく》で、脳が高速回転しているのを感じる。高度AIといえどもニルーニルはNPCなのだから、自前の脳ではなく現実世界のどこかに──恐《おそ》らくはアーガス本社にあるSAOサーバーのプロセッサを使って思考しているはずだが、目の前のアバターが見かけだけの存在だとは到底《とうてい》思えない。

いや、それを言うなら、俺やアスナ、アルゴのアバターにだって脳なんか入っていやしない。アバターに繋《つな》がっているのが生体脳なのか集積回路なのか、ただそれだけの違《ちが》いなのだ。

三秒ほど思慮《しりょ》を巡《めぐ》らせてから、ニルーニルはきっぱりと言った。

「試合を中止にはできない以上、最終的には認めざるを得ないわね。ただ、過去の例に倣《なら》って、何らかの補償《ほしょう》を要求することは可能だわ。どうせなら、品物やお金じゃなくて、コルロイ側の不正を暴《あば》くきっかけになるようなものがいい」

「たとえば、どのような？」

「コルロイ厩舎《きゅうしゃ》の緊急《きんきゅう》査察権」

予想外の答えに、俺はぽかんと口を開けてしまった。しかし向かいに座《すわ》るアスナがさすがの洞察力《どうさつりょく》を発揮し、早口でまくし立てた。

「そっか、厩舎《きゅうしゃ》を調べれば赤い染料《せんりょう》の残りとか、他の不正の証拠《しょうこ》が見つかる可能性が高いですよね。調査を拒否《きょひ》したら、後ろ暗いことをしてるって自白するようなものだし……」

「ケド、インチキのネタを押さえられるよりは、疑われるのを承知で拒否《きょひ》するんじゃないカ？

なぁニル様、コルロイか調査を拒《こば》んだら、その先はどーいう展開になるんダ？」

　アルゴにそう問われたニルーニルは、とても十二やそこらの子供とは思えない、冷ややかな微《び》笑《しょう》を浮《う》かべた。

「その時はこっちも、代役の出場を拒否《きょひ》するだけだわ。するとコルロイ家は、いまから新しいラスティー・リカオンを用意するか、夜の部の最終試合を中止にするか、どちらかを選ばなくてはならなくなる。最終試合は十時三十分だからまだ七時間以上あるけど、急いで捕獲部隊をウォルプータの遥《はる》か西にある棲息地《せいそくち》に派遣《はけん》しても、試合までに捕《つか》まえて戻《もど》ってくるのは絶対に不可能だわ。つまり、実質的には中止を選ぶしかないってことね」

「けど……ニル様はさっき、『試合を中止にはできない』って言ってましたよね」

　ようやく俺が口を挟《はさ》むと、主人に代わって武装メイドが答えた。

「そのとおりだ。闘技場《とうぎじょう》での毎夜の戦いは、あくまで始祖《しそ》ファルハリが遺言《ゆいごん》によって定めた、ウォルプータの支配者を決めるための五番勝負の《試《ため》し》だからな。明文化された掟《おきて》によれば、一試合でも中止されればその時点で試《ため》しは充分《じゅうぶん》に行われたと見なし、次回の五番勝負が正式な領主決定戦となる。金稼《かねかせ》ぎにこだわるバーダン・コルロイがそれを望むはずがない」

　キオの言葉を、ニルーニルも軽い頷《うなず》きで追認《ついにん》した。

「ま、そうよね。というわけで、バーダンは厩舎《きゅうしゃ》の査察を受け入れると思うわ。そこで不正の証拠《しょうこ》を押さえられれば、脱色剤《だつしょくざい》作戦が成功した場合ほどじゃなくても、コルロイ家をきっちりやり込められるわ」

「ちょ、ちょっと待ってくれ……じゃなくて、待ってください」

俺は右斜《みぎなな》め前《まえ》に身を乗り出し、アスナもアルゴもキズメルも感じているであろう疑問を投げかけた。

「試合中止が掟《おきて》に抵触《ていしょく》するなら、インチキは掟直撃《おきてちょくげき》なんじゃなんですか……？　その場合も、試《ため》しの試合は終了《しゅうりょう》して、正式な領主決定戦に突入《とつにゅう》ってことになっちゃうのでは？」

「……………」

ニルーニルはすぐには答えず、グラスの底に少し残っていた赤ワインをくるくる回してから、一息に飲み干した。空のグラスをキオに渡《わた》し、まっすぐこちらを見る。

「お前たちを騒動《そうどう》に巻《ま》き込みたくなかったから言わなかったけど……どちらかの陣営《じんえい》が不正を告発された場合は、その審判《しんぱん》を始祖《しそ》ファルハリの霊《れい》に委ねる、と掟《おきて》で決められているの」

「ファルハリの霊《れい》ィイイ～～～？」

と疑わしさに満ち満ちた声を出したのはアルゴだ。組んでいた腕《うで》を大きく広げ、ひょいっと上下させる。

「そりゃつまり、儀式《ぎしき》か何かでご先祖サマの霊《れい》を呼び出すとか、そーいう話カ？」

「そーいう話よ」

とニルーニルが頷《うなず》いた途端《とたん》、アルゴの隣《となり》に座《すわ》るアスナが小さく肩《かた》をすぼめた。オバケ関係をことのほか嫌《きら》う彼女に、オバケなんかないさと言ってやりたいところではあるが、残念ながらこの世界にはレイスやワイトやスペクターのようなアストラル系モンスターが存在するので、ファルハリの霊《れい》とやらがお出ましになる可能性もゼロではない。

などと考えた直後、オバケ話を持ち出したニルーニルがさっと右手を振った。

「ま、私を含《ふく》めて、誰《だれ》も実際に見たことはないんだけどね。何せ《ファルハリの審判《しんぱん》》なんて、グランドカジノができて以来一回も行われていないんだから」

「ならば……厩舎《きゅうしゃ》の査察を行って、染料《せんりょう》なり何なりの証拠《しょうこ》を発見したとしても、結局は無駄《むだ》になるのではないか？」

落ち着いた声で、キズメルがそう指摘《してき》した。

「儀式《ぎしき》を行ってもファルハリの霊《れい》が現れなければ、審判《しんぱん》は下されないのだろう？　掟《おきて》にはその場合どうなるのかも書かれているのか？」

「なんにも。けど、そこはあなたたちが気にする必要はないわ」

素っ気なく答えると、ニルーニルはキズメルから俺に視線を移した。

「キリト。お前がコルロイ厩舎《きゅうしゃ》からラスティー・リカオンを連れ出し、命を助けて野に放ったことを咎《とが》めるつもりはないわ。でも、悪いことをしたと思っているなら、もう一つだけ仕事を手伝ってくれない？」

言い終えた途端《とたん》、少女の頭上に金色の【！】マークが出現する。どうやら連続クエストは、俺が散々引っかき回したにもかかわらず、完全に終了《しゅうりょう》してしまったわけではないようだ。

ゲーマー根性《こんじょう》はさておき、道義的責任からしてもここで拒否《きょひ》するという選択肢《せんたくし》はない。即座《そくざ》に頷《うなず》きたいところだが、最初にニル様のクエストを発見、進行させたのは俺ではなくアルゴだ。いちおう意思確認《かくにん》するべく正面を見ると、情報屋はくりっとした両目をわざとらしく瞬《しばた》かせている。

ボーッとしてないでとっとと受けろヨ！　という喚《わめ》き声《ごえ》がテレパシーで伝わってきたので、俺は急いで顔の向きを戻《もど》し、言った。

「もちろん、何でも手伝います」

「そ、良かった」

微笑《ほほえ》んだニルーニルの頭上で、【!】マークが【?】に変化した。背中を巨大《きょだい》なクッションに預けると、任務説明モードに入る。

「安心して、難しくも危なくもない仕事だから」

「と言うと……？」

「お前には、コルロイ厩舎《きゅうしゃ》の査察に同行してほしいの」

「………な、なるほど」

え～～、またあそこに行くの～～？　という心の声を押《お》し殺《ころ》し、こくりと頷《うなず》く。

「お安いご用です。役に立てるかどうかは解《わか》りませんが」

「中の構造を覚えていれば充分《じゅうぶん》よ。何せ、うちの者たちはコルロイの厩舎《きゅうしゃ》に入ったことなんて、ただの一度もないんだから。たぶん、厩舎《きゅうしゃ》を調べられるのは、闘技場《とうぎじょう》の昼の部が終わってから夜の部の準備が始まるまでの二時間くらいだと思う。その時間で不正の証拠《しょうこ》を見つけるには、案内人が不可欠だわ」

「はあ……案内するのはぜんぜん構いませんが、そこまで複雑な造りでもなかった気がしますけどね……」

脳裏《のうり》にコルロイ厩舎《きゅうしゃ》の様子を思《おも》い浮《う》かべながらそう言うと、ソファーの左側に控《ひか》えるキオが口を開いた。

「ならば、中に怪物用《かいぶつよう》の檻《おり》がいくつあったか覚えているか？」

「へ？　そりゃもちろん」

と答えてから、地下一階の通路の右側にあった檻《おり》は数えたものの、左側はまったくチェックしなかったことを思い出す。だがいまさら解《わか》りませんとは言えない。

「えーっと、八個か九個か十個か十一個くらい……」

「それを覚えているとは言わん」

キオの辛辣《しんらつ》な指摘《してき》に、アスナたちが揃《そろ》ってやれやれと首を振った。

18

ニルーニルたちは部屋でコルロイ家からの接触《せっしょく》を待つというので、俺とアスナ、キズメル、そしてアルゴはいったんカジノ三階のホテルを辞去した。

豪華《ごうか》な階段を一階まで下り、ホールとエントランスを最短コースで突っ切って外に出た途端《とたん》、アルゴがお腹《なか》を押さえて喚《わめ》いた。

「あー、ハラ減った！　まずはメシ行こうぜ、メシ！」

「賛成」

「いい考えだ」

すかさずアスナとキズメルが同意する。ニルーニルからはバトルアリーナの昼の部が終わる前に戻《もど》ってくるよう指示されているが、食事をするくらいの時間はあるか……と考えていると。

「なんだヨ、キー坊《ぼう》はハラ減ってないのカ？」

情報屋に上目遣《うわめづか》いで睨《にら》まれ、俺は半歩後退しつつ答えた。

「いや、減ってるっちゃ減ってるけど……俺は昼前にいったん解散した時に、カジノの一階でサンドイッチ食ったから……」

「この裏切り者メ！」

「い、いやいや、あんとき君たちはお風呂《ふろ》行ったでしょ！」

慌《あわ》てて抗弁《こうべん》してから、アスナにも目を向けつつ訊《たず》ねる。

「風呂《ふろ》から上がった後、何か食べなかったのか？」

「なんにも。ていうか、上がって一息ついたらすぐにキリト君からメッセ入ったから、そんな暇《ひま》なかったよ」

「そりゃすいませんでした……。じゃあまあ、このへんでぱっと何か食おうぜ」

と言ってから、パーティーが一人増えていることを思い出す。俺はもちろんアスナもアルゴも基本的には何でも美味《おい》しく頂けるが、黒エルフの食生活についてはまだ知らないことも多い。かつて滞在《たいざい》したヨフェル城やガレ城の料理は基本的に野菜多めのヘルシーメニューで、動物性タンパク質はグリルされた白身魚や鳥の肉ばかりだったが、それ以外のものを食べないというわけでもないだろう。

「えっと、キズメルって苦手なものとか……逆に好きな料理とかあるの？」

俺にそう問われた騎士《きし》は、フードの下で軽く首を傾《かし》げつつ言った。

「うーむ、自分では好《す》き嫌《きら》いが多いとは思わないが……。強《し》いて言えば、血と脂《あぶら》が滴《したた》るような生焼けの肉や、辛《から》みの強い料理は苦手かな」

「それとナーソスの実もだよな」

にやっと笑いながら指摘《してき》すると、キズメルは澄《す》まし顔《がお》で反撃《はんげき》してきた。

「あれはそもそも薬のたぐいだ。好んで食べるものではない」

「ごもっとも。となると、ステーキ系やケバブ系は避《さ》けるとして……アルゴ、なんかオススメある？」

「ンー、そうだナー」

三本ヒゲがペイントされた頬《ほお》を一瞬《いっしゅん》すぼめてから、情報屋はパチンと指を鳴らした。

「そーダ、あそこに行くカ」

「あそこってどこだ？」

「行ってのお楽しみだヨ」

アルゴの《お楽しみ》は、大当たりの時もあれば先鋭的《せんえいてき》すぎる時もあるので少々不安だが、ここは前者であることを信じて頷《うなず》く。

「じゃ、案内よろしく」

「よしキタ、こっちダ」

すたすた歩き始めたアルゴを、アスナ、キズメル、俺の順に並んで追いかける。

まるで古き良き2DグラフィックスRPGの四人パーティーの如《ごと》き隊列が入《はい》り込んだのは、ウォルプータの南西ブロックに分け入る路地だった。本来この街の道路は、六層のスタキオンほどではないにせよきっちり東西南北に直交しているはずだが、左右の建物が無秩序《むちつじょ》に出たり引っ込んだりしているせいで、必然的に路地も右に左に曲がりくねる。

道端《みちばた》には朽《く》ちかけた樽《たる》やら木箱やらが放置され、舗装《ほそう》の敷石《しきいし》もそこかしこでひび割れていて、下町を通《とお》り越《こ》してスラム街の雰囲気《ふんいき》だ。不用心に歩いていたら、いつ強盗《ごうとう》イベントが発生してもおかしくない。まさか《鼠《ねずみ》》の奴《やつ》、エリートクラスNPCのキズメルがパーティーに入っているうちに、その手のクエストを一つ二つ片付ける気じゃあるまいな……と俺が邪推《じゃすい》し始めた、その時。

「ここだヨ」

という言葉とともに先頭のアルゴが立ち止まった。

確かに、路地の左側にある建物からは何やら食い物の匂《にお》いが漂《ただよ》ってくるし、戸口には古びたアイアンサインもぶら下がっている。しかしサインの図柄《ずがら》はカナダの国旗を思わせるトゲトゲした葉っぱで、これだけ見ればレストランというより薬草屋のようにも思える。

主賓《しゅひん》は人族の料理に不慣れなキズメルなのだから、冒険《ぼうけん》するくらいなら昨日教えてもらったポッツンポッツでよかったのにと恩知らずなことを考えた時にはもう、アルゴが色あせた木の扉《とびら》を押《お》し開《あ》けていた。

カラカラーンという乾《かわ》いたドアベルの音に、「らっしゃい」と野太い声が重なる。アルゴに続いてアスナとキズメルもすたすた中に入っていくので、やむなく俺も後に続く。

洞窟《どうくつ》めいた造りの店内は当然のように狭《せま》いが、カウンター席だけだったポッツンポッツよりかなり奥行《おくゆ》きがあり、突き当たりには四人《よにん》掛《が》けのテーブルも見える。通路の左側には五人ほど座《すわ》れそうなカウンターと、その奥《おく》に小山のような人影《ひとかげ》。

先刻「らっしゃい」と言った店主なのだろうが、縦も横もエギルを軽く上回るそのサイズに、俺は思わず「オーガが人間に化けてるんじゃなかろうな」などと想像してしまった。しかし、女性陣《じょせいじん》が臆《おく》する様子もなくテーブルへと向かっていくので、再び追いかける。

上座《かみざ》を勧《すす》められたアスナとキズメルが並んで座《すわ》り、俺はアルゴの隣《となり》に掛《か》けた。

使い込まれて黒光りするテーブルの上には、これまた年代物のメニューブックが二つ。赤茶色の表紙には、素朴《そぼく》な書体で【Menon's】という店名が記されている。普通《ふつう》に考えれば店主の名前だが、可愛《かわい》らしい字面《じづら》と筋骨逞《きんこつたくま》しい巨軀《きょく》が頭の中で結びつかない。

「メノン……って誰《だれ》？」

小声で訊《たず》ねると、アルゴが無言で左側にあるカウンターを親指で示した。

目を合わせたらヤバイ、という直感に抗《あらが》ってちらりと視線を向けたが、カウンターの真上に吊《つ》るされたランプが低すぎるせいか、巨大《きょだい》な影《かげ》しか見えない。それでも他に人がいないことは確かなので、あの店主がメノン氏なのだろう。いかつい人物はいかつい名前だろうというのは古くさい固定観念であったと反省し、テーブルに向き直ってメニューを開く。

二ページだけのメニューは、左側に【Dolma　20c】と【Moussaka　30c】、右側に【Ouzo　10c】【Coffee　5c】という荒々《あらあら》しい手書き文字が並んでいる。いちおう裏表紙もチェックするが、何も書かれていない。ポッツンポッツのポットシチューが百種類以上あったのに比べれば、選択肢《せんたくし》が少ないなどというものではない――というか、それ以前に。

「あの、アルゴさん……コーヒー以外、何なのかまったく解《わか》らないんですが……。ドルマとかモウサッカとかオウゾって何……？」

小声で訊《たず》ねると、情報屋は喉声《のどごえ》でククッと笑った。

「期待どおりの反応ありがとナ、キー坊《ぼう》」

「いや、アスナだって同じ反応するだろ……」

抗弁《こうべん》しつつテーブルの反対側を見ると、何たることか、暫定《ざんてい》パートナーまでにんまり笑っているではないか。

「ごめんねキリト君、わたし解《わか》っちゃった。ドルマは合ってるけど、その下のはムサカだし、右上のはウーゾって読むのよ」

「……その言い方からすると、どんな料理なのかも解《わか》ってるんスか？」

「もちろん。この街で食べるのにぴったりなメニューね、さすがアルゴさん」

「そーだロそーだロ、情報代はタダにしといてやるヨ」

二人のやり取りに多少いじけた気分になりつつ、アスナの隣《となり》に目を向ける。

「ちなみに、キズメルはドルマとかムサカとか知ってるのか？」

「いいや、聞いたこともない」

さっとかぶりを振ってから、騎士《きし》は付け加えた。

「しかし、せっかく人族の街に来たのだから、珍《めずら》しい料理を食べられるのは嬉《うれ》しいな。どんなものが出てくるのか楽しみだ」

「そ、そっか」

キズメルの素直《すなお》な笑顔《えがお》が眩《まぶ》しすぎて、思わず両目をしばしばさせてしまう。そんな俺を見て再びくぐもった笑い声を上げたアルゴが、メニューブックをぱたんと閉じて言った。

「そんじゃ、選択《せんたく》の余地がないってことで、オレっちが注文しちまうゼ。マスター！　ドルマとムサカ四つずつ、あとウーゾも四つ！」

「あいよ」

カウンター方面から野太い声が聞こえ、食器や包丁の音が十秒ばかり鳴《な》り響《ひび》くと、たちまち旨《うま》そうな匂《にお》いが漂《ただよ》い始めた。ほほう、なかなか期待できそうじゃないの……と偉《えら》そうなことを考えた、その途端《とたん》。

「おい、ニイちゃん」

「はっ、はい⁉」

店内にニイちゃんと呼ばれるべき存在は俺だけなので、反射的に返事をしてしまう。しかし幸い思考を読まれたわけではなかったようで、巨漢《きょかん》の店主は少しばかりすまなそうな口調で続けた。

「わりぃけど、こいつをテーブルまで運んでくれねぇかな。オレ一人で店を回してるもんで、手が足りねぇんだ」

「も、もちろん、喜んで」

素早《すばや》く立ち上がり、店主に近づくと、巨大《きょだい》な手がカウンターに陶器《とうき》のボトルを一つと水差しを一つ、ワイングラスを四つ並べた。

しばらく考えてから、まず左腕《ひだりうで》でボトルを、右腕《みぎうで》で水差しをしっかり抱《かか》え、片手に二つずつグラスを持って慎重《しんちょう》にテーブルまで運ぶ。全てのオブジェクトを無事に着地させ、手を離《はな》した瞬間《しゅんかん》、アスナが呆《あき》れ声《ごえ》で叫《さけ》ぶ。

「あのねえ、二回か三回に分けて運べばいいでしょ！　横着して落としたらどうするのよ！」

「お、落とさなかったろ」

「それは結果論でしょ！」

「んなこと言ったらそっちのは、ええと……」

結果論の対義語って何だ？　と考えていると、カウンター方面からガッハッハと豪快《ごうかい》な笑い声が聞こえた。

「一回で全部運ぶとは、なかなかやるな、ニイちゃん。じゃあ、次はこれを頼《たの》むぜ」

「ええ、また～？」

客使いの荒《あら》い店だなあ……という文句を呑《の》み込んでカウンターに引き返すと、湯気を立てる皿が四つとカトラリーバスケットが一つ並べられた。

皿には深緑色をした謎《なぞ》の物体が乳白色のソースとともに盛り付けられていて、なかなか興味をそそられるがこうなれば俺にも意地がある。脳内で二秒ほどシミュレーションしてから、まず左手の五指をフル活用し、皿二枚を保持。前腕部《ぜんわんぶ》にもう一枚そうっと載《の》せて、片腕《かたうで》三枚持ちを成功させる。

あとは簡単だ。右手の指三本で残る皿を持ち、小指にカトラリーバスケットの持ち手を引っかける。テーブルまで引き返して、逆の順番で置いていく。

「ほらな？」

「ほらなじゃないわよ、無茶するなって何べん言えば……」

「だったらアスナが手伝ってくれればいいだろ」

「だったら手伝ってって言えばいいでしょ」

今度の言い合いも、マスターの声に中断させられた。

「ほいニイちゃん、これで最後だ」

「よしきた！」

カウンターに引き返すと、そこに並んでいたのは、じゅうじゅう音を立てる四角いグラタン皿が四枚。

「むぐ……」

唸《うな》り声《ごえ》を上げつつ、必死に考える。

グラタン皿は、熱々なことを無視しても、縁《ふち》が垂直に立ち上がっているので片手の指に二枚ずつ挟《はさ》むのは不可能だ。左手で一枚持ち、腕《うで》にもう一枚載《の》せても、右手で同じように二枚持つには手が一つ足りない。

こうなったら意思の力で持ち上げるしかない！　とばかりに念を凝《こ》らしたが、グラタン皿はぴくりともしない。いつか絶対に念動スキルを習得してみせると自分に誓《ちか》いつつ、振り向いてアスナを見る。

「すみません、手伝ってください……」

「さっさとそう言えばいいのに」

呆《あき》れ顔《がお》で答えると、アスナは同時に立とうとしたキズメルを押しとどめてから——アルゴは微《び》動《どう》だにしなかった——カウンターまでやってきた。

二人で二枚ずつ皿を持ち、テーブルへと運ぶ。これで、謎《なぞ》めいたドルマ、ムサカ、ウーゾが人数分揃《そろ》ったわけだが、飲み物がウーゾであろうということ以外は何も解《わか》らない。

「んじゃ、乾杯《かんぱい》といくカ」

アルゴが陶器《とうき》のボトルを取り、四つのワイングラスに透明《とうめい》な液体を指二本ぶんほど注いだ。

続いて水差しから同じ量の水を加えると、透明《とうめい》だった中身が一瞬《いっしゅん》で白く濁《にご》る。ふとリカオンに脱色剤《だっしょくざい》を掛《か》けた時のことを思い出してしまい、アルゴに小声で訊《たず》ねる。

「おい、これ、飲んでも大丈夫《だいじょうぶ》なやつだろうな？」

「ヘーキヘーキ」

そんな軽すぎる言葉とともに回されてきたグラスを、やむなく右手で持ち上げる。

「ほんじゃ、キズメルとの出会いに乾杯《かんぱい》！」

アルゴの音頭《おんど》でグラスをかちんと合わせ、白濁《はくだく》した液体を少しだけ啜《すす》る。

途端《とたん》、薬草のような強烈《きょうれつ》な香りが鼻に突き抜け、アルコールの刺激《しげき》が喉《のど》を焼く。同量の水で割ってこれなら、元はどれほどの強さなのか。派手に顔をしかめつつテーブルの正面を見ると、アスナは少しばかり眉《まゆ》を寄せていたが、キズメルは平然とした顔で一気に飲み干し、グラスを置いて言った。

「ほう、この酒は美味《うま》いな。色々な香草や薬草を使っているようだ」

「エルフなら気に入ると思ったヨ」

というアルゴの答えには、ほんとかぁ〜〜？　と思わずにいられないが、キズメルが喜んでくれたならそれが一番だ。

騎士《きし》が置いた空のグラスに、俺はすかさずウーゾのお代わりを注いだ。続いて水で割ろうとすると、「少なめで頼《たの》む」と注文されたので、酒と同量ではなく半量にしておく。

俺も自分のウーゾをどうにか飲み干し、お代わり無用の意思を示すためにグラスをテーブルの隅《すみ》に置くと、お待ちかねの料理に取りかかるべくナイフとフォークを持った。

小ぶりな丸皿には、乳白色のソースがたっぷりかかった深緑色の楕円体《だえんたい》が二つ並んでいる。よく見ると、何かを大きな葉っぱで包んで蒸《む》し焼《や》きにしたもののようだ。表面の質感は柏餅《かしわもち》に少し似ている——ということは、葉っぱは食べずに剝《は》がすのかもしれないが、全体がぴったり貼《は》り付《つ》いていてどこから剝《は》がせるのかよく解《わか》らない。

こうなったらアスナかアルゴの真似《まね》をしようと姑息《こそく》なことを考え、視線をさっと走らせたが、何たることか二人ともウーゾを啜《すす》りつつ俺の手元を凝視《ぎょうし》している。食べ方を知らない、のではなく俺がどうするか見てやろうという魂胆《こんたん》だろう。

——いいさ、笑わば笑え。

と内心で呟《つぶや》き、俺は左手のフォークを楕円体《だえんたい》にぶすっと突き刺した。そのまま口まで運び、かぶりつく。ぱりっと心地《ここち》よい歯応えとともに葉っぱが割れ、噛《か》むともっちりとした食感に変わる。中身は……たぶん米と肉だ。さしずめ洋風ちまきだが、レモン風味のクリームソースがよく合うし、葉っぱのぱりぱり感もいいアクセントになっている。

フォークに刺さった残り半分も一口で食べ終えると、俺は言った。

「うまい」

「ダロ」

調子のいい言葉を返したアルゴが、右手のフォークを洋風ちまきに突き刺してばりっと嚙《かじ》る。アスナとキズメルは、上品にナイフで切ってから口に運ぶ。

俺ももう一本のちまきをぺろりと平らげ、いったんは遠ざけたグラスを引き寄せてウーゾを少しだけ注いだ。それを多めの水で割り、味見する。このくらいの薄《うす》さなら、クセのある味や香りも気にならないどころか爽《さわ》やかさが心地《ここち》いい。

すぐさまグラタンに取りかかりたいところだが、いちおう皆《みな》とタイミングを合わせるか……と考えていると、アスナが何を思ったか、二本目のちまきの葉っぱを剝《は》がし始めた。フォークとナイフを器用に操《あやつ》り、手早く皿の上に葉っぱを広げてこちらに向ける。

「ほら」

「ほらって、何が………あ」

俺の掌《てのひら》より少し大きいくらいの葉っぱは、縁《ふち》がぎざぎざしていて二本の深い切れ込みがある、カナダ国旗とよく似た形——つまり戸口に掲《かか》げられたアインサインと同じ図柄《ずがら》だ。

「表の看板、この葉っぱだったのか。カエデの葉っぱ……?」

「ぶぶー、形は似てるけど、これはブドウの葉っぱだよ」

「へえー」

と俺が声を上げたのと同時に、キズメルも「ほう」と言った。

「ブドウ畑は九層にもあるが、葉を料理に使えるとは知らなかったな。これはドルマとムサカのどっちなんだ?」

「ドルマだよ」

即答《そくとう》したアスナが、少し首を傾《かたむ》けつつ付け加える。

「確か、《詰《つ》められたもの》って意味だったと思う」

その言い方からすると、このドルマと、恐《おそ》らくはムサカやウーゾも主街区《しゅがいく》レクシオで食べたカオマンガイと同じく現実世界に実在するのだろう。しかしどこの国の料理なのかはさっぱり解《わか》らない。

「なるほどな、どちらかと言えば《巻かれたもの》な気もするが……どうあれ、実に美味《おい》しい。こっちのムサカも期待できそうだ」

そう言ったキズメルが両手で四角いグラタン皿を引き寄せたので、俺もすかさずそれに倣《なら》う。よほど断熱性のいい素材でできているのか、皿の側面はほんのりと温かい程度なのに、中身はまだくつくつと音を立てている。店内も決して涼《すず》しいとは言えない室温なので、できれば冬のフロアで食べたい料理だが、たっぷり載《の》ったホワイトソースの絶妙《ぜつみょう》な焦《こ》げ目《め》が食欲をブーストしてくる。

アインクラッドでグラタンを食べるのは初めてかもな、と思いながらアルゴが回してくれたカトラリーバスケットから先端《せんたん》が平らになったスプーンを取り、ざっくりと底から掬《すく》う。ホワイトソースの下の具は、米でもマカロニでもなかった。挽肉《ひきにく》とマッシュポテト、そして輪切りのナスが層になっている。ふうふう吹《ふ》いてから、大口を開けて頬張《ほおば》る。途端《とたん》、

「ほふほふ……んまい！」

などと料理マンガのような台詞《せりふ》を叫《さけ》んでしまったが、これで不味《まず》いはずがない。トマト味の挽肉《ひきにく》とほくほくしたジャガイモ、とろけたナスが濃厚《のうこう》なホワイトソースとともに渾然《こんぜん》となり、仮想世界の仮想料理だとは到底《とうてい》思えないほどの満足感が口いっぱいに広がる。

アスナもキズメルも、この料理を食べたことがあるはずのアルゴも無言でスプーンを動かし続け、ほんの二、三分で全員の皿がほぼ空になった。

熱くなった口をウーゾでクールダウンし、こんと音を立ててグラスを置く。七層に来てからあちこちの店で旨《うま》いものを色々と食べたが、総合的満足度はここのドルマとムサカが一位かもしれない。この味を体験できるなら、ちょっと客使いが荒《あら》いことなど些細《ささい》な問題だ。

同じくらい満足したらしいキズメルが、ほとんど割っていないウーゾを飲み干し、長く息を吐《は》いた。

「ふう…………酒も料理も、とても美味《おい》しかった。アスナ、ムサカとはどういう意味なのだ？」

「えーっと……わたしの記憶《きおく》だと、《汁気《しるけ》たっぷりなもの》とか《冷やしたもの》だったはずなんだけど……」

「はぁ？」「ハァ？」

アルゴと俺が、同じ方向に首をひねる。舌をやけどするほど熱々なグラタンにつけるのに、それ以上不似合いな名前もあるまい。こちらを見たアスナが、不満そうに口を尖《とが》らせる。

「わたしだって、頭の中に辞書があるわけじゃないんだからね。でも、確かムサカは、最初に作られた土地では冷やした前菜だったのが、ギリ……他の土地でこういうグラタン風の料理になったのよ」

「ああ、そういうことは起きるな」

と頷《うなず》いたのはキズメルだ。

「リュースラには、カレス・オーから伝わってきた《ポーンヌコークル》という料理がある。いわば薄焼《うすや》きのパンケーキなのだが、森エルフたちはただ砂糖とシナモンを振りかけただけで食べるのに対して、黒エルフはジャムとクリームをたっぷりと載《の》せる。どちらが美味《おい》しいかは言うまでもない」

自慢《じまん》そうな口調に思わず微笑《ほほえ》んでしまってから、急いでコメントする。

「そりゃ確かに旨《うま》そうだ。いつか食べてみたいな」

「もちろん、九層の都に来た時には好きなだけ食べてくれ」

嬉《うれ》しそうに応じたキズメルだったが、微笑《ほほえ》みは長続きしなかった。きっと、自分が置かれた状況《じょうきょう》を思い出したのだろう。

ハリン樹宮《じゅきゅう》の牢《ろう》から脱獄《だつごく》したキズメルは、奪《うば》われた四本の秘鍵《ひけん》を全て取《と》り戻《もど》すまで、九層の城はもちろん各地の拠点《きょてん》に立ち入ることもできない。俺が立案した《フォールン・エルフ尾行《びこう》作戦》がいまのところ唯一《ゆいいつ》の希望だが、仮にフォールンのアジトを発見できてもそこに秘鍵《ひけん》が四本とも保管されているという確証はないし、万が一アジトに《剝伐《はくばつ》のカイサラ》がいたら、現状の戦力では再び蹴散《けち》らされてしまう。

そもそも俺たちは、《霊樹《れいじゅ》》を使えないはずのフォールンが、どうやって各層を行き来しているのかすら知らないのだ。その秘密を暴かない限り、仮に秘鍵《ひけん》を奪還《だっかん》できても、カイサラの再襲撃《さいしゅうげき》を受ける危険がつきまとう。

前途《ぜんと》多難だな……と俺もため息をつきそうになった時、アスナがキズメルの背中に手を置き、言った。

「大丈夫《だいじょうぶ》だよキズメル、わたしの予感は当たるの。わたしたち、絶対に秘鍵《ひけん》を取《と》り戻《もど》せる」

「ああ……そうだな」

再び笑《え》みを浮《う》かべてそう答えたキズメルは、グラスに残っていたウーゾを飲み干し、アルゴを見た。

「いい店に連れてきてくれてありがとう、アルゴ」

「気に入ってくれて良かったヨ。けど、礼はキー坊《ぼう》に言ったほうがいいナ」

「へっ？　なんで俺？」

皿を運んだ件なら、別に礼を言われるほどのことじゃ……という思考を言葉にするより早く、アルゴがニマッと笑って続けた。

「そりゃモチロン、ここをキー坊が奢《おご》ってくれるからサ」

ＮＰＣレストランでの会計タイミングは、どうやら店によって異なる――ということを俺も最近になって知った。

たいていの店では、一人ぶんの注文が受理されるたびに小さな支払《しはら》いウインドウが出現し、ＯＫボタンを押すとストレージ内のコルから代金が差し引かれる。払《はら》わないと何時間待っても料理が出てこない、つまり厳密な別払《べつばら》いかつ前払《まえばら》いというわけだ。

しかし俺とは縁遠《えんどお》い超高級レストランや、逆に小規模店の一部では、食後に代表者が全額をまとめて払《はら》うところもあるようだ。前者は注文時にいちいち支払《しはら》い窓《まど》が出ると雰囲気《ふんいき》を損《そこ》なうからだろうし、後者は《食い逃げチャレンジ》の余地を残すためではないかと推測されている。実際に、たらふく喰《く》ってからダッシュで逃走《とうそう》し、店主と衛兵の追跡《ついせき》から逃《に》げ延《の》びて、黒鉄宮の監獄《かんごく》に叩《たた》き込まれることなく無銭飲食を成功させた強者も存在するらしい。

しかし俺はもちろん逃げたりはせず、カウンター奥《おく》のメノン氏に「ごっそさん」と声を掛《か》け、四人で四百二十コルの食事代を支払《しはら》った。料理は文句なく旨《うま》かったし、酒まで飲んだわりには大変リーズナブルな価格だが、アルゴが支払《しはら》いを俺に押し付けるためにこの店を選んだのだとすれば、ひとことチクリと言ってやらねばならない。

そう決意しつつ店を出た途端《とたん》、先に出ていた女性陣《じょせいじん》から笑顔《えがお》とともに「ごちそうさま！」の唱和を浴びせられ、俺は十年ものの梅干しを口に含《ふく》んだような顔で応じた。

「いえいえ、どういたしまして」

「んじゃ、そろそろ帰るカ」

あっさり通常モードに戻《もど》ったアルゴが、俺に嫌味《いやみ》を言う隙《すき》を与《あた》えずに路地を北へ歩き始める。すぐにキズメルが続き、その背中をアスナと並んで追いかける。

「……で、ドルマとかムサカって、どこの国の料理なんだ？」

十歩ほど進んだところで声をひそめて訊《たず》ねると、同程度の音量で答えが返った。

「ギリシャよ」

「あー……ウォルプータとよく似た、サ……サントリーニ島があるっていう？」

「うん」

「なるほどね。さっきアスナが、この街で食べるのにぴったりなメニューだって言ってたのはそういうわけか……」

納得《なっとく》しつつ、先を歩くアルゴの背中を見やる。

どうやら《鼠《ねずみ》》がさっきの店を選んだのは俺に奢《おご》らせるためではなく、彼女もウォルプータの佇《たたず》まいがギリシャのサントリーニ島を模していることと、ドルマやムサカがギリシャ料理であることを知っていたかららしい。現実世界の風物についてはアスナも相当な博覧強記ぶりを誇《ほこ》っているが、アルゴの頭にはそれに加えてアインクラッドとＳＡＯシステムに関する膨大《ぼうだい》な情報までもが詰《つ》まっている。

年齢《ねんれい》は正直よく解《わか》らない——同年代のような気もするし、当人の言うとおりお姉さんな気もする——が、いったいどういう経歴を重ねればあんな百科事典じみた人間ができあがるのか。そもそもなぜ、デスゲーム化したSAOで情報屋という、ある意味では攻略集団《こうりやくしゆうだん》よりも生命の危険がある仕事に邁進《まいしん》し続けているのか。

気になるなら直接訊《き》けばいい、という理屈《りくつ》はアルゴには通用しない。ニンマリ笑いながら、「その情報は一万コルだナ」とうそぶく顔が目に見えるようだ。いつか所持金が一千万コルを超《こ》えたら、アルゴのパーソナル情報を片っ端《かたぱし》から買いまくってやる……と以前にもしたような決意を固めつつ、路地を逆に歩いてカジノ前の広場に戻《もど》る。

時刻は午後四時を十分ほど過ぎたところ。バトルアリーナ昼の部の最終試合は四時三十分に始まるはずなので、それまでには余裕《よゆう》を持ってニルーニルの部屋に帰れる——のだが、ALSとDKBが今日もチップ十万枚を目指して倍々賭《ばいばいが》けに挑戦《ちようせん》しているのか、正直気になるところだ。

と思った途端《とたん》、同じことを考えたのか、近づいてきたアルゴが小声で言った。

「オイラ、ちっと闘技場《とうぎじよう》の様子を見てくるから、先にニル様んトコに戻《もど》っててくれヨ。どーせ、厩舎《きゆうしや》の査察じゃ出番なしだろーシ」

「別にいいけど……ニル様クエストを最初に受けたのはアルゴだろ？　一緒《いつしよ》にいなくて大丈夫《だいじようぶ》なのか？」

アスナと暫定《ざんてい》パートナーシップを締結《ていけつ》して以降、別行動したことはほとんどないので、俺はクエストとパーティーに関するルールにはあまり自信がない。しかしアルゴは軽く肩《かた》をすくめ、言った。

「へーキへーキ。パーティーを組んでればクエの進捗状況《ステータス》も共有されるヨ。だから、うっかりオイラをキックするなよナ」

「了解《りょうかい》」

「んじゃ、査察が終わったらメッセで知らせてクレ」

すっと離《はな》れたアルゴは、広場を見ながら何やらお喋《しゃべ》りしていたアスナとキズメルに近づき、短く言葉を交《か》わしてからカジノのほうへ去っていった。

純白の城館は、傾《かたむ》き始めた日差しを浴びて金色に輝《かがや》いている。俺とアスナがウォルプータに到着《とうちゃく》してから、ほぼ二十四時間が経過したわけだ。この街はフロアの南端《なんたん》にあるので、距離《きょり》だけ見れば七層は半分踏破《とうは》されたことになるが、主街区《しゅがいく》とウォルプータを結ぶ《追い風の道》はただ長いだけで途中《とちゅう》にはダンジョンもフィールドボスも配置されていない。いっぽうここから北西にあるプラミオの街まで、そしてプラミオから迷宮区《めいきゅうく》タワーまでのルートは難所だらけだ。実質的な攻略《こうりゃく》の進行度は、現時点でせいぜい三割と思わなくてはならない。

もちろん、ALSとDKBのどちらかまたは両方が、ぶっ壊《こわ》れスペックの《ソード・オブ・ウォルプータ》を入手すれば、そこからは攻略《こうりゃく》が一気呵成《いっきかせい》に進む可能性はある。しかし彼らが頼《たよ》りにしている虎《とら》の巻《まき》は、まず間違《まちが》いなくコルロイ家が大口賭け客《ハイローラー》から大金を巻き上げるために仕掛《しか》けた罠《わな》だ。

キバオウとリンドがその罠《わな》を見抜き、夜の部の最終試合で虎《とら》の巻《まき》の予想と逆に賭《か》けることができれば……いや、コルロイ家はその場合にも対応できる手段を用意しているかもしれない。つまるところ彼らは巨大《きょだい》なSAOシステムの一部であり、そしてアインクラッドは物理法則に支配された現実世界とは違《ちが》って、システムの匙加減《さじかげん》であらゆる事象を好き放題にコントロールできる仮想世界なのだ。ディーラーの蝶《ちょう》ネクタイの色柄《いろがら》と、出目《でめ》の傾向《けいこう》が連動したルーレットのように。

もしかしたら、七層の攻略《こうりゃく》は長くなるかもな……とぼんやり考えていると、いつの間にか隣《となり》にいたアスナが俺の右肘《みぎひじ》をつついた。

「ほら、ニルーニル様のところに戻《もど》るわよ」

「お、おう。キズメル、お腹《なか》いっぱいになった？」

深く考えずに発した質問だったが、騎士《きし》は苦笑《くしょう》と憤慨《ふんがい》が入り混じったような表情を浮《う》かべて俺を軽く睨《にら》んだ。

「充分《じゅうぶん》だ。というかキリト、お前は私がどれほど大食いだと思っているんだ？」

「い、いや、念のためと思って……。じゃあ、戻《もど》ろうか」

くるりと左九十度にターンし、グランドカジノの正面入り口目指して足早に歩き始めると、後ろで二人ぶんの忍《しの》び笑《わら》いがかすかに聞こえた。

19

キオに貰《もら》っておいた通行証でセキュリティゲートを通過し、巨大螺旋《きょだいらせん》階段を三階まで上り、チェックインカウンターで行き先を告げて、フロア南側の十七号室へ。

考えてみると、大枚払《はら》って借りたアンバームーン・インのプラチナスイートよりも、もはやニルーニルの部屋を訪《おとず》れた回数のほうが明らかに多いが、それも連続クエストが終わるまでだ。

そして我《わ》が直感によれば、クライマックスは近い。俺がリカオンを連れ出してしまったせいで展開がかなり縒《よ》れた感はあるものの、物語のお約束に従えば厩舎《きゅうしゃ》の査察で不正の動かぬ証拠《しょうこ》が見つかり、《始祖《しそ》ファルハリの審判《しんぱん》》なるものが行われ、そこで何らかの突発的事態《とっぱってき》が起きてクライマックスに相応《ふさわ》しい大規模イベント戦闘《せんとう》に突入《とつにゅう》、勝利すればクエストクリア——となるのではないか。

懸念点《けねんてん》があるとすれば、六層で経験した《スタキオンの呪《のろ》い》クエストが物語のお約束など完全に無視したような展開を辿《たど》ったことだが、あれはＰＫ集団が領主殺害という修正不可能な横やりを入れた結果だと思いたい。いまのところニル様クエストに連中の気配はしないので、このまま物語らしく終わってくれることを祈《いの》るばかりだ。

そんなことを考えつつホテルの暗い廊下《ろうか》を歩き、十七号室のドアをノックする。誰何《すいか》の声に

「キリトとアスナとキズメルです」と答えると、カチッと上質な解錠音《かいじょうおん》が響《ひび》く。

ドアを開けてくれた武装メイドのキオは、俺をひと目見た途端《とたん》、細い眉《まゆ》を寄せて言った。

「キリト、お前、昼から酒を飲んだな」

「え……の、飲んだけど、匂《にお》うほどじゃないと思うよ……」

そもそもこの世界の酒はアルコールの味がするだけで、飲んでも体内にアセトアルデヒドが生成されるわけではない。もしもそんなところまでシミュレートしているなら、どれほど上に見積もっても十二歳は超《こ》えないであろうニルーニルが、ワインをかぱかぱ飲んでも顔色ひとつ変えないのはおかしい。

という俺の推論は、しかしまったくの的外れだった。

「酒精ではなくアニスの匂《にお》いだ。下町でウーゾを飲んだんじゃないのか？」

アニスとはなんぞや、と眉《まゆ》を寄せかけてから、あの個性的な酒に使われている香草のたぐいだろうと思い至る。

この世界には、ナーソスやセルシアンといった架空《かくう》の植物と、セイヨウネズやヤマナラシのような実在する植物が混在している。アニスというのがどちらなのか咄嗟《とっさ》に判断できないが、メノン氏の店でウーゾを飲んだのは間違《まちが》いないので正直に認める。

「の、飲みました」

「やはりな。飲むなとは言わないが、強い酒だからせめて夕方からにしておけ」

「わ、解《わか》りました」

低頭しつつ、横目で仲間を見る。確かアスナは俺の二倍、キズメルは三倍ほども飲んでいたはずだが、二人とも澄《す》まし顔《がお》でそっぽを向いている。

ここでキオに「あの二人も飲んでました！」と告げ口するのを我慢《がまん》できるとは、俺も大人になったものだ……などと考えていると、広い部屋の奥《おく》から幼い声が届いた。

「おかえり、キリト、アスナ、キズメル」

キオが右手で促《うなが》すので、巨大《きよだい》ソファーの前まで移動する。相変わらず気だるげな表情と体勢でクッションにもたれかかったニルーニルが、俺を見上げて小鼻を可愛《かわい》らしく動かした。

「確かにウーゾの匂《にお》いね。懐《なつ》かしいわ、もうずいぶん飲んでいない」

その台詞《せりふ》に、しばし唖然《あぜん》としてしまう。ワインよりクセも度数も遥《はる》かに強い酒なのに、もうずいぶんという言い方からすると、前に飲んだ時はいったい何歳だったのか。アインクラッドに未成年者の飲酒を禁じる法律がないとしても、両親が気をつけるべきではないのかと考えてから、ニルーニルの父親と母親はすでに他界していることを思い出す。キオが庇護者《ひごしや》の役割を果たしているのだとしても、メイドという立場では監督者《かんとくしや》にはなれないのだろう。いわんや、単なる使いっ走りの俺においてをや、だ。

ニルーニルの頭上に浮《う》かぶ【?】マークをちらりと見て思考を切《き》り替《か》え、訊《たず》ねる。

「それで……コルロイ家との交渉《こうしよう》はどうなったんですか？」

「それなりに揉《も》めたけど、予想どおり最後には緊急《きんきゅう》査察を受け入れたわ。開始時刻は、闘技《とうぎ》場《じょう》の昼の部の最終試合が終わった十分後だから、どんなに試合が長引いても五時には始まるわね。キリト、準備はいい？」

「い、いつでも大丈夫《だいじょうぶ》ですけど……俺一人で厩舎《きゅうしゃ》を調べるわけじゃないですよね？」

「当たり前じゃない。それどころか……」

頷《うなず》いたニルーニルが、しかめっ面《つら》で付け加えた。

「連中、私自身が立ち会うっていう条件を付けてきたわ。だから査察に行くのはナクトーイ《うち》の調教師二名と護衛の兵士二名、キリト、キオ、そして私」

「はあ……」

人数が多いのは心強いが、コルロイ家の意図が咄嗟《とっさ》には摑《つか》めない。

「どうしてそんな条件を出したんでしょう？　査察する人が増えれば、そのぶん不正の証拠《しょうこ》が見つかる確率も上がるのでは？」

俺が首を傾《かし》げると、定位置に戻《もど》ったキオが渋《しぶ》い顔で答えた。

「嫌《いや》がらせのつもりだろう」

「え……厩舎《きゅうしゃ》はこの建物の地下ですよね。嫌《いや》がらせになるほどの距離《きょり》ではなさそうな……」

いくらニルーニルが深窓のお嬢様《じょうさま》でも、階段の上り下りくらいはできるだろうと考えながらそう言った途端《とたん》、キオに軽く睨《にら》まれてしまう。

「そういう意味ではない」

「じゃあ、どういう……」

「お前が気にする必要はないわ、キリト」

とニルーニル本人に言われれば、食い下がるわけにもいかない。口をつぐむと、別の質問が飛んでくる。

「それはそうと、アルゴはどうしたの？」

「あー、闘技場《とうぎじょう》の様子を見に行くと言ってました」

俺の返事に、アスナがすかさず言葉を付け加えた。

「もし査察にもっと人手が必要なら、私が代わりに行きます」

「ううん、査察のほうは大丈夫《だいじょうぶ》。でもアスナとキズメルには、他の仕事を頼《たの》みたいの」

「ええ、なんでも」

おいおい安請《やすう》け合《あ》いして大丈夫《だいじょうぶ》か……と思ったが、ニルーニルがアスナたちに依頼《いらい》したのは非常にシンプルな仕事だった。

「お前たちには、この部屋を見張っていてほしいの。日頃《ひごろ》、私とキオが二人ともここを留守にすることはほとんどないんだけど、前に少しだけ一緒《いっしょ》に外出したら、その隙《すき》にワインに毒を仕《し》込まれてね」

「ど、毒⁉」

鸚鵡返《おうむがえ》しに叫《さけ》んでから、キオが以前、ニルーニルはコルロイ家に命を狙《ねら》われていると言っていたことを思い出す。その時ニルーニルも、堂々と襲《おそ》ってくれたほうが毒だの何だの使われるよりすっきりすると勇ましい台詞《せりふ》を口にしたが、あれは喩《たと》えではなく事実だったわけだ。

「だ、大丈夫《だいじょうぶ》だったんですか？」

「大丈夫《だいじょうぶ》だったからこうして生きてるのよ」

そううそぶくと、ニルーニルは肩《かた》をすくめて付け足した。

「もっとも、キオがコルクに残った針穴に気付かなかったら、まんまと飲んでたかもしれないけどね。そのワインはリボンを結んで、バーダンへの贈《おく》り物《もの》にしたわ」

くすくす笑うニルーニルに、アスナがきっぱりと告げた。

「解《わか》りました。お留守はわたしとキズメルがしっかり守ります」

「うん、お願いね」

ニルーニルがアスナからキズメルに視線を動かす。いつもならこんな時はダークエルフ流の敬礼をするはずの騎士《きし》は、代わりに気がかりそうな声で言った。

「となると……もしや査察にニルーニル殿《どの》の立ち会いを要求したのも、その手の企《たくら》みなのではないか？　逃げ道のない地下厩舎《きゅうしゃ》で取り囲み、襲《おそ》うつもりなのでは？」

「私も、そう考えないではなかったが……」

キオが一瞬《いっしゅん》視線を伏《ふ》せ、即座《そくざ》にかぶりを振る。

「しかしコルロイ側にとっては、下手人《げしゅにん》不明の暗殺でなければ意味がないのだ。あからさまにニルーニル様を襲《おそ》ったりすれば、グランドカジノの掟《おきて》によって、コルロイ家は後継者《こうけいしゃ》の資格を失ってしまう」

「なるほど……。だが、敵地に乗り込むのには変わりないのだから、充分《じゅうぶん》に注意するべきだ」

「無論、そうするとも」

キズメルとキオが、ぐっと頷《うなず》き合う。この二人ってどっか似てるよな……などといまさらのように思った、その時。

部屋の扉《とびら》がノックされ、続いてくぐもった男の声が聞こえた。

「キオ殿《どの》、ファアゾです。昼の部の最終試合が終わりました」

「解《わか》った、すぐに行く」

大声で応じたキオが、左腰《ひだりこし》のエストックを確かめながら俺を見た。

「キリト、お前、剣はあのショートソードしか持っていないのか？」

「いや、まさか」

明るい水色のリネンシャツに白いコットンパンツという自分の格好を見下ろしてから、俺は装備フィギュアを開き、手早く操作した。

しゅわんという効果音とともに、ベルトの左側に愛剣《あいけん》が実体化する。リゾート感たっぷりなコーディネートにはどう考えてもミスマッチだが、背中に装備するよりマシだろう。

そのソード・オブ・イヴェンタイドをひと目見た途端《とたん》、ニルーニルがソファーに沈《しず》めていた体を起こした。

「へえ、それ、リュースリアンの貴族が使う剣よね。盗《ぬす》んだの？」

「な……」

――何ちゅうことを言うんや！

となぜかキバオウ口調で叫《さけ》びそうになり、どうにか堪《こら》える。

「ま、まさか。クエ……仕事の報酬《ほうしゅう》で貰《もら》ったんです」

「ふうん。ま、もしもの時はよろしく」

そう言うと、ニルーニルは両足を振り上げて勢いよく立ち上がった。すかさずキオがいつの間にか用意していた厚手の外套《がいとう》を着せかける。真っ黒なベルベット生地《きじ》はこの層ではいかにも暑そうだが、大きなフードをすっぽり被《かぶ》った様子はなかなかに可愛《かわい》らしい。

ドアへと向かう依頼主《いらいぬし》たちを追いかける俺に、アスナとキズメルが視線で「気をつけて」と伝えてくる。任務は地下厩舎《きゅうしゃ》の案内なので危険はないはずだが、先刻ニルーニルが言っていたように《もしもの時》が訪《おとず》れないという確証はない。

無言でサムズアップし、二人に続いて部屋を出る。

廊下《ろうか》で待っていたのは、俺より頭ひとつぶんほども背が高い、精悍《せいかん》な顔立ちの若い男だった。調教師には見えないので査察に同行する兵士なのだろうが、カジノの入り口を守る衛兵たちと違《ちが》って全身ぴかぴかのプレートアーマーではなく、濃《こ》い灰色の制服にブレストプレートだけを重ねている。両肩《りょうかた》にはナクトーイ家の紋章《もんしょう》である白地に黒百合《くろゆり》のエンブレムが縫《ぬ》い付《つ》けられ、ベルトに吊《つ》るしているのはレイピアとロングソードの中間くらいのほっそりした直剣《ちょっけん》。

「ファゾ、ご苦労さま。ルンゼたちは？」

ニルーニルにファアゾと呼ばれた男は、背筋を伸ばして答えた。

「すでに厩舎前《きゅうしゃまえ》にて待機しております」

「そ。じゃ、行きましょ」

外套《がいとう》を翻《ひるがえ》し、廊下《ろうか》をすたすた歩き始めたニルーニルに、キオとファアゾが続く。

二人の後をついていくと、兵士がちらりとこちらを見てからキオに囁《ささや》きかけた。

「姉上、あの者は？」

「職務中は名前で呼びなさい」

「はい、すみませんキオ殿《どの》」

――えっ、姉弟《してい》なの⁉

と目を剝《む》いてしまったが、言われてみればファアゾの短く刈《か》った髪《かみ》と、キオのまとめ髪《かみ》はよく似たダークブラウンだ。ほんの少しだけ距離《きょり》を詰《つ》め、キオの答えに耳を澄《す》ませる。

「あやつはキリト。ニルーニル様が、今回の問題を解決するためにお雇《やと》いになった冒険者《ぼうけんしゃ》だ」

「……そのような素性《すじょう》の解《わか》らぬ者を同行させずとも、我々だけで対処できますのに」

「短時間の査察で、必ず不正行為《こうい》の証拠《しょうこ》を見つけなくてはならないのだ。外の人間だからこそ気付くこともあるだろう」

キオの言い方からすると、俺がコルロイ厩舎《きゅうしゃ》に侵入《しんにゅう》し、不正の生きた証拠《しょうこ》であるリカオンを逃がしてしまったことはファゾには伏《ふ》せてくれているようだ。こりゃあしっかり働かないとな、と自分に言い聞かせつつ暗い廊下《ろうか》を歩く。

ニルーニルが向かったのは、カジノの正面エントランスに下りるための螺旋《らせん》階段ではなく、ホテルのさらに奥側《おくがわ》だった。ほんのりお風呂《ふろ》っぽい匂《にお》いが漂《ただよ》うエリアを通過し、廊下《ろうか》を右と左に一回ずつ曲がって、突き当たりの扉《とびら》の前で止まる。

当主《とうしゅ》が外套《がいとう》の内側から古びた鍵《かぎ》を取り出し、鍵穴《かぎあな》に差し込んで回すと、ガチャリと重々しい音が響《ひび》く。開いた扉《とびら》の先にあったのは、薄暗《うすぐら》い螺旋《らせん》階段。直径は表の階段より遥《はる》かに小さいが、ニルーニルは慣れた足取りですたすた下りていく。

キオとファゾも主人に続いたので、最後尾《さいこうび》の俺はドアを閉めてから恐《おそ》る恐《おそ》る階段に足を踏《ふ》み入《い》れた。中心に支柱が存在せず、壁面《へきめん》から踏《ふ》み板《いた》を延ばしただけの構造なうえに、手摺《てす》りすら設置されていない。そっと下を覗《のぞ》いてみると、暗闇《くらやみ》がどこまでも続いている。グランドカジノの三階から一階までを一直線に貫《つらぬ》いているとすれば、高さは軽く十メートル以上あるだろう。足を踏《ふ》み外《はず》し、石畳《いしだたみ》に頭から落ちればいまの俺でも死にかねない。

ハリン樹宮《じゅきゅう》の幹を伝い降りてた時よりマシ！　と自分に言い聞かせ、右手を壁面《へきめん》にしっかり押し当てて、どうにか三人に遅《おく》れず下りていく。ぐるぐると何回転したか解《わか》らなくなった頃《ころ》、ようやく床《ゆか》が見えてきて、ほっと息を吐《は》く。

一階にも同じような扉《とびら》があり、再びニルーニルが解錠《かいじょう》する。ドアノブを回し、押《お》し開《あ》けると、先にはどこかで見たような造りの通路が延びている。右手の壁《かべ》にはドアが四つ、左手の壁《かべ》には一つ。

「ニルーニル様、私が先に」

そう言ったキオが主人を追い越《こ》し、右の壁《かべ》にあるドアの前に立つと、しばし気配を窺《うかが》う様子を見せてからゆっくりと開けた。

途端《とたん》、赤っぽい光がわずかに入《はい》り込んでくる。キオが戸口を抜けると、外套《がいとう》のフードを深く降ろしたニルーニルが続き、その後ろをファゾが守る。

最後に通路から出た途端《とたん》、俺は小声で「あー、ここか……」と呟《つぶや》いていた。

馬車が入れそうなほど広い、倉庫のような空間。いや、実際に馬車を入れるための場所だ。コルロイ厩舎《きゅうしゃ》に侵入《しんにゅう》する直前に見た、モンスター搬入口《はんにゅうぐち》。先刻、通路に既視感《きしかん》を覚えたのは、コルロイ側にある同じ造りの通路を通ったからだ。

四時間前は薄暗《うすぐら》かった搬入口《はんにゅうぐち》だが、いまは大扉《おおとびら》が完全に開け放たれ、そこからオレンジ色の光が眩《まぶ》しいほど入《はい》り込んできている。大扉《おおとびら》が真西に向いているので、アインクラッド外周部から差し込む夕日が直撃《ちょくげき》するのだ。

巨大《きょだい》な車庫の中央部では、二つのグループが夕日を浴びながら対峙《たいじ》している。

手前に並んでいる三人は、ファゾと同じダークグレーの制服姿。一人は剣を、二人は丸めた鞭《むち》を装備している。

奥《おく》に並ぶ十人は、全員が暗いあずき色の制服と金属の胸当てを身につけ、剣を吊《つ》っている。

両肩《りょうかた》のエンブレムは、黒地に赤い竜の刺繍《りゅうのししゅう》。手前の三人が緊急《きんきゅう》査察に同行するナクトーイ家の兵士と調教師で、奥《おく》の十人はコルロイ家の兵士ということか。

と、不意にあずき色の兵士たちがザッと靴音《くつおと》を鳴らして左右に分かれ、奥《おく》から新たな人影《ひとかげ》が夕日の中に進み出てきた。

「久しぶりじゃな、ニル嬢《じょう》よ」

朗々たるバリトンで呼びかけてきたのは、長身痩軀《そうく》、白髪白髯《はくはつはくぜん》の老人——いや老紳士《ろうしんし》だった。焦《こ》げ茶色《ちゃいろ》の三《み》つ揃《ぞろ》いを隙《すき》なく着こなし、口髭《くちひげ》と顎髭《あごひげ》も綺麗《きれい》に切り揃《そろ》えている。背丈《せたけ》はファゾに迫《せま》る百八十センチほどもあるだろうか。正直、六層スタキオンの領主だったサイロンよりも、五割増しで押し出しがいい。

「あなたもお元気そうで何よりね、バーダン」

ニルーニルもそう答えつつ前に出たが、夕日が床《ゆか》にくっきりと描《えが》き出すラインの二メートルほど手前で立ち止まる。

やはりあの老人が、ナクトーイ家と敵対するコルロイ家の領袖《りょうしゅう》、バーダン・コルロイらしい。

念のために視線をフォーカスさせると、出現した黄色いカラーカーソルには【Ｂａｒｄｕｎ】という文字列が並んでいる。

確かニルーニルはバーダン老人について、『わずかな命を買うための大金をかき集めるのに夢中で、ほかのことは何一つ見えていない』と評していた。しかし堂々たる立ち姿を見る限り、死期が近いようにも金策に汲々《きゆうきゆう》としているようにも感じられない。

バーダンはもう一歩前に出ると、再び深みのある低音を響《ひび》かせた。

「当家の不手際《ふてぎわ》で、事前に登録した怪物《かいぶつ》を今日の試合に出場させられなくなったことを、深く謝罪する。よもや、厩舎《きゆうしや》に忍《しの》び込み、怪物《かいぶつ》を奪《うば》い去《さ》るような小悪党がこの街にいるなどとは、思いもしなかったものでな」

その小悪党本人としては反射的に首を縮めたくなるが、ここは素知らぬ顔をしていなければならない。ニルーニルも、相変わらず子供らしからぬ胆力《たんりよく》で平然と言い返す。

「あのワンちゃんはやたらと勝ちまくってたから、どこかの金持ちが番犬に欲《ほ》しがったんじゃない？　今日の試合に登録せずにこっそり売り出せば、最後にもう一儲《ひともう》けできたかもしれないのに」

「それは無礼でありましょうッ！」

と叫《さけ》んだのは、バーダンでも兵士たちの誰《だれ》かでもなかった。老人の後方から飛び出してきた、太めの短軀《たんく》を黒い燕尾《えんび》服《ふく》に包んだ中年男が、甲高《かんだか》い声で喚《わめ》く。

「あたかもコルロイ家が金のために闘技《とうぎ》を行っているが如《ごと》き仰《おつしや》りよう、聞き捨てなりませぬ！　取り消していただきたいッ！」

　小男の頭上に浮《う》かぶカーソルには【Ｍｅｎｄｅｎ】とある。格好からして執事《しつじ》なのだろうが、左腰《ひだりこし》には高そうなレイピアを佩《は》いているし、なんだかあのオッサンのほうが領主感あるな……などと思っていると、ニルーニルの隣《となり》に進み出たキオが毅然《きぜん》と言い返した。

「そのようなこと、ニルーニル様はひと言も仰《おつしや》っておりませんよ、メンデン殿《どの》。それよりも、早く査察を始めさせていただきたいのですが」

「下働きの小娘《こむすめ》が、査察などと偉《えら》そうにッ！　あくまでバーダン様のご厚意《こうい》によって、厩舎《きゆうしや》の検分を許すだけなのだぞ！」

「まあよい、メンデン」

　当主《とうしゆ》バーダンが左手を掲《かか》げると、メンデンという執事《しつじ》は瞬時《しゆんじ》に押《お》し黙《だま》った。

「今回の非は、賊《ぞく》の侵入《しんにゆう》と逃走《とうそう》を許したこちらにある。別の怪物《かいぶつ》の出場を認める代わりに厩舎《きゆうしや》を見たいというなら、好きなだけ見ていただこうではないか」

「は、はッ」

　メンデンが芝居《しばい》がかった仕草で右手を掲《かか》げると、五人ずつに分かれて整列していたコルロイ側の兵士たちがざざっと九十度回転し、奥《おく》の壁《かべ》にある扉《とびら》の両側に並んだ。

　赤竜《せきりゆう》の紋章《もんしよう》が刻まれた扉《とびら》を、バーダンが悠然《ゆうぜん》とした手振《てぶ》りで示す。まるで、入れるものなら入ってみろと言わんがばかりの態度だが、石敷《いしじ》きの床《ゆか》にはこちらの移動を妨《さまた》げるような障害物は何一つない。

まさか兵士たちに襲《おそ》わせるつもりではあるまいな……と眉《まゆ》を寄せた時、キオが小さく右手を動かした。

途端《とたん》、ファゾと三人の部下たちが、キオの後ろにまっすぐ並ぶ。俺も急いで最後尾《さいこうび》につくと、すぐ前に立っている灰色の制服の調教師が、「もっと距離《きより》を詰《つ》めて」と囁《ささや》く。

横から覗《のぞ》くと、前の五人は背中と胸がくっつきそうなくらいに密着している。これでは歩きにくいだろうと思うが、言われたからには仕方ない。大きく一歩前に出て、調教師との隙間《すきま》を限界まで狭《せば》める。

まるで壁《かべ》のように直列した六人が、キオの二度目の合図でゆっくりと前進し始める。両足を小刻みに動かし、じりじりと進む俺たちの右側を、黒い外套姿《がいとうすがた》のニルーニルも同じスピードで歩く。

二メートルほど進んだところで、搬入口《はんにゆうぐち》の壁《かべ》が作る影《かげ》が切れて、真っ赤な夕日が俺の左頬《ひだりほお》に当たった。顔をそちらに向けると、遥《はる》か彼方《かなた》のアインクラッド外周開口部に、ちょうど巨大《きよだい》な太陽が見える。常夏《とこなつ》の七層だからか、沈《しず》む直前でもかなりの熱を感じる。

「後ろの奴《やつ》、もっとくっつけ！」

突然《とつぜん》、すぐ前にいる調教師が押《お》し殺《ころ》した声を出し、俺は慌《あわ》てて顔を戻《もと》した。しかし、もっとくっつけと言われても、現時点ですでに調教師の背中と俺のシャツの前身頃《まえみごろ》が時折擦《こす》れるほどの距離《きょり》なのだ。転んでも知らないぞと思いながら、体を完全に密着させる。

この体勢では、右足と左足を同じタイミングで動かさないと歩けない。頭の中で、いち、に、いち、にと唱えながら懸命《けんめい》に歩く。まるで小学校の運動会でやったムカデ競走のようだ。

前方に整列するコルロイ家の兵士たちから、馬鹿にするような忍《しの》び笑《わら》いが上がった。当主《とうしゅ》のバーダンは無表情だが、執事《しつじ》のメンデンもチョビ髭《ひげ》を生やした口許《くちもと》をニヤニヤ歪《ゆが》めている。

いったいどういうクエストなんだよ……と内心で首を傾《かし》げつつも密着行進を続け、搬入口《はんにゅうぐち》を横切って反対側の影《かげ》に入った途端《とたん》、またしても調教師が囁《ささや》いた。

「もう離《はな》れていいわ」

――え、女の人だったの？

といまさらのように驚《おどろ》きつつ、さっと距離《きょり》を取る。調教師の頭上に浮《う》かぶカラーカーソルを見ると、【Ｌｕｎｎｚｅ】とあるがこれだけでは確信が持てない。そう言えばキオが、ルンゼという名前を口にしていたような……。

その時、俺の右斜《みぎなな》め前を歩くニルーニルが、突然《とつぜん》足をもつれさせた。

反射的に飛び出し、小さな体を支える。ルンゼという調教師が「ニルーニル様！」と叫《さけ》び、先頭のキオがさっと振り向く。

だがニルーニルは、左手で俺のシャツを摑《つか》んだまま、掠《かす》れ声《ごえ》を響《ひび》かせた。

「大丈夫《だいじょうぶ》、行って」

「…………は」

頷《うなず》いたキオが、正面の扉《とびら》へと足早に進む。その後ろでファゾやルンゼたちに囲まれながら、俺もニルーニルと一緒《いっしょ》に歩く。

二列に並んだあずき色の兵士たちをちらりと見やると、まだニヤニヤしている者もいれば、憎々《にくにく》しげに睨《ね》めつけてくる者もいる。まさか斬《き》りかかってはこないだろうが、人数はこちらが七人で向こうは十二人だ。いつでも対応できるよう、視線を左右に走らせていると。

右側の兵士たちの後ろに立っていたバーダン・コルロイと、正面から目が合った。

近くで見ても三《み》つ揃《ぞろ》いのスーツは染《し》み一つなく、髪《かみ》や髭《ひげ》も丁寧《ていねい》に整えられている。だが額や口許《くちもと》には深い皺《しわ》が何本も走り、第一印象よりも老いを感じる。

それでも、落《お》ち窪《くぼ》んだ眼窩《がんか》から放たれる視線は鋼《はがね》の錐《きり》のように鋭《するど》い。孫か曾孫《ひまご》ほどにも歳《とし》が離《はな》れているであろうニルーニルを、食い入るように見詰《みつ》める灰色の瞳《ひとみ》に浮《う》かぶのは……憎悪《ぞうお》、いや羨望《せんぼう》……？

「キリト、急げ」

キオの声に視線を戻《もど》すと、武装メイドはいっぱいに開いた赤竜《せきりゅう》の扉《とびら》の傍《かたわ》らに立ち、俺を見ていた。頷《うなず》き、歩くスピードを上げる。

キオの前を通って戸口を抜けると、そこは見覚えのある薄暗《うすぐら》い通路だった。右に二メートルばかり進んでから立ち止まり、右腕《みぎうで》に抱《かか》えたニルーニルに問いかける。

「あの、大丈夫《だいじょうぶ》ですか？　具合が悪いなら、査察は俺たちに任せて部屋に戻《もど》ったほうが……」

「もう大丈夫《だいじょうぶ》よ」

そう答えたニルーニルが、俺の腕《うで》から抜け出して通路の壁《かべ》に寄りかかった。しかしフードの奥《おく》に覗《のぞ》く顔は普段《ふだん》よりいっそう青白いし、頭上のＨＰバーも一割ほど減少してしまっている。バーの下に点灯している、見慣れない図柄《ずがら》のデバフアイコンがダメージの原因なのだろうが、黒い円の周囲をトゲのような三角形が取り囲んだこのアイコンはいったい――。

俺が眉《まゆ》を寄せていると、続いて通路に入ってきたキオがつかつかとニルーニルに歩み寄り、何かを差し出した。

「ニルーニル様、これを」

それは、掌《てのひら》にすっぽり入るほどの黒い小瓶《こびん》だった。ラベルも何もないので中身は解《わか》らない。だがニルーニルはさっとかぶりを振ると、壁《かべ》から離《はな》れて華奢《きゃしゃ》な体を直立させた。

「大丈夫《だいじょうぶ》、すぐに良くなるわ。それより、査察を急ぎましょう」

「…………は」

低頭し、小瓶《こびん》をポーチに戻《もど》したものの、キオの横顔には憂慮《ゆうりょ》の色が浮《う》かんでいる。もちろん俺だって心配だ。ニルーニルが何らかの病に冒《おか》されているのは間違《まちが》いなく、基本的にホテルの部屋を出ないのもそのせいだったのだと思われる。コルロイ家がニルーニル本人の立ち会いを要求した件について、キオが「嫌《いや》がらせのつもりだろう」と言っていたことを、遅《おそ》まきながら思い出す。

黒いデバファイコンはまだ消えず、HPもごく微量《びりょう》ずつだが減り続けている。いますぐ部屋に戻《もど》ってほしいところだが、俺が言っても聞き入れるまい。ならばニルーニルの指示どおり、すぐに査察を始めて一秒でも早く不正の証拠《しょうこ》を見つけるしかない。

「キリト、先導を頼《たの》む」

キオの囁《ささや》き声《ごえ》に無言で頷《うなず》き、俺はさっと通路を見回した。

入り口の反対側の壁《かべ》には倉庫部屋の扉《とびら》が四つ並んでいるが、不正行為《こうい》の証拠《しょうこ》となるもの——たとえば《ルブラビウムの花の染料《せんりょう》》が入った壺《つぼ》を、こんなあからさまな場所に保管したりはしないだろう。やはり、あるとすれば地下のどこかだ。

キオとニルーニルに目配《めくば》せすると、俺は通路を奥《おく》へと進んだ。石壁《いしかべ》に切られた戸口をくぐり、薄暗《うすぐら》い螺旋《らせん》階段へ。ここも手摺《てす》りがないが、すでに一回上り下りしているし、高さもせいぜい四メートルといったところだ。いちおう不意打ちを警戒《けいかい》しつつも足早に階段を下り、地下厩舎《きゅうしゃ》に到達《とうたつ》する。

左右に檻《おり》が並ぶ通路は、見るかぎりでは無人。少し進んで振り向くと、キオとニルーニル、ファゾ、ルンゼ、残りの二人がひとかたまりになって入ってきた。

「……ふうん。ここがコルロイ家の厩舎《きゅうしゃ》なのね」

呟《つぶや》いたニルーニルが、外套《がいとう》のフードを払《はら》ってから周囲をぐるりと見回し、次いで空気の匂《にお》いを嗅《か》いだ。途端《とたん》、小さく顔をしかめる。

「掃除《そうじ》と換気《かんき》が不十分だわ。それに、怪物《かいぶつ》の世話もいいかげん」

「そ、そんなことまで解《わか》るんですか？」

唖然《あぜん》とする俺に、ニルーニルは不快そうな顔のまま「血の匂《にお》いがするもの」と答えた。それに対して何かを言う前に、通路の後方から豊かなバリトンが響《ひび》いた。

「それは失礼した、ニル嬢《じょう》。せめて一日貰《もら》えれば、きちんと掃除《そうじ》しておいたんじゃが」

査察団の後から通路に踏《ふ》み込んできたのは、バーダン・コルロイと執事《しつじ》のメンデン、そして五人の兵士たちだった。さすがに兵士の半数は上に残してきたようだが、これで地下厩舎《きゅうしゃ》には俺を含《ふく》めて十四人が存在することになる。通路の幅《はば》はそこそこ広いとはいえ、詰《つ》め込みすぎと感じざるを得ない。

ナクトーイ側とコルロイ側の人数がちょうど七人ずつなのが偶然《ぐうぜん》ではない場合は、この場所でイベント戦闘《せんとう》が起きる可能性がある。ニルーニルとバーダンは除外するとしても、こちらは剣ではなく鞭《むち》装備の調教師が二人いるので、戦力は敵のほうが上だろう。もし戦闘《せんとう》になったら、初《しょ》っ端《ぱな》に敵の兵士を二人、できれば三人無力化しなくてはならない。

そんな算段を練っていると、再びバーダンの声が聞こえた。

「七時には闘技場《とうぎじょう》夜の部の準備を始めねばならぬゆえ、ニル嬢《じょう》に与《あた》えられるのは二時間じゃ。

さあ、好きなだけ我《わ》が厩舎《きゆうしや》を嗅《か》ぎ回るがよい。もっとも、すでに使役《しえき》の術が切れている怪物《かいぶつ》もおるからな。檻《おり》の中に入った者が襲《おそ》われても儂《わし》は関知せぬし、逆に怪物《かいぶつ》を傷つけた時は明確な掟違反《おきていはん》としてこちらから告発させてもらうぞ」

「構わないわ」

脅《おど》しとも取れるバーダンの言葉をあっさり受け流すと、ニルーニルは舌鋒鋭《ぜつぽうするど》く切り返した。

「そちらも、誰《だれ》かが少しでも調査の邪魔《じやま》をしたら、先の取り決めに違反《いはん》したものと見なして、代理の怪物《かいぶつ》の出場を取り消すわよ。そうなったら、今夜の最終試合までに新しいラスティー・リカオンを用意してもらうからね。解《わか》ったら、全員階段の入り口まで下がってて」

「ぬッぬぬぬ……」

と執事《しつじ》メンデンが悔《くや》しげに唸《うな》ったが、バーダンが小さく合図すると、五人の兵士たちと一緒《いつしよ》に通路の端《はし》まで下がった。

それを確認《かくにん》したニルーニルは、振り向いて暗赤色の瞳《ひとみ》で俺を見上げた。相手はNPCなのに、後は任せたわよという思念が伝わってくる。

任されてもなぁ～と呻《うめ》きたくなるが、元はと言えば俺の勝手な行動が招いた事態なので、投げ出すわけにはいかない。幸い、制限時間はこの手の捜索型《そうさくがた》クエストにしてはかなり長い。二時間のうちに、どこかにあるはずの不正の証拠《しようこ》――恐《おそ》らくは《ルブラビウムの花の染料《せんりよう》》を見つけ出さなくてはならない。

改めて、周囲をぐるりと見回す。

通路の長さは十五メートル強。左右に六つずつ、合計十二の檻《おり》が並び、その中には闘技場《とうぎじょう》の昼の部と夜の部に出場するモンスターが一匹《ぴき》ずつ収容されている。突き当たりはただの石壁《いしかべ》で、収納庫や休憩室《きゅうけいしつ》は見当たらない。つまり証拠《しょうこ》の隠《かく》し場所《ばしょ》は、いずれかの檻《おり》の中ということか。

先ほどバーダンが発した、怪物《かいぶつ》に襲《おそ》われても知らんぞという脅《おど》し文句《もんく》が気になるが、事ここに至れば覚悟《かくご》を決めて檻《おり》に入るしか――。

いや、待て待て。

イレギュラーな状況《じょうきょう》のようだが、よくよく考えてみると、俺が何もしなくても結局はいまと同じ展開になったのではないか。当初の計画では、闘技場《とうぎじょう》でラスティー・リカオンに脱色剤《だつしょくざい》を振りかけて毛皮が染められていることを暴《あば》くはずだったが、その場合でもコルロイ家が素直《すなお》に不正を認めたとは思えない。次のステップとして、地下厩舎《きゅうしゃ》で不正の証拠《しょうこ》を探すという流れになりそうな気がするので、俺はいま仮称《かしょう》ニル様クエストの本来のストーリーに合流していると思うべきだ。

となれば、モンスターの檻《おり》に入るという選択《せんたく》は失敗フラグとなる可能性が高い。なぜなら、使役《しえき》の術が切れた、すなわち非テイム状態のモンスターに襲《おそ》われずに済む理由がないからだ。ラスティー・リカオン改めストーム・リカオンが逃げたのは屋外だったからで、逃げ場のない檻《おり》の中ならやはり俺を攻撃《こうげき》してきただろう。

証拠物件《キーアイテム》は、檻《おり》の中ではなく外にある。となると、俺がスルーしてしまった一階の倉庫か、あるいは螺旋《らせん》階段の裏側あたりか。そう考えれば、コルロイ側の兵士たちが階段に続く戸口を塞《ふさ》いでいるのもいかにも怪《あや》しい。

「すみませんニルーニル様、もしかしたら証拠《しょうこ》は一階に……」

そこまで言いかけて、俺はぴたりと口を閉じた。

「……何よ？」

怪訝《けげん》な顔をする依頼主《いらいぬし》に、もう一度「すみません」と謝罪してから、勢いよく振り向く。

長い地下通路の突き当たりは、灰色の石壁《いしかべ》があるばかり。だが、四時間前にこの場所に侵入《しんにゅう》した時は、あそこに何かがなかっただろうか。扉《とびら》……ではなく、四角い戸口。なんだかやけに小さいなと思った記憶《きおく》がうっすら残っている。

「……そこか！」

小声で叫《さけ》ぶと、俺は通路をダッシュした。途中《とちゅう》で、左側の檻《おり》の一つがただの小部屋ではなくバトルアリーナにモンスターを送り込むための待機室になっていることに気付いたが、いまは気にする必要はない。足を止めずに素通《すどお》りし、奥《おく》の壁《かべ》へと駆《か》け寄《よ》って、灰色の石に両手を押し当てる。

隙間《すきま》なく積み上げられたブロックはひんやりと硬《かた》く、渾身《こんしん》の力で押してもびくともしない。だが間違《まちが》いなく、この場所に戸口があったのだ。隠《かく》し扉《とびら》だとすれば、ブロックのどれか一つが開閉用スイッチだと相場が決まっている。そしてたいてい隅《すみ》っこにあり、たいていさりげないヒントが仕込まれている。

俺はまず壁《かべ》の右側、次に左側を舐《な》めるように見回した。すると左端《ひだりはし》にある一つのブロックが、ランプの明かりを反射して鈍《にぶ》く光っているのに気付く。シュバッと移動し、左手でブロックの表面を撫《な》でると、他のブロックはざらざらなのにこれだけは真ん中あたりが滑《なめ》らかに摩耗《まもう》していることが解《わか》る。確信しつつ、ぐっと押してみる。

がこん、という重いクリック感とともにブロックが二センチほど引っ込んだ。靴底《くつぞこ》から小刻みな振動《しんどう》が伝わってくる。直後、石壁《いしかべ》の中央部が、ごろごろと音を立てながら床《ゆか》に沈《しず》み始める。

ほんの五秒ほどで、石壁《いしかべ》には縦横一メートル足らずの開口部が出現した。中は真っ暗だが、何やら複雑な匂《にお》いが流れ出てくる。そこには、例の甘《あま》ったるい刺激臭《しげきしゅう》も仄《ほの》かに含《ふく》まれている。

この中に《ルブラビウムの花の染料《せんりょう》》があることは請《う》け合《あ》ってもいい。

以前にこの場所を見ていなくても、二時間あれば最終的には隠《かく》し扉《とびら》を発見できたと思うが、その前にモンスターの檻《おり》に入ってしまっていた可能性も否定できない。こうなると、思いつきで厩舎《きゅうしゃ》に忍《しの》び込んだのも怪我《けが》の功名……いや塞翁《さいおう》が馬《うま》……。

頭の中で最適なことわざを検索《けんさく》しつつ、俺は振り向いて通路の中ほどに立つニルーニルたちに手を振った。

「ここに隠《かく》し倉庫《そうこ》があります！」

途端《とたん》、ニルーニルのみならずキオまでもがにやっと笑った。二人を先頭に、ファゾやルンゼたちも足早に近づいてくる。

いますぐ倉庫に飛《と》び込んで、染料《せんりょう》の壺《つぼ》を探したいという気持ちを抑《おさ》えつつ、俺は戸口の脇《わき》で待機した。またもや先走って事態を混迷《こんめい》させたら、叱《しか》られるだけでは済むまい。証拠《しょうこ》の確保は、ニルーニルたちのみならず、バーダン・コルロイが見ている前で行わなくては。

そのバーダンたちはどうしているのかと背伸《せの》びすると、まだ通路の反対側に陣取《じんど》ったままだ。隠《かく》し倉庫《そうこ》があっさり発見されたというのに、さして慌《あわ》てている様子もない。まさかここまでは想定のうち？　いや……落ち着いているというより、何かを待っているような。

俺は眉《まゆ》を寄せ、通路の天井《てんじょう》を見上げた。だがもちろん、落下式トラップが仕掛《しか》けられている様子はない。床《ゆか》に落とし穴があるなら俺が真っ先に落ちているはずだし、左右には鋼鉄の檻《おり》があるだけだ。

右の檻《おり》を見ると、奥《おく》のほうにヤギのような姿の大型モンスターがうずくまっている。使役《しえき》の術が効いているらしく、俺と目が合っても微動《びどう》だにしない。

そして左側は、俺がラスティー・リカオンを連れ出した檻《おり》なので何もいないはず。いちおうチェックするが、予想どおり空っぽ…………

いや。隅《すみ》の暗がりに、何か細長いものがわだかまっている。巻かれたロープだろうかと思いつつ、念のために視線をフォーカスさせた、その時。

出現した赤いカーソルを置き去りにするほどの勢いで、影《かげ》が動いた。

床面《ゆかめん》を音もなく滑《すべ》り、一瞬《いっしゅん》縮こまるやバネのようにジャンプして、檻《おり》の隙間《すきま》から通路に飛び出してくる。ランプの明かりに照らされた細長い体が、金属めいた銀色に輝《かがや》く。

ヘビ——前回ここに忍《しの》び込んだ時にも見た、ナントカサーペントだ。だが以前はひとつ隣《となり》の、目の細かい格子《こうし》の檻《おり》に閉じ込められていたヘビが、どうして普《ふ》通《つう》の檻《おり》の中に。そしてなぜ俺が前を通った時は動かずに、いま飛び出してきたのか。

いくつもの疑問を思《おも》い浮《う》かべつつも、右手が反射的に動き、愛剣《あいけん》の柄《つか》を握《にぎ》った。抜きながら叫《さけ》ぶ。

「キオ、ヘビだ！」

同時に、深く踏《ふ》み込んで左下から右上へと斬《き》り払《はら》う。ソード・オブ・イヴェンタイドの鋭利《えいり》な切っ先が、かろうじてヘビの胴体《どうたい》を捉《とら》える。だが、太さ三センチ足らずの体は、両断される代わりにギィン！　という金属音を響《ひび》かせる。

——硬《かた》い！

歯を食《く》い縛《しば》り、渾身《こんしん》の力で剣を振り抜く。火花を散らして滑《すべ》る剣尖《けんせん》がかろうじて鱗《うろこ》の隙間《すきま》に食い込み、後ろ三分の一ほどを斬《き》り飛ばす。

だが、まだヘビは止まらない。空中で身をくねらせて軌道《きどう》修正し、ニルーニル目掛《めが》けて落下していく。

「ハッ！」

裂帛《れっぱく》の気合い。キオが、鞘《さや》から抜いたエストックを凄《すさ》まじいスピードで突き上げる。極細《ごくぼそ》の刀身に、青白いライトエフェクトが宿っている。レイピア用のソードスキル《リニアー》――いや単発上段突き《ストリーク》だ。

名手アスナに並ぶほどの速度で繰《く》り出されたエストックは、うねりながら飛翔《ひしょう》するヘビの、残り三分の二となった胴体《どうたい》の中央を見事に貫《つらぬ》いた。

攻撃《こうげき》の余剰《よじょう》威力《いりょく》が、衝撃波《しょうげきは》となって通路に拡散する。分厚いプレートアーマーでさえ貫《つらぬ》いたであろう、恐《おそ》るべき一撃《いちげき》。

だが、その威力《いりょく》が、いまだけは必要以上に大きすぎた。

胴体《どうたい》を縫《ぬ》い止められるのではなく粉砕《ふんさい》され、残り三分の一となったヘビは、それでも死なずにニルーニルに飛びかかった。

「シャアアッ！」

現実世界では有り得ない鳴き声を響《ひび》かせながら、口をいっぱいに開ける。不吉《ふきつ》なほど長く、鋭利《えいり》な牙《きば》がちかっと瞬《またた》く。

後方にいたフアゾとルンゼが、必死の形相で幼い当主《とうしゅ》に手を伸ばした。だが間に合わない。かぎ針のような牙《きば》が、黒い外套《がいとう》の肩口《かたぐち》へ――。

突然《とつぜん》ニルーニルが、ほとんど視認《しにん》できないほどの速さで右手を伸ばし、残り五十センチしかない蛇《へび》の胴体《どうたい》を空中で摑《つか》んだ。

とんでもない反応速度だ。あのスピードで飛んでくるヘビを、剣で払《はら》いのけるならまだしも、素手《すで》で捕獲《ほかく》するのは俺にもアスナにも無理だろう。

「ニル様、そのまま――」

摑《つか》んでてくれ！　と叫《さけ》ぼうとした、その刹那《せつな》。

ヘビが、まだ動ける十センチ足らずの胴体《どうたい》を限界まで折り曲げ、ニルーニルの手首に深々と牙《きば》を埋《うず》めた。

直後、ＨＰバーがゼロになり、ヘビは短い体を青いパーティクルへと変えて四散させた。

「ニルーニル様‼」

キオが悲鳴じみた声を響《ひび》かせる。エストックを床《ゆか》に投げ捨て、両手を主人に伸ばす。

立《た》ち尽《つ》くす俺は、ニルーニルが薄《うす》い唇《くちびる》を皮肉そうに歪《ゆが》めるのを見た。同時に、ごくかすかな囁《ささや》き声《ごえ》。

「……やるわね、バーダン」

そして、グランドカジノの若き支配者ニルーニル・ナクトーイは、キオが差し伸べた両手の中にぐらりと倒《たお》れ込んだ。

20

「ヘビ……⁉」

両目を丸くして叫《さけ》んだアスナに、俺は力なく頷《うなず》き返した。

「ああ。俺のミスだ……前に厩舎《きゅうしゃ》に忍《しの》び込んだ時、あのヘビを見て妙《みょう》だなと思ったのに……」

右手に持ったグラスの水を、一息に呷《あお》る。しかし口の中の苦さは消えない。

「妙《みょう》って何がダ？」

一足先にカジノから十七号室に戻《もど》ってきていたアルゴが、すかさずそう訊《き》いてくる。情報屋の習性ではなく、俺があまりにも凹《へこ》んでいるのでとにかく会話を回そうとしているのだろう。その気遣《きづか》いは有《あ》り難《がた》いので、俯《うつむ》けていた顔を上げ、答える。

「あのヘビ、体の太さが三センチくらいしかなかったんだよ。だから地下厩舎《きゅうしゃ》では、それより隙間《すきま》が小さい格子《こうし》……っていうか金網《かなあみ》の中に入れられてたんだけど、闘技場《とうぎじょう》の黄金のケージは檻《おり》の隙間《すきま》が十センチくらいあるだろ？　あそこで試合させたら、客席に這《は》い出してくるんじゃないかって思ったんだよな……」

あの時、疑問を棚上《たなあ》げせずにちゃんと考えていれば……と再び自省モードに入りかけると、今度はキズメルの声が聞こえた。

「つまりコルロイ家はそのヘビを、闘技場《とうぎじょう》で戦わせるためではなく、最初からニルーニル殿《どの》を襲《おそ》わせるために飼っていた……そして査察の前に、金網《かなあみ》の中から普通《ふつう》の檻《おり》へ移動させていたということか？」

再び視線を上げ、俺の正面に座《すわ》っているダークエルフに頷《うなず》きかける。

「そうだとしか思えないよ。ニル様が噛《か》まれた時、バーダン・コルロイも執事《しつじ》のメンデンも、ぜんぜん慌《あわ》ててなかったし……」

それどころか、バーダンは薄《うす》く笑っていたような気さえする。

ニルーニルが倒《たお》れたことで緊急《きんきゅう》査察は中断となり、俺は主人を抱《かか》えて走るキオを追いかけてホテル三階の部屋まで戻《もど》った。てっきり医者に診《み》せるのだろうと思ったが、キオはニルーニルを寝室《しんしつ》に運《はこ》び込んだまま、もう二十分近くも出てこない。

ファゾとルンゼは部屋を守るためにドアの外に残り、他の二人はキオの指示で厩舎《きゅうしゃ》に戻《もど》った。しかし査察を再開する目処《めど》は立たないし、たぶん今頃《いまごろ》はもう、隠《かく》し倉庫《そうこ》に保管されていた不正の証拠《しょうこ》は全てよそへ移されてしまっているだろう。

いまとなっては知りようもないことだが、あの展開――ヘビの奇襲《きしゅう》は、クエストに最初から予定されていたイベントなのか、それとも何らかの要因が導いた突発的《とっぱつてき》事象なのか。仮に前者ならまだニルーニルを救う手立てはあるはずだが、後者なら……もしかすると、スタキオンの領主サイロンのように………。

再び不安と悔恨《かいこん》の沼《ぬま》に沈《しず》み込みかけた俺の左膝《ひだりひざ》が、ふわりと温かくなった。見れば、隣《となり》に座《すわ》ったアスナが、微笑《ほほえ》みながら俺の膝《ひざ》に右手を置いている。目が合うと力強く頷《うなず》き、言う。

「大丈夫《だいじょうぶ》だよキリト君、ニルーニル様はヘビの毒なんかに負けないよ」

根拠《こんきょ》は提示されなかったが、素直《すなお》にそのとおりだと思えて、俺はゆっくり頷《うなず》き返した。

「うん……そうだな」

「そーそー、まだクエの報酬《ほうしゅう》も貰《もら》ってないしナ！」

露悪的《ろあくてき》な台詞《せりふ》を吐《は》いたアルゴは、にやっと笑ってからすぐ真顔に戻《もど》り、続けた。

「それに、オイラたちにもまだできることがあるゼ」

「え……何を？」

「ヘビの毒なら、治療薬《ちりょうやく》があるかもしれないだロ。キー坊《ぼう》、ニル様を噛《か》んだヘビ、なんて名前だったんダ？」

一瞬《いっしゅん》ぽかんとしてしまったが、確かにその可能性はある。ヘビの毒に効くのは人間や動物の体内で作られた抗毒《こうどく》血清だけだと何かで読んだことがあるが、それはあくまで現実世界の話だ。さすがに店売りの毒消しポーションでは治療《ちりょう》できないのだろうが——効くなら真っ先にキオが使っているはずだ——、あのヘビ専用の薬が存在していてもおかしくない。

俺はテーブルの表面を睨《にら》みながら、懸命《けんめい》に記憶《きおく》を再生しようとした。ナントカサーペントのカラーカーソルを見たのはほんの一瞬《いっしゅん》だったが、ここで思い出せなければ攻略《こうりゃく》プレイヤー失格だ。単語そのものではなく、カーソルの静止映像を脳のメモリーから引っ張り出し、ぼんやりと映るアルファベットを読み上げる。

「えーと、最初がA……Ａｒｇｅｎｔ　Ｓｅｒｐｅｎｔ、かな。最初の単語の意味は解《わか》らないけど……」

俺がそう言うと、アスナとアルゴはちらりと顔を見合わせてから、同時に答えた。

「銀よ」

「銀ダ」

「銀……？　銀ってシルバーじゃないのか？」

俺のストレートな問いに、アスナが一瞬《いっしゅん》キズメルのほうを気にしてから答える。

「シルバーはドイツ語由来、アージェントはフランス語由来なのよ」

「はー、なるほど……」

頷《うなず》いてから、アスナが見せた素振《そぶ》りの理由を悟《さと》る。キズメルにとってはこの世界で使われているのはアインクラッド語であり、そこに日本語や英語、ドイツ語の区別などないはずだからだ。

しかし幸い、キズメルは俺たちのやり取りに引っかかった様子はない――と言うより、他に気がかりなことがあるのか、やけに厳しい顔で中空を見詰《みつ》めている。

どうしたのか訊《き》こうとした時、騎士《きし》が一度瞬《まばた》きしてからまっすぐ俺を見た。

「ニルーニル殿《どの》を噛《か》んだヘビが、アージェント・サーペントだったというのは確かなのか？」

「う、うん。知ってるのか、キズメル？」

「名前だけだがな。しかし……となると、ことはそう容易ではないぞ。少なくとも、人族の街で解毒薬《げどくやく》を手に入れることは不可能だ」

そう言い切ったキズメルの顔を、まじまじと眺《なが》めてしまう。少し躊躇《ためら》ってから、小声で訊《たず》ねる。

「それは、どうして……？」

今度はキズメルが言いよどむ様子を見せたが、やがてひそやかな声が流れた。

「ニルーニル殿《どの》は、旧《ふる》い言葉で言う《ドミナス・ノクテ》……《夜《よる》の主《あるじ》》なのだ」

「「夜《よる》の主《あるじ》？」」

アスナ、アルゴと声を揃《そろ》えて繰《く》り返《かえ》す。いままでアインクラッドでそんな言葉を聞いたことはないし、ベータテストでも同様だ。

首を傾《かし》げる俺の隣《となり》で、不意にアスナが「あ……」と呟《つぶや》いた。続いて、キズメルの右側に座《すわ》るアルゴも「ンー」と唸《うな》る。二人は何やらアイコンタクトすると、アスナが囁《ささや》き声《ごえ》でキズメルに問いかけた。

「それって、もしかして、ヴァンパイア……吸血鬼《きゅうけつき》のこと？」

え————!?

と叫《さけ》びそうになり、俺は両頬《りようほお》に思い切り力を込めた。

あのニルーニルが、そんなまさか……という驚愕《きようがく》を、あれやこれやの傍証《ぼうしよう》が上塗《うわぬ》りしていく。この部屋が昼でもカーテンを閉め切っていること、ニルーニルが赤ワインしか飲まないこと、厩舎《きゆうしや》に行く前に分厚い外套《がいとう》を着たこと、そして差し込む夕日を横切る時、キオが俺たちに壁《かべ》を作らせたこと……それら全てが、アスナの言葉を裏付けている。

果たして、キズメルはごく小さな動きで首肯《しゆこう》した。

「そうとも言うが……ここでその呼び名を口にするのはやめておけ。夜《よる》の主《あるじ》は、墓場を彷徨《さまよ》う屍鬼《グール》のたぐいとはまったく異なる、気高き一族なのだ。中には、エルフより遥《はる》かに長く生きておられる方もいると聞く」

「はー……」

嘆息《たんそく》してから、俺はふとある情景を思い出し、騎士《きし》に訊《たず》ねた。

「もしかして、キズメルが初めてニルーニルに会った時に跪《ひざまず》いて挨拶《あいさつ》したのは、彼女がその、ドミ……ドミナス・ノクテだから、だったのか?」

「そうだ。子供の頃《ころ》、城で一度だけ同族の方をお見かけしたことがあったから、雰囲気《ふんいき》でぴんときた」

「はー……」

　再び息を吐《は》き、呆然《ぼうぜん》としてしまった頭を立て直す。ニルーニルが吸血鬼《きゆうけつき》、いや夜の主《あるじ》だったことには驚《おどろ》かされたが、だからと言って彼女が俺の依頼主《いらいぬし》だという事実や、感じている親愛の念は何ら変わらない。そもそもＲＰＧに吸血鬼《きゆうけつき》は定番の存在であり、いままで出逢《であ》わなかったほうが不思議なくらいなのだ。

「それで……さっき言った『容易ではない』っていうのは、どういう……」

　そこまで口にしてから、やっと気付く。

　吸血鬼《きゆうけつき》と言えば、弱点はニンニクと日光、そして銀だ。思えば最初にこの部屋を訪《おとず》れた時、キオは俺が預けたショートソードをわざわざ鞘《さや》から抜いて、「ただの鋼《はがね》だな」と言っていた。あれは剣が銀製でないことを確かめたのだろう。

　ニンニクが苦手なのかどうかは定《さだ》かでないが、ニルーニルが夕日の中を歩いた時に衰弱系《すいじやくけい》のバッドステータスを受けたのは間違《まち》いないし──いまにして思えば、アイコンのトゲつき黒丸マークは太陽だったのだろう──、彼女を噛《か》んだヘビの名前に銀《アージエント》が付いているのも決して偶然《ぐうぜん》ではあるまい。

「……もしかして、あのアージェント・サーペントの毒は、ドミナス・ノクテだけに効くってことか？　だから、解毒薬《げどくやく》は簡単には手に入らない……？」

　俺の問いかけを、キズメルは瞬《まばた》きで肯定《こうてい》した。

「私も詳《くわ》しく知っているわけではないが……アージェント・サーペントは深い洞窟《どうくつ》の奥《おく》に棲《す》み、

銀の鉱石を食べて育つのだ。鱗《うろこ》は全て質のいい銀で、捕《と》らえれば高値で売れるうえに、牙《きば》から滴《したた》る《銀の毒》を塗《ぬ》った武器は屍鬼《グール》や死霊《レイス》に特別な威力《いりょく》を発揮するという。無論、ドミナス・ノクテは高貴な存在だが……夜の住人に銀が劇毒となることに違《ちが》いはない。エルフが、乾《かわ》いた土地では急速に衰弱《すいじゃく》していくのと同じようにな……」

「………ッ」

思わず歯を食《く》い縛《しば》ってしまう。刃《やいば》に塗《ぬ》っただけで特効武器となるほどの毒を、ニルーニルは直接体に流し込まれたのだ。俺がアージェント・サーペントの名前をしっかり記憶《きおく》し、査察の前にキオかニルーニルに告げていれば、こんなことにはならなかった。

全身の血が沸《わ》き立《た》つような怒《いか》りは、己《おのれ》の愚《おろ》かさだけが原因ではない。

バーダン・コルロイや執事《しつじ》のメンデン、そして兵士たちは、ニルーニルがただの人ではなく夜《よる》の主《あるじ》だと知っていた。だからわざわざ搬入口《はんにゅうぐち》の大扉《おおとびら》を開けて、差し込む夕日の中を歩かせるという嫌《いや》がらせをしたのだ。いや、あれは単なる邪魔《じゃま》立《だ》てではなく、ニルーニルを衰弱《すいじゃく》させ、反応を鈍《にぶ》らせるという目的があったのかもしれない。そのうえで、アージェント・サーペントを入れた檻《おり》にニルーニルを近づけ、襲《おそ》わせた。つまり、緊急《きんきゅう》査察に立ち会うよう要求した時点で、あの男はニルーニルを銀の毒で殺すつもりだったわけだ。

もちろん、最初からクエストに予定されていた展開だという可能性もある。だがバーダンは、倒《たお》れたニルーニルを見下ろしながら、歪《ゆが》んだ笑《え》みを浮《う》かべていた。いい気味だ、とでも言うかのように。

「……キズメル、銀の毒を消す方法はないのか？」

無茶を言っていると自覚しつつ、それでも俺は訊《き》かずにいられなかった。

沈痛《ちんつう》な面持《おもも》ちで、騎士《きし》がそっとかぶりを振った、その時――。


「一つだけある」


リビングルームに、硬《かた》く張《は》り詰《つ》めた声が響《ひび》いた。

さっと振り向くと、いつの間にか寝室《しんしつ》に続くドアが開き、そこに武装メイドのキオが立っていた。

顔色は、倒《たお》れた時のニルーニルに負けず劣《おと》らず青白い。もしかしてキオもヴァンパイア――ドミナス・ノクテなのかと一瞬《いっしゅん》考えてから、ラスティー・リカオンのために脱色剤《だっしょくざい》と回復薬を持ってきてくれた時、真っ昼間の日差しを浴びても平然としていたことを思い出す。

そもそもニルーニルは大昔に死んだファルハリの子孫であり、両親もすでに亡《な》くなっているはずだ。全てが事故死や謀殺《ぼうさつ》でない限り、親族は普通《ふつう》の人間だということになる。となると、ニルーニルは何らかの理由で後天的にヴァンパイア化したのか、それとも両親と血の繋《つな》がりがない養子なのか。

いや、いまはそんなことを気にしている場合ではない。俺はソファーから立ち上がり、キオに数歩近づいて訊《たず》ねた。

「いま、一つだけあるって言ったよな……？　ニル様を治せる薬があるってことか？　いや、その前に、ニル様は大丈夫《だいじょうぶ》なのか？」

「……こちらへ」

右手で小さく手招きすると、キオは音もなく寝室《しんしつ》へと戻《もど》った。アスナたちと一緒《いっしょ》に、急いで後を追う。

寝室《しんしつ》はほぼ完全な暗闇《くらやみ》で、ベッドサイドに置かれた小さなランプだけが、不思議な薄緑色《うすみどりいろ》の光を放っている。ガラスに封《ふう》じられているのは灯火ではなく、広場からの隠《かく》し通路《つうろ》にもあったオクリビダケだ。

冷たい燐光《りんこう》に照らされたベッドには、ニルーニルが目を閉じて横たわっている。伏《ふ》せられた睫毛《まつげ》やシーツに流れる金髪《きんぱつ》は微動《びどう》だにせず、本当に生きているのか不安になってしまうが、表示されたHPバーは残り三割ほどのところで静止している。バーの下には二つのアイコン。一つは黒地に銀色のヘビのマーク——これが《銀の毒》だろう。そしてもう一つは、同じく黒地に青い花のマーク。

ＳＡＯのステータスアイコンは、例外はあるが原則的に、阻害状態《デバフ》が黒地、支援効果《バフ》がそれ以外となっている。つまり青い花のアイコンもバッドステータスである可能性が高い。

小さな額に触《ふ》れて体温を確かめたい、という衝動《しょうどう》を懸命《けんめい》に堪《こら》える。ニルーニルの頭上には、まだ金色の【?】マークが浮《う》かんでいる。クエスト依頼主《いらいぬし》の証《あかし》であるそれが消えない限り、俺たちとの繋《つな》がりも断《た》たれない……と考えながら、俺はキオに向き直った。

「これは、どういう状態なんだ？」

すると忠実なメイドは小さく唇《くちびる》を噛《か》んでから、囁《ささや》き声《ごえ》で答えた。

「ニルーニル様は、薬で深い眠《ねむ》りに就《つ》いておられる。……キズメル殿《どの》、ニルーニル様のことをキリトたちに説明してくれたのだな？」

問われた騎士《きし》は、そっと首を縦に動かした。

「うむ……勝手に話すのはどうかと思ったのだが……」

「いや、いまはわずかな時間も惜《お》しいゆえ、助かった」

目礼を返したキオが、再び俺を見る。

「聞いたとおり、ニルーニル様は永遠の時を生きる《夜《よる》の主《あるじ》》だ。私も正確なお歳《とし》は知らないが、もう三百年以上もナクトーイ家と、このグランドカジノを守ってこられた」

「さんびゃ……」

しばし絶句してしまう。

ヴァンパイアだと聞いた時から見た目どおりの年齢《ねんれい》ではないのだろうと思っていたが、その数字は想像より一桁《ひとけた》大きい。なるほどキズメルが膝《ひざ》を突くわけだと納得《なっとく》しつつ、キオに説明の続きを促《うなが》す。

「《夜《よる》の主《あるじ》》はほぼ不老不死と言っていい存在だが、我ら只人《ただびと》には無害な日の光と純粋《じゅんすい》な銀は命にかかわる猛毒《もうどく》となる。と言っても、一瞬《いっしゅん》日の光を浴びたり、銀の武器で傷つけられただけならば、その後の手当てで回復できるのだが……アージェント・サーペントの《銀の毒》は、いったん体に入ってしまうと抜くことはできない。放置すれば、一晩で……」

その先は言葉にせず、キオは右手を伸ばすと、まだ命の火が消えていないことを確かめるかのように指先をニルーニルの金髪《きんぱつ》に触《ふ》れさせた。戻《もど》した手で、サイドテーブルに置いてあった青い小瓶《こびん》を取り上げる。中はすでに空っぽらしい。

「ゆえに私は、この薬……いや、《ロベリアの花の毒》で、ニルーニル様を眠《ねむ》らせた」

「ロベリアの毒……!?」

小声で叫《さけ》んだのはキズメルだ。キオと青い小瓶《こびん》を交互《こうご》に見ながら、掠《かす》れ声《ごえ》で続ける。

「それは、私が女王陛下から賜《たまわ》った《浄化《じょうか》の指輪》でも癒《い》やせぬ猛毒《もうどく》のはず。一滴《てき》でも飲めば命を落とすほどの毒を、一瓶《ひとびん》飲ませたのか……!?」

「《夜《よる》の主《あるじ》》は毒への耐性《たいせい》も非常に高いのだ。正確には《銀の毒》以外への、だが。ともあれ、この量を使わなければ、ニルーニル様を眠《ねむ》らせることはできない」

「……なるホド」

いままで黙《だま》っていたアルゴが、さすがに厳しい顔で呟《つぶや》いた。

「毒をもって毒を制すってわけカ。ニル様はただ眠《ねむ》ってるんじゃなくて、仮死状態になってるってコトだナ？」

「……そのとおりだ。この状態なら、《銀の毒》の影響《えいきょう》を最小限に抑《おさ》えることができる」

「なら……《銀の毒》の効果が切れるまでこのまま眠《ねむ》らせておけば、ニルーニル様は助かるの……？」

祈《いの》るように両手を握《にぎ》り合わせながら、アスナがそう訊《たず》ねた。

しかしキオは、深く息を吐《は》いてから、そっとかぶりを振った。

「いや……。《銀の毒》が自然に消えることはない。こうしているあいだにも、少しずつだがニルーニル様のお体を蝕《むしば》み、お命を削《けず》っている。このまま眠《ねむ》らせ続けても、保《も》ってあと二日というところだろう」

口調は冷静だったが、キオの声には深い苦悩《くのう》と悲嘆《ひたん》、そして怒《いか》りが滲《にじ》んでいた。

その怒《いか》りは死の罠《わな》を仕《し》掛《か》けたバーダンと、罠《わな》を防げなかった自分に向けられたものだろう。

同じ憤《いきどお》りは俺の中にもある。無意識のうちに唇《くちびる》を強く噛《か》んだ、その時。

「あっ……」

アスナが小さく声を上げ、ウインドウを開いた。ストレージから取り出されたのは、深みのあるローズピンクの結晶体《けっしょうたい》。途端《とたん》、俺の口からも「あっ」という声が漏《も》れる。

アスナはキオに一歩近づき、八面柱形状のクリスタルを差し出した。

「これ……これでニルーニル様を治療《ちりょう》できない？」

「……癒《いや》しの結晶《けっしょう》か。そんな貴重なものを……」

驚《おどろ》きを露《あら》わにするキオに、アスナは大きくかぶりを振る。

「ニルーニル様が助かるなら、ぜんぜん惜《お》しくないよ。ね、キリト君」

名を呼ばれ、俺も急いで頷《うなず》く。

「うん。俺たちはまた手に入れられるし」

「……ありがとう。その気持ちはとても嬉《うれ》しい」

キオは深く頭を下げたが、アスナが差し出すヒーリング・クリスタルを受け取ろうとはせず、逆に両手でそっと押《お》し戻《もど》した。

「しかし、残念だが今回だけは役に立たない。毒を消すには癒《いや》しの結晶《けっしょう》ではなく浄《きよ》めの結晶《けっしょう》が必要だし、そもそも《夜の主《よるあるじ》》は毒耐性《どくたいせい》が高い反面、人族やエルフの薬もほぼ効かないのだ。それは結晶《けっしょう》も例外ではない」

「……そんな……」

アスナが深く俯《うつむ》き、回復結晶《かいふくけっしょう》を両手で胸に押し当てる。

無意識のうちに背中に触《ふ》れそうになり、慌《あわ》てて左手を引っ込めながら、俺は数分前にも口にした疑問を繰《く》り返《かえ》した。

「でも、キオはさっき、《銀の毒》を消す方法が一つだけあるって言ったよな。その方法って何なんだ？」

「……竜《りゅう》の血だ」

「竜《りゅう》の血……？」

鸚鵡《おうむ》返《がえ》しに呟《つぶや》いてから、説明を待つ。

しかしキオは、すぐには口を開こうとせず、眠《ねむ》る主人をじっと見詰《みつ》め続けた。

十秒以上も経《た》ってから、ようやく密《ひそ》やかな声が流れた。

「……知っているだろうが、《夜《よる》の主《あるじ》》は、人の血を飲まなければ命を保てない」

「………………」

一瞬《いっしゅん》ぽかんとしてしまったが、ヴァンパイア——吸血鬼《きゅうけつき》なのだからそれはそのとおりだろう。

思い返してみれば、最初にこの部屋を訪《おとず》れてからいままで、ニルーニルが赤ワイン以外のものを口にしているところを見た記憶《きおく》はない。

「……てことは、あの赤ワイン、もしかして人の血だったの……？」

恐《おそ》る恐《おそ》る訊《たず》ねると、キオは淡《あわ》い苦笑《くしょう》を浮《う》かべながらかぶりを振った。

「まさか、あれは本物のワインだよ、高級品ではあるがな……。先ほどの言葉と矛盾《むじゅん》するが、私がお側《そば》にお仕えしてきた十年間、恐《おそ》らくはそれ以前から、ニルーニル様が人の血を飲まれたことは一度もない。代わりに飲んでおられるのが、これだ」

そう言うと、キオは腰《こし》のポーチから黒い小瓶《こびん》を取り出した。

厩舎前《きゅうしゃまえ》の搬入口《はんにゅうぐち》で、夕日を横切ったニルーニルが調子を崩《くず》した時、キオが差し出したものだ。だがあの時、ニルーニルは飲むのを拒否《きょひ》した。

「それは……？」

「《夜《よる》の主《あるじ》》にとって、たった一つ人の血の代わりになるもの……竜《りゅう》の血だ。伝承では人の血を遥《はる》かに超《こ》える活力を得られるとされているが、これは長期保存するために酒精で希釈《きしゃく》され、何種類もの薬を加えられているので、そこまで強い効能はない。ニルーニル様はこれを七日に一瓶《びん》飲むことで、人の血に頼《たよ》らず生きてこられたのだ」

「………………」

俺とアスナ、アルゴ、キズメルは再び言葉を失い、眠《ねむ》る少女の顔を見詰《みつ》めた。

ニルーニルがなぜ人の血を飲むことを拒《こば》んできたのかは解《わか》らないし、キオにも訊《き》くべきではないという気がする。確かなのは、このままではあと二日で死んでしまうというニルーニルを、俺がどうしても助けたいと思っていることだ。

「……つまり、希釈《きしゃく》も薬物添加《てんか》もしていない新鮮《しんせん》な竜《りゅう》の血を飲めば、ニルーニルは《銀の毒》に勝てるんだな？」

「そのとおりだ」

キオの返事に、アスナの不安そうな声が続く。

「でも、竜《りゅう》……ドラゴンなんてどこにいるの？　いままでの層では、一匹《ぴき》も見なかったよ」

確かにそのとおりだ。いにしえのテーブルトーク時代から、ファンタジーRPGとドラゴンは切っても切れない関係なのに、アインクラッドではヴァンパイアと同じく不思議と影《かげ》が薄《うす》い。《邪竜《じやりゆう》シュマルゴア》や《水竜《すいりゆう》ザリエガ》などの名前を聞いたことはあれど、実際に遭遇《そうぐう》したことはアスナの言うとおり一度もない。

しかし、それもこの七層で終わりだ。俺はアルゴと視線を交《か》わしてから、同時に答えた。

「迷宮区《めいきゆうく》タワーだ」「ボス部屋だヨ」

「えっ」

目を丸くしたアスナが、分厚い石壁《いしかべ》に遮《さえぎ》られて見えない塔《とう》の方角に顔を向け、また俺を見た。驚《おどろ》きを憂慮《ゆうりよ》に変え、囁《ささや》く。

「つまり……フロアボス？　七層のボスってドラゴンなの？」

「ついにというか、ようやくというか……」

と前置きしてからボスドラゴンの名前を口にしようとしたが、キオとキズメルの前で詳《くわ》しい情報を開示するべきではないと思い直す。ストレージやメッセージは《冒険者《ぼうけんしや》のまじない》で誤魔化《ごまか》せても、さすがにベータテスト由来の知識までは説明できない。

幸いキオは、俺やアルゴがフロアボスが竜《りゆう》であると知っていることには疑問を抱《いだ》かなかったようで、深刻な表情のまま小さく頷《うなず》いた。

「そうだ。西の果ての塔《とう》には、《火竜《かりゆう》アギエラ》という赤竜《せきりゆう》が棲《す》み着いている。奴《やつ》を倒《たお》せば、ニルーニル様のお命を救うのに充分《じゆうぶん》すぎるほどの血を得られるはずだ」

「火竜《かりゆう》アギエラ……」

呟《つぶや》きながら、そんな名前だったかなと眉《まゆ》を寄せる。ベータテストで戦った七層フロアボスが赤いドラゴンだったのは間違《まちが》いないが、固有名は確か、【Aghyellr the Igneous Wyrm】となっていたような……。

と脳裏《のうり》に字面《じづら》を思《おも》い浮《う》かべてから、これでアギエラと読むのだと悟《さと》る。ベータテスト当時は、アルファベット表記されるモンスター名の読み方は公式から発表されなかったので、テスターたちはNPCに教わるか、自分で推測するしかなかったのだ。七層ボスの名前を呼ぶNPCも当時はいなかったため、いつの間にかアジエールと呼ばれるようになったが、実際はまったく違《ちが》ったというわけだ。

キオの前で自信満々に披露《ひろう》しなくてよかったと思いながら、俺は言った。

「ともかく、そのアギエラを倒《たお》して、血を手に入れればいいんだな。どうせ俺たちはあの塔《とう》を通って次の層に行かなきゃいけないんだから、遅《おそ》かれ早《はや》かれ戦うことに……」

そこでようやく、遅《おそ》かれではいけないのだと気付く。

「ま、待った。キオ、さっき、あと二日って言った？」

「……そうだ」

頷《うなず》く武装メイドの顔を、まじまじと見詰《みつ》めてしまう。

ウォルプータの街は、主街区《しゅがいく》レクシオと迷宮区《めいきゅうく》タワーのちょうど中間地点にある。しかも、ここからの道のりは、前半の《追い風の道》より遥《はる》かに難易度が高い。強行軍で踏破《とうは》しても、塔《とう》までは朝から晩までかかる。そしてタワー最上階に到達《とうたつ》するのに、恐《おそ》らくもう一日。つまりいますぐ──とは言わずとも明日の早朝に出発しなくては、明後日《あさって》の夕方までにフロアボスを倒《たお》すのは難しい。

しかも、仮にキズメルが手伝ってくれたとしても、四人だけでボスに挑《いど》むのは自殺行為《こうい》だ。ベータテストの時は、俺を含《ふく》めたプレイヤーの大半がカジノで破産したという事情はあれど、アジエール……ではなくアギエラを倒《たお》すのに、五十人を超《こ》える規模のレイドパーティーが必要だったのだ。

フロアボスに挑《いど》むなら、二大攻略《こうりゃく》ギルドたるALSとDKBの力が不可欠。しかし彼らは、《ソード・オブ・ウォルプータ》を手に入れるまでこの街を動かない構えだ。アルゴに近寄り、小声で訊《たず》ねる。

「連中、闘技場《とうぎじょう》の昼の部に参加してたのか？」

「トーゼン。どっちもしっかり新しい虎の巻《まき》をゲットしたみたいデ、昼の五試合は全勝だったゼ」

「そうか……」

となれば、なおさら夜の部が終わるまでは俺の言うことに耳を傾《かたむ》けはしないだろう。いや、夜の部でまたチップを巻き上げられれば、明日も同じ展開になりかねない。

俺は急いでキオの前まで戻《もど》り、なるべく簡潔に現在の状況《じょうきょう》を説明しようとした。

火竜《かりゅう》アギエラを倒《たお》すには、この街に滞在《たいざい》している冒険者《ぼうけんしゃ》たちの協力が必要不可欠であること。しかし彼らはカジノの景品である《ソード・オブ・ウォルプータ》に心を奪《うば》われていて、あれを入手するか一文無しになるまでは賭《か》けを続けるであろうこと。そして彼らが頼《たよ》りにしている、怪《あや》しげな虎《とら》の巻《まき》の存在──。

話を聞き終えたキオは、難しい顔でしばらく考え込んでいたが、不意に深々とため息をついた。

「……そうか。コルロイ家とナクトーイ家の父祖たちの私欲を満たすために築かれたグランドカジノが、ここに来てニルーニル様のお命を危《あや》うくするとは皮肉なものだな……」

「その考え方は悲観的すぎるよ」

そう言ったのはアスナだった。回復結晶《かいふくけっしょう》をストレージに戻《もど》し、一歩前に出ると、空いた両手でキオの右手を包《つつ》み込む。

「最初にカジノを作った兄弟は確かにお金目当てだったのかもしれないけど、ニルーニル様はひとときの楽しみを求めてやってくる人たちのために、できる限り公正にカジノを運営しようとしてたんでしょ？　観光客が毎日たくさんウォルプータに来るから、レストランやホテルやいろんなお店も営業していけるんだよ。ニルーニル様は、カジノにかかわる人だけじゃなく、この街で暮らしてる人たちみんなのために、何百年も頑張《がんば》ってきた。だから、そんな因果応報みたいな考え方は、寂《さび》しすぎるよ……」

ひと息にそこまで言ったアスナの両目に、薄《うす》く涙《なみだ》が滲《にじ》んでいるのを見て、俺は最初に驚《おどろ》きを感じてしまった。なぜなら、アスナはギャンブル嫌《ぎら》いなカジノ否定論者だと思っていたからだ。いや、ギャンブルはいまも嫌《きら》いなのだろうが、観光産業としてのカジノまでもが絶対悪だとは思っていないということか。グランドカジノが長年健全に運営されてきたからこそ、この街の活気と美しさも保たれてきたのだし、それがニルーニルの手腕《しゅわん》と高潔さによるものであることも論を俟《ま》たない。

やっぱりアスナは俺よりずいぶん大人だな……と思いながら、俺はキオの右手を握《にぎ》り締《し》めるアスナの両手に自分の手を触《ふ》れさせた。

「ニルーニル様が愛情を注いできたこのカジノが、ニル様を裏切ったりはしないと俺も思うよ。きっとまだ、攻略集団《こうりゃくしゅうだん》……冒険者《ぼうけんしゃ》たちを今夜中に出発させる方法はあるはずだ。要は、闘技場《とうぎじょう》の夜の部で、連中のどっちかがチップ十万枚稼《かせ》いじゃえばいいわけだから……」

少し考え、続ける。

「あの虎《とら》の巻《まき》は、ほぼ確実にコルロイ家の罠《わな》だ。十試合のうち、最終試合だけ予想を外して、それまでに稼《かせ》がせたチップを全額巻き上げる。ってことは、最終試合は虎《とら》の巻《まき》と逆に賭《か》ければ勝てる……」

そこまで言ってから、昨日も同じ話をしたことを思い出す。

「でもそれは、コルロイ家が試合にわざと負けることしかできないのが大前提だ。なあキオ、負けるつもりで不正を仕組んだ試合を、勝ち試合にひっくり返す方法があると思うか？」

俺にそう訊《き》かれても、武装メイドはなぜか奇妙《きみょう》な顔で沈黙《ちんもく》し続けている。ここでようやく、俺は自分がアスナの手の上からキオの手を握《にぎ》ったままであることに気付き、慌《あわ》てて引っ込めた。

続いてアスナも手を離《はな》すと、キオは軽く咳払《せきばら》いしてから答えた。

「コルロイ家が虎《とら》の巻《まき》とやらをばらまいていることに気付かなかったのは、こちらの落ち度だ。言われてみれば、大口の賭《か》け客《きゃく》がいる時は、コルロイ側の怪物《かいぶつ》が最終試合で負ける確率が高いように思う。私もニルーニル様も勝つための不正には気をつけていたが、よもやわざと負けていたとはな……」

厳しい顔でベッドサイドを左右に二往復し、眠《ねむ》るニルーニルをもう一度見詰《みつ》めてから、確たる声で続ける。

「怪物《かいぶつ》の等級を揃《そろ》えてある試合にわざと負けるのは、さして難しいことではない。怪物《かいぶつ》の体調管理に関しては、両家の専属調教師は数百年ぶんの知識を蓄《たくわ》えているからな。傷や病を癒《い》やす薬もあれば、昂《たか》ぶらせる薬も、弱らせる薬も、そして……殺す薬もある。掟《おきて》を破って試合前に動きを鈍《にぶ》くする薬、いや毒を飲ませれば、その怪物《かいぶつ》は高確率で負けるだろう。だが、そこから勝ち試合に持っていくには、毒の効果を消したうえに、力を引き出す薬を飲ませる必要がある。

チップの払《はら》い戻《もど》し率《りつ》は試合の直前にまじないによって決まるから、それを見た後に新しい薬を何種類も飲ませる時間はないはずだ……」

「つまり、コルロイ家が負けるつもりの試合をひっくり返す方法はない？」

いくぶんほっとしながら俺はそう確認《かくにん》したが、キオは首を縦に振らない。三秒ほどしてから、引き結んでいた口を開く。

「キリトも見たとおり、バーダン・コルロイは狡猾《こうかつ》な男だ。死への恐怖《きょうふ》に取《と》り憑《つ》かれていても、頭の回転までは鈍《にぶ》っていない。そんな策士が、虎《とら》の巻《まき》に仕掛《しか》けた罠《わな》の裏をかかれることを想定していないとは思えない。恐《おそ》らく、薬以外で負け試合を勝ち試合に変える仕組みがあるのだと思うが、私にはそれが何なのか解《わか》らない」

「…………そうか……」

闘技場《とうぎじょう》の様子を思い出しながら考えてみたが、ケージをぐるりと観客に取り囲まれた状況《じょうきょう》で、モンスターに細工する手段があるとは思えない。どうにか思いつくのはダーツのような手投げ式の小型注射器を檻《おり》の隙間《すきま》からモンスターに命中させる方法だが、それだってかなりの確率でバレるだろう。

結局、ALSとDKBに夜の部で勝利させる方法はないのか……と肩《かた》を落としかけたその時、アスナが「あ」と声を上げた。

目を向けると、細剣使《さいけんつか》いはしばみ色の瞳《ひとみ》を何度か瞬《しばたた》かせてから、虚脱《きょだつ》したような表情で言った。

「なんだ、簡単じゃない。最終試合で、ALSとDKBがそれぞれ違《ちが》うモンスターに賭《か》ければいいのよ。そうすれば絶対どっちかは勝って、チップを十万枚獲得《かくとく》できるでしょ？」

「あ」

と俺も呟《つぶや》く。

まったくもってそのとおりだ。さしものバーダン・コルロイも、モンスターを両方勝たせる、あるいは負けさせることなどできまい。というか、昨夜の最終試合でリンドとキバオウが違《ちが》うモンスターに賭《か》けていれば、今頃《いまごろ》どちらかは《ソード・オブ・ウォルプータ》を入手し、あのぶっ壊《こわ》れスペックでフロア後半の強力なモンスターをばっさばっさと斬《き》り伏《ふ》せていたはずなのだ。

問題は、どうやって連中に、別のモンスターに賭《か》けることを承諾《しょうだく》させるかだが……まあ方法はあるだろう。話を聞いてくれそうなプレイヤーの顔を思《おも》い浮《う》かべながら、俺は念のためにとキオに訊《たず》ねた。

「あのさ、疑うわけじゃないんだけど……チップ十万枚で交換《こうかん》できるあの剣、パンフレットに書いてある毒無効、常時回復、全攻撃《ぜんこうげき》クリティカルなんていうとんでもない能力が本当にあるのか？」

「それを疑っているというのだ」

苦笑《くしょう》しつつ指摘《してき》してから、キオは真顔に戻《もど》って答えた。

「《ソード・オブ・ウォルプータ》は、間違《まちが》いなく水竜《すいりゅう》ザリエガを倒《たお》した英雄《えいゆう》ファルハリの剣だし、景品案内書の説明にも偽《いつわ》りはない……と以前、ニルーニル様は言っておられた。しかし、いわばナクトーイ、コルロイ両家の至宝であり、後継者《こうけいしゃ》の証《あかし》ともなるあの剣を、ファルハリの息子《むすこ》たちはどうしてカジノの景品にしてしまったのか……という私の問いには答えてくださらなかった……」

「へえ……」

言われてみれば、竜殺《りゅうごろ》しの英雄《えいゆう》たる偉大《いだい》な始祖《しそ》の遺品をカジノの客寄せに使うのは、確かに思い切りが良すぎるような気もする。だがいまは、あの剣が能書きどおりのスペックを持っていればそれで充分《じゅうぶん》だ。火竜《かりゅう》アギエラは、ベータテストから変更《へんこう》されていなければ毒攻撃《どくこうげき》はしてこないが、火炎《かえん》ブレスにはHP自動回復が役立つし、硬《かた》い鱗《うろこ》には全攻撃《ぜんこうげき》クリティカルが心強い。ソード・オブ・ウォルプータを持つのがALSのキバオウになるのかDKBのシヴァタになるのかはまだ不明だが、どちらも初の本格ドラゴンボスに怖《お》じ気《け》づくようなタマではないので、そいつにメインアタッカーを任せて他はサポートに徹《てっ》すれば、短時間で押し切ることも可能だろう。

だがそれも、ニルーニルを救えるタイムリミットである明後日《あさって》の夕方までに、迷宮区《めいきゅうく》タワーを突破《とっぱ》できればの話だ。今夜中に出発するのは難しいとしても、明日の早朝にウォルプータを発《た》って夜には最後の街であるプラミオに到着《とうちゃく》、一泊《ぱく》して明後日《あさって》の早朝から迷宮区《めいきゅうく》攻略《こうりゃく》……それでも時間的には恐《おそ》らくギリギリの…………。

そこまで考えた瞬間《しゅんかん》、俺はあることに気付き、鋭《するど》く息を吸い込んだ。

そのスケジュールどおり動くのは不可能だ。俺たちは明日の昼前から七層の南西の端《はし》にある《秘鍵《ひけん》のほこら》の前に張《は》り込み、紅玉《こうぎょく》の秘鍵《ひけん》を取りにきたダークエルフの回収部隊を尾行《びこう》し、必ず襲《おそ》ってくるであろうフォールン・エルフを撃退《げきたい》、追跡《ついせき》して、奴《やつ》らのアジトを突き止めるという作戦を実行する予定なのだ。

明日を逃《のが》せば、カイサラに奪《うば》われた四つの秘鍵《ひけん》を取《と》り戻《もど》すチャンスはたぶん二度とこない。その場合、キズメルはフォールン・エルフへの内通者兼《けん》ハリン樹宮《じゅきゅう》からの脱獄犯《だつごくはん》として、永遠に追われることになってしまう。

キズメルを助ければ、ニルーニルは救えない。その逆もまた然《しか》り。

かつてないほど強烈《きょうれつ》なジレンマに襲《おそ》われ、俺は両拳《りょうこぶし》を握《にぎ》り締《し》めながら、吸い寄せられるようにパートナーの顔を見た。

するとアスナの瞳《ひとみ》にも、深い苦悩《くのう》の色が滲《にじ》んでいることに気付く。恐《おそ》らく彼女は、キオからニルーニルを救えるのが竜《りゅう》の血だけであり、その竜《りゅう》がフロアボスであると聞かされた時から、時間が足りないことを察していたのだろう。

俺とアスナが、何も言えずにいると——。

「アスナ、キリト、何を迷うことがある」

穏《おだ》やかな声でそう告げたキズメルが、歩み寄ってきて俺とアスナの腕《うで》を同時にぽんと叩《たた》いた。

「私は大丈夫《だいじょうぶ》だ。秘鍵《ひけん》を取《と》り戻《もど》す機会など、今後いくらでもあるさ。しかしニルーニル殿《どの》は、命が危険に晒《さら》されているのだ。いまはこの方を救うことだけを考えよう。無論、私も竜《りゅう》退治に力を貸す」

「…………キズメル……」

囁《ささや》いたアスナが、キズメルの左手をぎゅっと握《にぎ》った。

その様子を見ていたキオが、怪訝《けげん》そうに首を傾《かし》げた。

「いったい、何の話だ？」

寝室《しんしつ》からリビングルームに戻《もど》った俺たちは、協力してお茶の用意をしてからソファーセットに腰掛《こしか》けた。

キオがニルーニル専用の五人掛《ごにんが》けソファーに座《すわ》ることを拒《こば》んだので、二つあるサブソファーを五人で使うことになったが、サブとはいえ三人掛《さんにんが》けサイズなので窮屈感《きゅうくつかん》はない。温かい紅茶で喉《のど》を湿《しめ》らせると、俺はまずキズメルに許可を取ってから、彼女の置かれた状況《じょうきょう》をキオに説明した。

聞き終えたキオは、長いこと難しい顔で黙《だま》り込んでいたが、不意にちらりとドアを見やり、まるで廊下《ろうか》で張り番をしている弟のファゾと調教師のルンゼにも聞かせたくないかのように、ごくかすかな声で言った。

「この中に、《ネウシアン》という言葉を知っている者はいるか？」

はて……と思う間もなく、キズメルがさっと顔を上げた。

「キオ殿《どの》、どこでその言葉を？」

「すぐに説明するが、その前に意味を教えてほしい」

「………………」

騎士《きし》は一瞬《いっしゅん》躊躇《ためら》ったようだが、すぐに口を開いた。

「とても旧《ふる》い言葉だ。意味は《どちらでもない者》……黒《リユースリアン》エルフでも森《カレシアン》エルフでもない者たち、すなわちフォールン・エルフのことだが、彼らに対する最大級の侮蔑《ぶべつ》であり挑発《ちょうはつ》でもあるので口にすることさえ忌《い》み嫌《きら》われ、いまではもう使う者はいない」

「……………そうか、やはりな」

まるでキズメルの答えを予測していたかのように、キオはゆっくりと頷《うなず》いた。

紅茶のカップを持ち上げて少しだけ啜《すす》り、アスナ、アルゴ、そして俺を順に見る。

「お前たち、ニルーニル様が、バーダン・コルロイはわずかな命を買うために大金をかき集めようとしていると言っていたことを覚えているか？」

三人同時にこくりと頷《うなず》く。その言葉には、俺も引っかかるものを感じていたのだ。ＳＡＯはオーソドックスなファンタジー世界観だが、金を出せば寿命《じゅみょう》を延ばせるなどという話を聞いたことはない……はずだ。

頷《うなず》き返したキオは、ひそやかな声で続けた。

「私も、それは具体的にどういう意味なのかと、ニルーニル様にお訊《たず》ねしてみたことがある。するとニルーニル様はたったひと言、『ネウシアンの悪巧《わるだく》みよ』とだけ仰《おつしや》り、それ以上は何も教えてくださらなかった。だが、キズメル殿《どの》の説明で腑《ふ》に落ちたよ。フォールン・エルフとやらがバーダンに接触《せつしよく》し、何らかの取引を持ちかけたのだな」

「そう言えば……」

呟《つぶや》いたアスナが、ちらりと俺を見てから言った。

「ハリン樹宮《じゆきゆう》で、黒エルフの衛兵がわたしたちについて、こんなことを言ってた。どうせ命を延ばしてやるとでも言われたんだろう、人族はいつもその手で惑《まど》わされるんだ……って」

「あー……」

俺もようやく思い出す。もっともより鮮明《せんめい》に記憶《きおく》しているのは、それを聞いた時にアスナがふすっと漏《も》らした怒《いか》りの鼻息のほうだが。

するとアルゴが、まるでその光景を見ていたかのように片頬《かたほお》で笑い、ふかふかの背もたれに深く寄りかかった。

「なるほどナー、どうやらフォールン連中にとっては使い慣れた手みたいだナ。でも、これでちょこっと希望が見えてきたゾ」

「え……どういうことだ？」

きょとんとする俺の向かいで、情報屋はわざとらしく眉毛《まゆげ》を上下させ――。

「あのナ、フォールン・エルフがバーダン爺《じい》さんに取引を持ちかけたってことは、爺《じい》さんからもフォールンに連絡《れんらく》を取る手段がある可能性が高いだロ。それが解《わか》れば、キー坊《ぼう》の尾行《びこう》作戦をやらなくても、フォールンのアジトを突き止められるかもしれないゼ」

「あっ」

と叫《さけ》んでしまった途端《とたん》、隣《となり》のアスナが人差し指を口に当てて「しーっ」と言い、その向こうでキズメルが微笑《ほほえ》んだ。しかしすぐ真顔に戻《もど》り、正面のアルゴに語りかける。

「アルゴの推測は恐《おそ》らく正しいだろう。フォールンは怪《あや》しげなまじない道具を色々と使うが、その中には遠く離《はな》れた場所に合図を送るようなものもあると聞く。それを使って、事前に決めた場所で落ち合うような手筈《てはず》になっているのではないかな」

「へぇーっ、そいつは便利そうだナ……」

アルゴが物欲《ものほ》しそうな顔でそうコメントしたが、気持ちはよく解《わか》る。俺たちプレイヤーは、メッセージ機能を使えば合図どころか文章を送れるが、自分か相手がダンジョンの中にいると使えないし、そういう時にこそ連絡《れんらく》の必要が生じるのだ。光や音を伝えるだけのアイテムでも、あればコンビプレイの安心度がまったく違《ちが》う。

しかし、仮にアルゴの推測どおり、バーダンがフォールン・エルフから連絡用《れんらくよう》のアイテムを渡《わた》されていたとしても――。

「……問題は、それをどうやって手に入れるか、だな……」

俺がそう口にした途端《とたん》、左前方からあっけらかんとした声が聞こえた。

「そんなの、盗《ぬす》むしかないだロ」

「はぁ？」

視線を向けると、両手を頭の後ろにあてがい、脚《あし》を組んだアルゴが、頰《ほお》の三本ヒゲを不敵に持ち上げながら言った。

「いくらバーダンが金の亡者《もうじゃ》でも、こればっかりは何万コル積んでも売ってくれないどころか、持ってることを認めもしないだろーからナ。あとはバーダンの部屋に忍《しの》び込んで、かっぱらうしか手がないサ」

「お、おいおい……」

キズメルは不当に貶《おとし》められた名誉《めいよ》を回復するための脱獄《だつごく》すら躊躇《ためら》うくらい高潔な騎士《きし》だし、キオはグランドカジノの秩序《ちつじょ》を守らんとするナクトーイ家の人間だ。二人の前であからさまに泥棒《どろぼう》の提案なんかして大丈夫《だいじょうぶ》なのかと俺は内心で慌《あわ》てたのだが。

「なるほど、アルゴの言うとおりだな」とキズメルが応じ、

「確かにそれしか手段はなさそうだ」とキオも頷《うなず》いた。

「………そ、そうだな」

しかめっ面《つら》で相づちを打つと、隣《となり》でアスナがごくわずかに身じろぎした。恐《おそ》らく笑いを噛《か》み殺《ころ》したのだろうが、気付かなかったことにして続ける。

「でも、忍《しの》び込むのは相当難易度が高いぞ。バーダンがいつ部屋から出るのか解《わか》らないし……そもそもあいつ、どこに住んでるんだ？」

質問はキオに向けたものだ。武装メイドは一瞬《いっしゅん》ドアのほうを見てから、視線を戻《もど》して答えた。

「すぐそこだよ。グランドカジノホテルの七号室……この十七号室の、ちょうど反対側にあるスイートルームだ」

「えっ」

と懲《こ》りずに叫《さけ》んでしまい、再びアスナに「しーっ」とやられる。よもやそんな目と鼻の先に敵の親玉が住んでいたとは……しかし、ホテル内でまったくコルロイ家の気配を感じないのはどういうわけなのか。

という俺の疑問を察知したかのように、キオがローテーブルの下の物入れから丸めた羊皮紙を取り出し、机上《きじょう》で広げた。

「これがホテルの見取り図だ。このように、中央部に大浴場や厨房《ちゅうぼう》、倉庫などが集まっていて、客室は全て南北の壁《かべ》に面しているのだが……北側と南側を行き来できるのは、ホテルの入り口と共用施設《しせつ》の通路だけなのだ」

「あっ、それでお風呂《ふろ》に窓がなかったのね！」

とアスナが声を上げる。俺は風呂《ふろ》をパスしてしまったが、確かに浴場はフロア中央部の西側にあり、上下と左を廊下《ろうか》に、右を他《し》の施設《せつ》に挟《はさ》まれている。入り口で北と南に分かれた廊下《ろうか》は、すぐに九十度曲って西へ延び、最後は袋小路《ふくろこうじ》になっているので、確かに行き来するには浴場や厨房《ちゅうぼう》を突っ切るしかない。

「なるほど……つまりコルロイ家とナクトーイ家が共有しているのは、入り口と風呂場《ふろば》と厨房《ちゅうぼう》だけってわけか……」

俺がそう呟《つぶや》くと、すかさずキオが注釈《ちゅうしゃく》した。

「実際には、厨房《ちゅうぼう》や倉庫にはホテルの従業員しか立ち入らないし、大浴場の使用時間は両家で厳密に分けられているから、出くわす可能性があるのは基本的に正面のロビーだけだ」

「ふむふむ……それで、コルロイ家の入浴時間って何時から何時まで？」

「夜の九時から零時《れいじ》まで。ちなみにナクトーイ家の割り当ては昼の十二時から三時まで、そして三時から九時までが宿泊客《しゅくはくきゃく》の時間となっている」

「夜の零時《れいじ》から昼の十二時までは？」

「清掃《せいそう》と湯の入《い》れ替《か》えのための時間だ」

「ああ、そっか」

六層ガレ城の地下温泉は二十四時間使用可能だった気がするが、そちらのほうが例外的なのだろう。ともあれ――。

「バーダンの部屋に忍《しの》び込むとしたら、やっこさんが風呂《ふろ》に入ってる時が唯一《ゆいいつ》の機会だろうな。でも、夜九時以降か……まだだいぶあるな……」

現時刻は午後六時二十分。仮にバーダンが入浴を十一時あたりまで引っ張ったら四時間半も待機することになるし、九時からは闘技《とうぎ》場《じょう》夜の部も始まるのでALSとDKBに対する工作も進めなくてはならない。色々綱渡《つなわた》りだな……と思っていると、正面に座《すわ》っているキオが難しい顔で言った。

「いや……バーダンは入浴中、大浴場の入り口に衛兵を立たせている。そしてその位置から、七号室の扉《とびら》も見えるのだ。気付かれずに侵入《しんにゅう》するのは相当に難しい」

「え……」

愕然《がくぜん》としながら、俺はテーブルの見取り図に視線を落とした。

確かに、大浴場北側の扉《とびら》と、バーダンが暮らす七号室の扉《とびら》はまっすぐな廊下《ろうか》で繋《つな》がっていて、距離《きょり》も十五メートル足らずしかない。立ち番の衛兵がちらりとでも右を向けば、侵入者《しんにゅうしゃ》の姿は丸見えだ。こういう状況《じょうきょう》では、逆方向で物音を立てて立哨《りっしょう》の気を逸《そ》らすテクニックが鉄板だが、今回は廊下《ろうか》の奥側《おくがわ》に移動する方法がない。もう一人が衛兵に話しかけて気を引く手もあるが、侵入役《しんにゅうやく》が目当てのアイテムを見つけて脱出《だっしゅつ》する時まで会話を引き延ばすのは、いかにも不自然すぎる。

うむむと喉《のど》の奥《おく》で唸《うな》り声《ごえ》を上げていると、再びキオが口を開いた。

「下のカジノや厩舎《きゅうしゃ》に行く時は、廊下《ろうか》に衛兵を立たせないはずだが……今夜はもう、よほどのことがなければバーダンはこの階から出ないだろう」

「よほどのことって、たとえば？」

「そうだな……お前がしでかしたような怪物泥棒《かいぶつどろぼう》とか、あとはカジノで騒動《そうどう》が起きるとか……」

「なるほど」

こうなったらもう一度コルロイ厩舎《きゅうしゃ》に忍《しの》び込んで、ピンサーラットあたりを盗《ぬす》み出すか……などとやけっぱちなことを考え、すぐに却下《きゃっか》する。警備が強化されているのは確実だし、俺はバーダンたちに顔を見られているので、侵入《しんにゅう》して捕《つか》まったら大惨事《だいさんじ》だ。

となると、あとはカジノで騒動《そうどう》を起こすしかないのだが――。

「……ちなみに、バーダンが部屋からすっ飛んでくるほどの騒動《そうどう》って、具体的にどんな感じのやつですかね？」

俺のストレートすぎる質問に、キオはやや呆《あき》れた顔をしつつも答えてくれた。

「私が記憶《きおく》している限りでは、カードでいかさまをしたのしないので客同士が取っ組み合いの大喧嘩《おおげんか》になった時と、どこぞの金持ちの子供が闘技場《とうぎじょう》で見た怪物《かいぶつ》を飼いたいと泣き喚《わめ》いた時、あとはルーレットで奇跡《きせき》的な幸運に恵《めぐ》まれた客がとんでもない額のチップを積み上げた時に、バーダンが様子を見に来ていたな」

「なるほどナ。キー坊《ぼう》とアーちゃん、カジノで派手に転げ回って喧嘩《けんか》したらどうダ？」

アルゴの本気なのか冗談《じょうだん》なのか解《わか》らない提案に、俺も真顔で返す。

「いや、アルゴが闘技場《とうぎじょう》の床《ゆか》にひっくり返って『あのモンスター買って〜』ってジタバタするほうが効果的じゃないか？」

情報屋と視線で牽制《けんせい》し合っていると、アスナがため息をつきつつ割《わ》り込んだ。

「どっちもあんまり確実じゃないわね。あとは三つ目の方法だけど……キオ、大勝ちするのは別にルーレットでなくてもいいのよね？」

「ああ。バーダンは、カジノの収益……いや、自分の金が減るのを心配しているだけだからな。カードだろうがダイスだろうが、チップを何万枚も積まれると、いてもたってもいられないのだろうさ」

「そっか……」

頷《うなず》いたアスナがちらりとこちらを見たので、俺は素早《すばや》く首を左右に振った。

「アスナ、ルーレットでもカードでもダイスでも意図的に大勝ちするなんて無理だぞ。それができるなら、俺も昔……」

危《あや》うくベータテストの話をしそうになり、口をつぐむ。だがアスナにはちゃんと通じたようで、軽く肩《かた》をすくめつつ言い返した。

「それは解《わか》ってるわよ。ルーレットやカードは無理でも、一つだけ意図的に、ある程度の金額までは大勝ちできる種目があるでしょ」

「へ？」

俺がきょとんとしていると、アスナの向こうのキズメルが深く頷《うなず》いた。

「そうか、闘技場《とうぎじょう》だな。先ほどの話によれば、夜の部の第一試合から第四試合までは虎《とら》の巻《まき》の予想どおりに勝敗が決まるのだろう？　そこに大金をぶち込む……失礼、大量のチップを賭《か》ければ、バーダンが部屋から飛び出してくるほどの額を積み上げることは可能だ」

「あ、ああ……そうか……」

ＡＩであるキズメルに、もはや記憶力《きおくりょく》や理解力のみならず発想力でも上回られていることを自覚しつつ、俺は言った。

「確かに、ルーレットで運試《うんだめ》しするよりずっと現実的だな。でも、ＡＬＳとＤＫＢは昨日の夜、第四試合までに五万枚以上勝ってたけどバーダンは姿を現さなかった。つまり、あれくらいの勝ちは想定内ってことだ。バーダンを部屋から誘《さそ》い出すには、最低でもプラス五万枚くらいは勝たないと……けど、最終試合でリンドとキバオウに違《ちが》うモンスターを選ばせるのも簡単じゃないのに、いまから賭《か》け金《きん》を追加させるのは相当難しいぞ」

いくら我《わ》がパートナーの対人コミュニケーションスキルが俺の十倍高くても、今回ばかりは無理筋ではないか、と思ったのだが。

アスナは大きくかぶりを振ると、驚愕《きょうがく》すべき言葉を口にした。

「ALSとDKBに賭《か》けさせるんじゃなくて、わたしたちが賭《か》けるの。キリト君、いま何コルくらい持ってる？」

——えええぇ!?

という叫《さけ》び声《ごえ》をかろうじて呑《の》み込み、俺は二秒ばかり絶句してからどうにか答えた。

「えっと……溜《た》まってるアイテムを売ったりすれば、十万コルくらいかな……」

「わたしも同じくらい。二人合わせて二十万コル、チップに換金《かんきん》すれば二千枚になるでしょ。闘技場《とうぎじょう》の倍率は毎回一・五倍から三倍くらいだから、間を取って二・三倍として、四回連続で勝てばリンドさんたちと同じく五万枚を超《こ》えるわ。最終試合で大勝負をする人が三人になれば、バーダンさんも様子を見に来ると思わない？」

「確かに、それは、まあ……」

首を縦に振りはしたものの、いまのところ最終試合はどちらが勝つのか判断できないのだ。仮に全員が負けたとして、リンキバの損失は昨日と合わせても二万数千コルだが、夜の部から参加する俺たちは全財産を失ってしまう。いや、勝っても得られるのはカジノの景品だけで、それを売ったとしても元の金額に戻《もど》せる可能性はかなり低い。

ニルーニルを助けるためなら金など惜《お》しくないという気持ちはもちろんあるが、所持金不足で装備の更新《こうしん》や消耗品《しょうもうひん》の補充《ほじゅう》に支障を来《きた》した結果、アスナの命が危険に晒《さら》されるようなことになったら……。

「私も五万コルくらいなら出せる」

突然《とつぜん》そんな声が聞こえ、俺は再び驚愕《きょうがく》しつつ、発言者であるキオを見た。

どうやら武装メイドは俺の表情を誤解したようで、目を伏《ふ》せつつ続けた。

「ニルーニル様のお命が懸《か》かっているのに、その程度の金額しか出せないのは情けないが……それが十年働いて貯《た》めた私の全財産なのだ。無論、ナクトーイ家の金庫には想像もつかぬほどの額が保管されているはずだが、開けられるのはニルーニル様だけだ」

「い、いや、逆、逆！」

俺は慌《あわ》てて驚《おどろ》き顔《がお》の意味を訂正《ていせい》した。

「五万コルが少ないって思ったんじゃなくて、そんなに出して大丈夫《だいじょうぶ》なのかって思って……。だって、万が一最終試合で負けたら全額なくなっちゃうし、仮に勝っても元の額には……」

「金など失ってもどうということはない。私とファゾはたとえ生涯《しょうがい》無給でお仕えしたとしても、ニルーニル様に受けたご恩は到底《とうてい》お返しできないのだから」

どういう意味なのかすぐには理解できない言葉だったが、キオの表情はそれ以上の追及《ついきゅう》を固く拒《こば》んでいるように思えて、俺は乗り出していた体を戻《もど》した。

隣《となり》を見ると、アスナも小さく頷《うなず》き返してくる。NPCがプレイヤーに五万コルもの大金を預けるなどということがあっていいのかと思うが、ここで拒否《きょひ》すれば、毒ヘビの件で強く自分を責めているであろうキオをさらに傷つけてしまう気がする。

「……解《わか》った。五万コル、すごく助かるよ。ありがとう」

俺とアスナが深く頭を下げると、今度はキオが慌《あわ》てたような声を出した。

「顔を上げてくれ、礼を言わねばならぬのはこちらのほうだ」

「いや、でも……」

ローテーブルを挟《はさ》んで頭の下げ比べをしていると。

「しゃーねーナー」

という声とともに、卓上《たくじょう》に握《にぎ》り拳《こぶし》ほどの革袋《かわぶくろ》がじゃりっと投げ出された。

「オレっちもキー坊《ぼう》の博才《ばくさい》に一口乗ってやるヨ。そこに五万コル入ってテル」

「へっ？」

唖然《あぜん》とする俺の鼻先に、アルゴがびしっと人差し指を突きつけた。

「オイ、絶対勝てよナ。そうすりゃバーダンをおびき出せるだけじゃなくて、例の剣もゲットできて一石二鳥なんだからナ！」

——そんな都合よくいくかよ！

とは最早《もはや》言えず、こっくり頷《うなず》くしかない俺だった。

21

私も装備品を売って金を作る！

と頑《かたく》なに言い張るキズメルをどうにかなだめ、俺たちはルームサービスで腹ごしらえすると、作戦の総点検に取りかかった。

九時から開始される闘技場《とうぎじょう》・夜の部に、俺とアスナは軍資金二十万コルを抱《かか》えて乗《の》り込む。二十万の内訳は俺とアスナ、アルゴ、キオが一人五万コルずつ──いちおう確認《かくにん》したところ、アルゴもさすがに全財産ではないようだが、まるごと擦《す》ったら当分メシは懐《なつ》かしの黒パン一個、クリームなしだ。

虎《とら》の巻《まき》の最新予想は、アスナの依頼《いらい》でリーテンが快く横流ししてくれたので、第一試合から第四試合まではまず勝てる。問題はコルロイ家が勝敗を自由に操《あやつ》れると思われる最終試合だが、ともあれ俺たちとALS、DKBが合わせてチップ十五万枚賭《か》けた時点でバーダンが三階から駆《か》けつけてくるはずなので、その隙《すき》に隠密《おんみつ》行動が得意なアルゴとキズメルが七号室に忍《しの》び込む。キオは、万が一バーダンが念押《ねんお》しの刺客《しかく》を差し向けてきた場合と容態の急変に備えて、寝室《しんしつ》でニルーニルを見守る。

最終試合が続いているあいだにアルゴたちがフォールン・エルフとの連絡用《れんらくよう》アイテムを発見

できれば良し、できなくても俺たちはリンド、キバオウとは別のモンスターに賭《か》ける予定なので、三グループのどれかは勝ってチップ十万枚に到達《とうたつ》するはず。何百年間も景品カウンターのてっぺんで輝《かがや》き続けたソード・オブ・ウォルプータがついに交換《こうかん》されるとなれば、バーダンもすぐには部屋に戻《もど》るまい。

できれば俺たちが伝説の剣を獲得《かくとく》し、ボス攻略《こうりゃく》に使ってからカジノに買《か》い戻《もど》してもらって、キオに五万コル返せる可能性を残したいところだ。しかし欲をかくと計画全体が大失敗しそうなので、リンドでもキバオウでも問題ないと自分に言い聞かせつつ、八時にブリーフィングを終えた。

そこから二十分かけて、俺とアスナは対《たい》コルロイ家用の変装を行った。と言っても、アスナはキオの私物である黒ロングドレスに、俺はこれまたニルパパの黒タキシードに着替《きが》え、顔にマスカレード風の仮面を着けただけだ。

仮面はいささかやりすぎではないかと思ったが、他にも装着しているNPC客は少なからずいたし、まさかタキシードに麻袋《あさぶくろ》をコーディネートするわけにもいかない。ALSとDKBのメンバーはカラーカーソルでこちらの名前を確認《かくにん》できるので、見つかれば何をやっているんだと思われるだろうが、闘技場《とうぎじょう》の試合が終わるまではちょっかいを出してくることはない——と信じたい。

最後にもう一度計画に穴がないか確かめ、八時三十分ちょうどに十七号室を出ようとしたが、その寸前にキオが俺たちを呼び止めた。

「アスナ、キリト、本当にすまない。主《あるじ》に代わって……無論私からも、深く礼を言う」

「それは、ニルーニル様が元気になった時まで取っておいて」

黒い蝶《ちょう》の仮面を着けたアスナが、キオを軽くハグし、離《はな》れる。もちろん俺にはそんな真似《まね》はできないので頷《うなず》きかけるにとどめ、後方のアルゴとキズメルにも視線を送ってから、今度こそ部屋を出る。

ドアの両側で番をしているファゾとルンゼにはキオから計画の概要《がいよう》を説明済みなので、軽く会釈《えしゃく》だけして離《はな》れ、ホテルの入り口へ。フロントカウンターを通過し、ホールを横切りながらちらりとアスナの横顔を見ると、マスク越《ご》しにほんの少しだけご機嫌《きげん》ナナメな気配が伝わってくる。また何かやっちゃったかな……と考え、たぶん何もやっていないせいだと悟《さと》る。

「えーと……アスナさん、なかなかお似合いですよ、そのドレス……」

俺が慣れない言葉を口にすると、アスナは無言でこちらを見やり、いきなり左手を伸ばした。いつもの脇腹攻撃《わきばらこうげき》――ではなく、俺の右手首をはっしと摑《つか》む。緩《ゆる》く肘《ひじ》を曲げ、掌《てのひら》を上向けた形に調整すると、すぐ隣《となり》に並んで俺の右手に自分の左手を乗せる。

そのまま螺旋《らせん》階段を下り始めるので、慌《あわ》てて歩調を合わせつつ小声で訊《たず》ねる。

「あの……これ、なに？」

「うるさいわね、こういうものなの」

という返事はいささか理不尽《りふじん》に思えるが、そういうものならば仕方ない。他のプレイヤーに出くわさないことを祈《いの》りつつ、足を動かす。現実世界でもろくに履《は》いたことのないつやつやの革靴《かわぐつ》がどうにもしっくりこないが、冗談《じょうだん》のように華奢《きゃしゃ》なハイヒールを平然と履《は》きこなしているアスナの横では文句も言えない。

幸い階段を転げ落ちることも、知り合いに出くわすこともなく、一階ホールに辿《たど》り着《つ》いた。アスナをエスコートしていた右手を引っ込め、こっそり息を吐《は》いてから、まずはプレイルームの換金《かんきん》カウンターに向かう。

蝶《ちょう》ネクタイのお姉さんに、「チップ二千枚」と言う時はさすがに声が掠《かす》れたが、お姉さんは笑顔《えがお》で「かしこまりました」と答え、同時に支払《しはら》いウインドウが出現した。躊躇《ちゅうちょ》を振り切ってOKボタンを押すと、ストレージ内の軍資金二十万コルが瞬時《しゅんじ》に消滅《しょうめつ》し、カウンターに大型のコイン二枚が並べられる。表面に【1000VC】と刻印してあるそれを指先で摘《つ》まみ上げ、タキシードの内ポケットに落とし込む。

これが目標の十万枚まで増えるか、儚《はかな》く消滅《しょうめつ》してしまうのか——全てはあと二時間で決する。そう考えた途端《とたん》、ベータテストでの悪夢が再び脳裏《のうり》に去来し、冷《ひ》や汗《あせ》がじわりと滲《にじ》む。

当時も、全財産を賭《か》けた最後の大勝負に出た時は心拍《しんぱく》が上がりすぎて倒《たお》れるかと思ったのに、いまはニルーニルの命とキズメルの名誉《めいよ》までもが懸《か》かっているのだ。

彼女たちを、所詮《しょせん》ゲームの中のNPCだとドライに割り切ることは、もう俺にはできない。

浮遊城《ふゆうじょう》アインクラッドは数百年、もしかすると千年を超《こ》える歴史を積み重ねていて、キズメル、ニルーニル、キオ、ハリン樹宮《じゅきゅう》で出逢《であ》った剣士ラーヴィクやヨフェル城のヨフィリス子爵《ししゃく》は、その世界で生きている真の住民なのだ……。

「ほら、早く行こ」

またしても右腕《みぎうで》を引っ張られ、俺は俯《うつむ》けていた顔を上げた。すると目の前に立つアスナが、まったくもっていつもどおりの表情で俺を見ていた。

ベータテストの時よりずっと大きなものが懸《か》かっているけど、いまはそれを一人で背負っているわけではないのだ——と遅《おそ》まきながら気付かされ、俺はゆっくり深呼吸してから頷《うなず》いた。

「ああ……行こう」

内ポケットのコイン二枚を軽く叩《たた》き、歩き始める。すると隣《となり》に並んだアスナが、俺の右腕《みぎうで》に自然な動作で手を掛《か》ける。

「あの……これもこういうものなの？」

「こういうものなの」

即座《そくざ》に答えた暫定《ざんてい》パートナーの、ハイヒールのせいで数センチ高いところにある顔を横目で見上げると、蝶《ちょう》マスクの下の口許《くちもと》が悪戯《いたずら》っぽく微笑《ほほえ》んでいるように思えて、心の中で「ほんとかよ……」と唸《うな》らずにいられないのだった。

ウォルプータ・グランドカジノ地下一階のモンスター闘技場《とうぎじょう》、またの名をバトルアリーナは、昨夜以上の熱気に包まれていた。

広々としたホールには着飾《きかざ》ったNPCたちがひしめき、上階で演奏されている軽《かろ》やかな弦楽《げんがく》は興奮をはらんだ話し声に掻《か》き消《け》されてしまう。入り口近くから見回すと、昨日と同じようにホール左側のダイニングバーにはギルドDKBの面々、右側にはギルドALSの面々が集まり、テーブルを囲んで熱心に話し込んでいる。

彼らは防具を除装しただけのラフな格好だが、NPCはほとんどが正装なうえに仮面を着けている者もたくさんいるので、ちらりと見ただけでは俺たちを識別できないだろう。第一試合まであと十五分、まずはダイニングバーに併設《へいせつ》されたチケット購入《こうにゅう》用カウンターで、夜の部のオッズ表を貰《もら》ってこなくてはならない。

どっちにしようかな……と心の中で呟《つぶや》き、ALSが陣取《じんど》る右側のダイニングバーに向かう。隅《すみ》の空きテーブルにアスナを誘導《ゆうどう》し、「ここで待ってて」と囁《ささや》いて一人でチケットカウンターへ。無料配布されている魔法《まほう》のオッズ表を一枚取り、そそくさと戻《もど》ろうとした——その時。

「オウ、やっと来よったか」

そんな声とともに肩《かた》を叩《たた》かれ、俺はびくっと体を硬直《こうちょく》させてからぎこちなく振り向いた。

立っていたのは、茶色の短髪《たんぱつ》をある種の鈍器《どんき》のようにトゲトゲと尖《とが》らせ、顎《あご》にも逆三角形の髭《ひげ》をたくわえた狷介《けんかい》そうな顔つきの男——攻略《こうりゃく》ギルド《アインクラッド解放隊《A L S》》のリーダー、キバオウだ。片方の眉《まゆ》を持ち上げ、俺を頭のてっぺんから爪先《つまさき》まで眺《なが》め回し——。

「なんやブラッキー、けったいなカッコやな」

とまで言われてしまえばもう人違《ひとちが》いで誤魔化《ごまか》すわけにもいかないし、そもそも俺の頭上には【Ｋｉｒｉｔｏ】の名前がくっきり表示されているはずだ。離脱《りだつ》を諦《あきら》め、軽く会釈《えしゃく》する。

「ちわ、キバオウさん」

「……まあ、時間あらへんからカッコはどうでもええわ。相方はどこや？」

「えっと……あっちに」

隅《すみ》のテーブルを指差すと、キバオウはそちらに向けて右手をぶんぶん振り回した。

「おーい、こっち来たってや！」

という無遠慮《ぶえんりょ》な呼び声に、周囲の紳士《しんし》淑女《しゅくじょ》たちが咎《とが》めるような視線を向けてくる。この男のせいで会場に紛《まぎ》れているであろうコルロイ家の人間の注目を引いたら、変装の意味がない——とアスナも考えたのだろう、人波を縫《ぬ》って足早に近づいてくると、小声で挨拶《あいさつ》した。

「こんばんは、キバオウさん」

「おう、こんばんは。……ほぉーん、このセンセーよりはだいぶ似合《にお》うとるやないか」

——お前何の用なんだよ！

という突っ込みをぐっと嚙《か》み締《し》め、言う。

「キバオウさん、俺たちも時間が……」

「わあっとる、すぐ本題に入るわ」

キバオウは近くの空きテーブルに俺たちを連れていくと、少し離《はな》れたテーブルに集《つど》うギルドメンバーたちをちらりと見てから言った。

「リーテンから、虎《とら》の巻《まき》がカジノ側の罠《わな》やっちゅう話聞いたで。いちおう礼は言っとくわ」

トゲトゲ頭を二センチばかり下げる姿を見て一瞬唖然《いっしゅんあぜん》としてしまう。リーテンにはアスナが、虎《とら》の巻《まき》の予想を教わるのと引《ひ》き替《か》えにあれが九十九パーセント罠《わな》だと警告しておいたのだが、まさかこうしてキバオウに礼を言われるとは。

人は変わっていくものだな……などと偉《えら》そうなことを考えた瞬間《しゅんかん》。

「けどな、それくらいワシらもゆうべから疑ってたんやで。予想屋のグリグリどおりに賭《か》けて全勝できるなんてハナシ、なんぼなんでもウマすぎるっちゅうもんやろ」

「……でも、昨日は全試合、予想どおりに賭《か》けたんだろ？」

俺の指摘《してき》に、キバオウは苦虫を噛《か》み潰《つぶ》したような顔をした。

「そらまあ、十試合中九試合、見事に当ててよったからな。今日も昼の五試合は虎《とら》の巻《まき》どおりの勝ち負けやったし、夜の部も四試合目まではそうなんやろうけど、最終試合は予想と逆に張るから心配いらんと、そんだけ言いたかったんや」

一気にまくし立てると、キバオウは「ほなまたな！」と手を上げ、仲間のところに戻《もど》ろうとした。

「ちょい、待った待った！」

慌《あわ》ててモスグリーンのシャツを引っ張り、振り向かせる。

「なんや」

「いや……逆に張るのはいいけど、その話、リンドたちともしたのか？」

「なんでや」

「なんでって……つまり、最終試合でＡＬＳとＤＫＢが違《ちが》うモンスターに賭《か》ければどっちかは勝てるわけで……」

「あのなあブラッキー」

呆《あき》れたように眉《まゆ》を上げると、キバオウは俺の胸の真ん中を人差し指でぐりっとつついた。

「そらまあワシも、いつまでも連中と角突《つのつ》き合《あ》わせとったらアカンと思うとるで。お前の言うとおり、両方のモンスターに賭《か》けといたら、どっちかは絶対勝つやろ。けど、今回は無理や。ジブンもあの十万枚ソードのスペック見たやろ、ありゃあ例のギルドフラッグ以上のぶっ壊《こわ》れ、バランスブレイカーやで。そないなモンをしおらしくライバルに譲《ゆず》れるほど、ワシもリンドも人間ができとらん！」

きっぱり言い放つや、俺の胸から離《はな》した右手でどすんと自分の胸を叩《たた》き、今度こそキバオウは仲間のところに戻《もど》っていった。

たっぷり三秒ほど立《た》ち尽《つ》くしてから、アスナと顔を見合わせる。

「……人間ができてないって、あんな堂々と言う人初めて見たわ」

「……まあ、人間ができてるって自称《じしょう》する奴《やつ》よりは信用できるかな……」

小声で意見交換《こうかん》し、時刻を確認《かくにん》すると、試合開始まであと七分しかない。急いでテーブルにオッズ表を広げ、アスナと一緒《いっしょ》に覗《のぞ》き込む。驚《おどろ》いたことに、夕方に出場モンスターの差《さ》し替《か》えが決まった第一試合の組み合わせがしっかり変更《へんこう》されている。どうやらラスティー・リカオンの代役は、クアッドシザーズ・クラブというモンスターになったようだ。

しかも、アスナと連絡《れんらく》を取り合っているリーテンによれば、夜の部が始まる少し前に虎《とら》の巻《まき》おじさんがどこからともなく現れ、変更《へんこう》された第一試合の新予想を手渡《てわた》していったのだという。裏を知らなければ、サポートの手厚さに感心してしまうところだ。出場モンスターの名前の横に、最新の予想をテーブル備え付けの真鍮《しんちゅう》ペンで書き込んでいく。

第一試合は、《スケーリー・バジャー○》対《クアッドシザーズ・クラブ×》。
第二試合は、《スタデッド・スタッグビートル×》対《スクイディー・ヴァイン○》。
第三試合は、《ライトニング・スクイレル△》対《ロケット・ゴーファー○》。
第四試合は、《ベスチャル・ハンド○》対《フェローシャス・ハンド×》
第五試合は、《タイニー・グリプトドン△》対《ヴェルディアン・ビッグホーン○》

「……この世界にはロケットなんかないのに、モンスターの名前にはついてるんだな」

チェックを終えた俺が、ずしりと重い真鍮《しんちゅう》ペンをくるくる回しながら呟《つぶや》くと、アスナがまたしても驚愕《きょうがく》の知識量を発揮した。

「確か、ロケットの語源って糸巻き棒とかじゃなかったかしら。それならアインクラッドにもありそう」

「な、なるほど」

「ちなみに、現実世界のアメリカにいるホリネズミは英語で《ポケット・ゴーファー》だから、このロケット・ゴーファーっていうのはそのもじりでしょうね」

「な、なるほど」

再び頷《うなず》いてから、これではチャットボット以下だと考え、付け加える。

「つまりあれか、ヤマトメリベとヘマトメリベみたいな……」

「その話はしないで」

仮面《かめん》越しにじろりと俺を睨《にら》むと、アスナはオッズ表に指を滑《すべ》らせた。

「よく見るとこれ、全部ナクトーイ家のモンスターが左側、コルロイ家のモンスターが右側になってるわね」

「え……あ、ほんとだ」

昨日は気付かなかったが、確かにキオが教えてくれたナクトーイ家の出場モンスターの名前は全て左側に記してある。つまり虎《とら》の巻《まき》によれば、第一試合と第四試合はナクトーイ側が勝ち、第二、第三、そして最終試合はコルロイ側が勝つということになる。

しかし、昨日と同じように最終試合だけは予想が外れるとすると、勝つのはナクトーイ側のタイニー・グリプトドン。キバオウはそちらに賭《か》けると言っていたし、リンドたちもそうするのではないか。

その場合、恐《おそ》らくグリプトドンのオッズはかなり下がる。第四試合までの勝ち額によっては、最終試合で勝ってもチップ十万枚に届かない可能性が出てくるが……まあ、俺が心配することではない。

「ねえ、結局わたしたちは、最後の試合でどっちに賭《か》けるわけ？」

アスナの質問に、俺は小さく肩《かた》をすくめた。

「リンキバの動向次第《しだい》だけど、もしあいつらが両方ともナクトーイ側のモンスターに賭《か》けたら、俺たちはコルロイ側に賭《か》けることになるだろうな」

「うーん……。コルロイ家が自由に勝ち負けを操作できるなら、その場合はたくさん賭《か》け金《きん》を没収《ぼっしゅう》できるほう、つまりコルロイ側のモンスターを勝ちにするのよね？」

「それが合理的な判断だな」

「………なんか、ギルドフラッグの時に続いて、またリンドさんとキバオウさんのキリト君好感度が下がる気がするんだけど……」

「どうせほとんどゼロなんだから、これ以上下がっても別に……」

そこまで口にした時、ドジャーン！　という銅鑼《どら》の音がホール全体に響《ひび》き渡《わた》った。後方からスポットライトの光が放たれ、フロア中央あたりのブースを照らし出す。

「レディース・アンド・ジェントルメエェ――ン！　ウォルプータ・グランドカジノが誇《ほこ》る、バトルアリーナへようこそォ――！」

眩《まばゆ》い光を受けながら威勢《いせい》よく叫《さけ》んだのは、昨夜と同じ白シャツに赤ネクタイのダンディーな実況《じっきょう》NPCだ。文言も一字一句変わらない。

「夜の部の第一試合は間もなく開始されまァーす！　チケット購入《こうにゅう》は五分後に締《し》め切《き》られますので、奮《ふる》ってご参加くださァーい！」

途端《とたん》、会場のざわめきが一段階大きくなり、十数人のNPC客がカウンターへ移動していく。俺もそろそろ覚悟《かくご》を決めて、二十万コル相当のコインを紙切れ一枚のチケットに換《か》えなくてはならない。

「……そんじゃ、第一試合のスケーリー・バジャーに賭《か》けてくるぞ」

そう宣言した途端《とたん》、掌《てのひら》にじわりと汗《あせ》が滲《にじ》むのを感じたが、アスナは平然と頷《うなず》いた。

「うん。わたし、飲み物買って、前のほうの席取っとくね」

「……よろしく」

――この人、オバケだめなくせに、こういう時はキモ据わってるよなあ。

などと考えながら、俺は足早にチケット購入《こうにゅう》カウンターを目指した。

第一試合のスケーリー・バジャーは、全身を硬《かた》いウロコに覆《おお》われたアナグマのような動物型モンスターで、クアッドシザーズ・クラブは巨大《きょだい》なハサミが四つもあるカニ型モンスターだ。カニはハサミを巧《たく》みに繰《く》り出してアナグマを何度も挟《はさ》んだが、鉄のようなウロコを破壊《はかい》できず、逆に一本ずつ手足を噛《か》み砕《くだ》かれて敗れた。虎《とら》の巻《まき》の予想はちゃんと当たり、俺たちのチップは四千三百二十枚に増えた。

第二試合のスタデッド・スタッグビートルは、黒い甲殻《こうかく》に鋲《びょう》のような銀色の突起《とっき》をびっしり生やしたクワガタ型モンスター。対するスクイディー・ヴァインは、太くて長い十本のツルをイカの足のようにうねうね伸ばした植物型モンスター。クワガタは大顎《おおあご》でツルを切断しようとしたが、ツルはゴムのように変形してなかなか切れず、手間取っているうちに全身をぐるぐる巻きにされて敗れた。チップは八千四百二十四枚に増加。

第三試合のライトニング・スクイレルは、尻尾《しっぽ》を含《ふく》めた全長が四十センチほどあるリスだ。外見上の特徴《とくちょう》は真っ青な毛皮と鋭《するど》く伸びた門歯。いっぽうロケット・ゴーファーは、アスナの推測どおりのずんぐりしたネズミで、色も地味な灰色。リスはライトニングというだけあって、凄《すさ》まじい跳躍力《ちょうやくりょく》でケージの中を目まぐるしく飛び回り、門歯と爪《つめ》でネズミを切《き》り裂《さ》いていった。これは予想が外れるんじゃないかと慌《あわ》てたが、ネズミはＨＰバーが赤くなった直後にまさしくロケットの如《ごと》く尻《しり》から炎《ほのお》を噴射《ふんしゃ》して突進《とっしん》、空中でリスを粉砕《ふんさい》した。チップは二万一千八百十八枚に到達《とうたつ》。

第四試合のベスチャル・ハンドとフェローシャス・ハンドはどちらも人間の手にそっくりな形の——と言ってもサイズは三倍くらいある——気色悪い甲殻《こうかく》生物で、ベスチャルが基本種、フェローシャスは色違《いろちが》いの変異種だ。掴《つか》み攻撃《こうげき》メインのベスチャルに対して、フェローシャスは掴《つか》んだ対象をスタンさせる特殊攻撃《とくしゅこうげき》を持っていて、これも順当にいけば予想とは逆になるのではと思ったが、同種にはスタンが発生しないのか、握力《あくりょく》で勝《まさ》るベスチャルがフェローシャスを握《にぎ》り潰《つぶ》してしまった。

結局、ここまでの四試合は全て、虎《とら》の巻《まき》の予想どおりの結果となった。もちろん一試合でも外れたら俺たちは一文無しになってしまうわけだが、勝敗を操作している方法が解《わか》らないのは相当に気持ち悪い。ラスティー・リカオンのように体色を偽装《ぎそう》されたモンスターがいたのか、あるいは興奮剤《こうふんざい》や鎮静剤《ちんせいざい》を飲まされていたのか——。後者の場合はバフかデバフのアイコンが表示されるはずだと昨日は考えたが、俺自身《じしん》が戦っているわけではないし、そもそもイベント戦闘《せんとう》だしでそれもあてにならない。

しかしもうここまできたら、残り一試合に六万二千十三枚まで増えたチップを丸ごと賭《か》ける以外の選択肢《せんたくし》はない。

俺がカウンターで換金《かんきん》してきた、一万VCチップ六枚と千VCチップ二枚、十VCチップ一枚、一VCチップ三枚を眺《なが》めながら、アスナが何やら神妙《しんみょう》な面持《おもも》ちで言った。

「なるほどね」

「なるほどって、何が？」

「勝ち負けが解《わか》っててもこんなにハラハラするんだから、あなたがベータで破産した気持ちも、ほんのちょっとは理解できたわ」

「そりゃ良かった……いや良くない気もするけど……」

高額賭《か》け客《きゃく》にサービスされるシャンパン──正式名称《めいしょう》はスパークリング・ワインだが──を一口飲み、続けて言う。

「ともかく、これで勝ち額が六万枚を超《こ》えたから、万が一このあと全額吹《ふ》っ飛《と》ばしたとしてもビーチの通行証は二人ぶん貰《もら》えるはずだ」

するとアスナは蝶《ちょう》マスクの奥《おく》で両目をぱちくりと瞬《しばた》かせ、「あー」と声を上げた。

「そっか、そもそもそれが最初の目的だったわね。すっかり忘れてた」

「まあ、通行証をゲットできても、実際にビーチに行けるのはだいぶ先になりそうだけどな。それに、もし……」

そこで口を閉じたが、アスナには伝わっただろう。もしニルーニルとキズメルを助けられなかったら、とてもビーチで遊ぶ気にはなれない。純白の砂浜《すなはま》と真っ青な海を心の底から楽しむためにも、絶対に竜《りゅう》の血と四つの秘鍵《ひけん》を手に入れなくては。

　その可否は、最終試合で俺たちかリンド、キバオウの誰《だれ》かが首尾良《しゅびよ》く十万枚に到達《とうたつ》できるか──そして狙《ねら》いどおり、バーダンが闘技場《とうぎじょう》に姿を現すかに懸《か》かっている。

「レディース・アンド・ジェントルメエェ──ン！」

　銅鑼《どら》が打ち鳴らされると同時に、実況《じっきょう》NPCの声が高らかに響《ひび》いた。

「さあ、いよいよ今夜のグランド・フィナーレ！　激戦必至の最終試合が、間もなく開始されまァーす!!　チケット購入《こうにゅう》は五分後に締《し》め切《き》られますので！　どなた様も奮《ふる》ってご参加くださァーい!!」

　会場の熱気が一段階高まり、多くの客が購入《こうにゅう》カウンターに押《お》し寄《よ》せる。その中にはリンドとキバオウもいるはずだ。俺もとっとと退路を断ってしまいたいが、リンキバがどちらに賭《か》けたのか確認《かくにん》するまでは動けない。

　じりじりするような時間が十秒ほど過ぎた時、アスナが膝《ひざ》の上で素早《すばや》くウインドウを開いた。メッセージを一瞥《いちべつ》するや、俺に顔を近づけて囁《ささや》く。

「ALSもDKBもタイニー・グリプトドンに賭《か》けたわ」

　情報の出所はALSのリーテンと、その彼氏であるDKBのシヴァタだ。二人とも虎《とら》の巻《まき》の胡散臭《うさんくさ》さを理解したうえで、こっそり俺たちに協力してくれているのだ。それもアスナの人望があればこそ、だが。

「そうか……どっちも虎《とら》の巻《まき》の逆を取りにきたな」

呟《つぶや》きながら、オッズ表を確認《かくにん》する。ナクトーイ家が出場させるタイニー・グリプトドンは、虎《とら》の巻《まき》の予想では△印。対してコルロイ家のヴェルディアン・ビッグホーンは○印。第四試合までのように予想が当たれば勝つのはビッグホーンだが、リンドもキバオウも虎《とら》の巻《まき》はカジノの罠《わな》だと判断し、仕掛《しか》けを逆手にとって勝利するつもりらしい。

その選択《せんたく》は正しい、はずだ。虎《とら》の巻《まき》が実際に罠《わな》なのは確定的だし、俺だって単純にどちらか選べるなら印とは逆のモンスターに賭《か》ける。キオは、バーダン・コルロイが虎《とら》の巻《まき》の裏をかかれることを想定していないとは思えないと言っていたが、最終試合に仕掛《しか》けた不正が色替《いろが》えにせよ薬物にせよ、ベット終了《しゅうりょう》から試合開始までの十秒足らずでひっくり返す方法があるとは、やはり思えない。

ともあれ——。

「リンキバがナクトーイ側に賭《か》けたなら、ちょっとシャクだけど俺たちはコルロイ側に賭《か》けるしかない。そうすれば、仮にもうひと仕掛《しか》けあったとしても問題ないはずだ」

オッズ表にあるヴェルディアン・ビッグホーンの名前を指先で叩《たた》きながら言うと、アスナも頷《うなず》いた。

「そうね……。でも、なんだか……」

そこで言葉が途切《とぎ》れたので、仮面《かめんご》越しに視線を向ける。しかしアスナはさっと首を横に振り、言った。

「ううん、なんでもない。チケットよろしく……あと、シャンパンのお代わりも」

「了解《りょうかい》」

立ち上がると、俺は掌《てのひら》のコインを握《にぎ》り締《し》め、購入《こうにゅう》カウンターへと急いだ。

六万二千十三枚、すなわち六百二十万千三百コル相当のチップを一枚の紙切れに交換《こうかん》する。これで、最終試合には俺とリンキバだけで十五万枚以上、他の客も合わせれば恐《おそ》らく二十万枚を超《こ》えるチップが賭《か》けられたはずだ。

隣《となり》のバーカウンターでシャンパンのグラスを二つ貰《もら》い、席に戻《もど》る。すかさずアスナが事前に下書きしていたメッセージを三階のアルゴに送信。あとは、バーダン・コルロイが視察に来るかどうかだが――。

「チケット購入《こうにゅうし》締め切《き》りまで、あと三分！　今宵《こよい》最後の大勝負に、どなた様もぜひぜひご参加くださァーい!!」

スポットライトの中で、実況《じっきょう》NPCが客を煽《あお》り立《た》てる。オッズ表を見ると、最終試合の倍率が小刻みに変化していく。いまのところ、ナクトーイ家のタイニー・グリプトドンがだいたい一・七倍。対するコルロイ家のヴェルディアン・ビッグホーンが二・三倍。やはり、ALSとDKBが大枚を投じたグリプトドンのオッズは二倍を割っている。

「あの人たち、これで十万枚いけるのかしら」

アスナの声に、脳内で素早《すばや》く計算する。

「えっと……俺たちと同じく第四試合までで六万枚以上稼《かせ》いでれば、ぎりぎり超《こ》えそうだな。こっちは、勝てば十四万枚超《ご》えか……」

「ねえ、どうして勝ち額の暗算はそんなに速いの？」

「へ？　いや、だって、単純な掛《か》け算《ざん》だし……」

と答えたその時、アスナがテーブルの下に開いたままのウインドウを素早《すばや》く操作した。すぐに顔を上げ、囁《ささや》く。

「バーダンが動いたわ」

「お、来るか」

ホテルの廊下《ろうか》に潜《ひそ》み、フロントを監視《かんし》しているアルゴからの知らせだ。これで、ハードルは一つクリア。

と言っても、大変なのはここからだ。俺たちはもう運を天に、ではなく二匹《ひき》のモンスターに任せるしかないが、アルゴとキズメルは七号室に侵入《しんにゅう》し、バーダンと護衛が戻《もど》ってくるまでにフォールン・エルフとの連絡用《れんらくよう》アイテムを見つけなくてはならない。しかも、それがどんな形をしているのか、まったく解《わか》らないのだ。

「大丈夫《だいじょうぶ》、うまくいくよ」

不意にアスナがそう囁《ささや》き、膝《ひざ》に置いた俺の右手を上からぎゅっと握《にぎ》った。

確かに、いま俺たちがすべきなのは仲間を信じて任せることだ。こちらにも、万が一の時はバーダンが部屋に戻《もど》るのをできるだけ遅《おく》らせるという大事な仕事がある。

「チケット購入締《こうにゅうし》め切《き》りまで、あと一分となりましたァッ！」

実況《じっきょう》NPCがそう叫《さけ》んだ直後、弦楽器《げんがっき》の音色がかすかに聞こえた気がして、俺はそっと後方を見やった。

すると、開け放たれた大扉《おおとびら》から、四人の黒服に守られた老紳士《ろうしんし》が入ってくるところだった。ほっそりした長身を包む高級そうな三《み》つ揃《ぞろ》い、丁寧《ていねい》に整えられた口髭《くちひげ》と顎髭《あごひげ》――間違《まちが》いなく、コルロイ家の当主《とうしゅ》バーダンだ。その後ろには、執事《しつじ》メンデンの短軀《たんく》も見える。

「来たわね」

アスナが再びアルゴにメッセージを送り、潔《いさぎよ》くウインドウを閉じた。

バーダン一行は、NPC客がひしめくホールの中央をまっすぐに進み、実況《じっきょう》ブースの後方に設けられたVIP専用のボックスシートに収まった。俺とアスナはケージがよく見える前列に陣取《じんど》っているので、振り向かないとバーダンの顔が見えない。しかし数十秒後に試合が始まるこのタイミングで立ち上がって注意を引きたくないので、席の移動は断念する。

俺が前を向くと同時に、ひときわ激しく銅鑼《どら》が打ち鳴らされた。

どういう仕組みなのか、壁《かべ》の高いところに並んだ無数のランプの明かりが自動的に絞《しぼ》られ、暗くなったホールを四本のスポットライトが切《き》り裂《さ》く。照らし出された黄金のバトルケージが、

ひときわ眩《まばゆ》い輝《かがや》きを放つ。

中央を柵《さく》で区切られた直方体のケージは、短辺が四メートル、長辺は十メートルにも及《およ》ぶ。しかしこれから登場する二匹《ひき》のモンスターは、どちらもケージが手狭《てぜま》に思えるほどのサイズがあるはずだ。キオによれば、等級表にリストアップされているのは《闘技場《とうぎじょう》のケージで戦える大きさで、観客や建物に危険が及《およ》ぶ特殊攻撃《とくしゅこうげき》を行わないモンスター》だけらしいが、その条件をぎりぎり満たすかどうか、というところだろう。

ゴゴゴゴ……という振動《しんどう》が、シャンパングラスに細かい波紋《はもん》を生み出す。ケージ奥《おく》の石壁《いしかべ》が二ヶ所、まず奥《おく》に引っ込んでから上へと持ち上がっていく。

「バトルアリーナ夜の部、最終試合を開始いたしまァす！」

蝶《ちょう》ネクタイNPCの絶叫《ぜっきょう》と同時に、二本のスポットライトが右側――コルロイ家の地下厩舎《きゅうしゃ》と繋《つな》がる通路へと集まった。

「まず登場するのはァ……ウォルプータの東に広がるヴェルディア草原で、旅人を蹴散《けち》らし、馬車を打ち砕《くだ》いてきた二本角《にほんづの》の魔獣《まじゅう》！　ヴェルディアン～・ビッグホォ～～～ン!!」

通路の奥《おく》から、ガツ、ガツとひづめを鳴らしてケージに入ってきたのは、黒褐色《こっかっしょく》の毛皮と、渦巻《うずま》き状《じょう》に弧《こ》を描《えが》いたいわゆるアモン角《づの》を持つ四足獣《しそくじゅう》だ。ヤギのようなウシのような姿だが、体長は二メートル近くもあり、口許《くちもと》には鋭《するど》い牙《きば》が覗《のぞ》いている。

新たなスポットライトが、ナクトーイ家の地下厩舎《きゅうしゃ》から延びる左側の通路を照らす。

「続いては！　ウォルプータの遥《はる》か西、白骨の平原に君臨し、鋼鉄の如《ごと》き頭で挑《いど》み来る冒険者《ぼうけんしゃ》を叩《たた》き潰《つぶ》す異形の凶獣《きょうじゅう》！　タイニィ〜〜・グリプトドォ〜〜〜ン!!」

ズシン、ズシンと進み出たのは、小山のような分厚い甲羅《こうら》を持つ、現実世界のアルマジロを思わせる姿の四足獣《しそくじゅう》。だが頭はアルマジロよりずっと大きく、額がハンマーのように突き出している。大きさは右側に陣取《じんど》る巨大《きょだい》ヤギと同等。

「ビッグホーンは解《わか》るけど、グリプトドンって何……？」

アスナが口にした疑問の答えは、ベータ時代に検索済《けんさくず》みなのですかさず囁《ささや》き返す。

「現実世界じゃ何万年も前に絶滅《ぜつめつ》したアルマジロの祖先だよ。アインクラッドで生き残ってたみたいだな」

「ああ、言われてみればアルマジロにそっくりね」

後半の軽口を綺麗《きれい》に無視してそう応じてから、アスナは首を傾《かたむ》けた。

「でも、タイニーって《すごく小さい》って意味よね。あれで小さいの……？」

「つまり、どこかにタイニーじゃないグリプトドンもいるんだろうな。ベータテストじゃ遭遇《そうぐう》しなかったけど」

「永遠に遭遇《そうぐう》したくないわね……」

とアスナが顔をしかめたのとほぼ同時に、実況《じっきょう》NPCが最大ボリュームで絶叫《ぜっきょう》した。

「魔獣《まじゅう》と凶獣《きょうじゅう》、砕《くだ》けるのはどちらの頭かァ――ッ！　最終試合……開始いィィ――ッ!!」

ドジャジャ――ン！　と銅鑼《どら》が打ち鳴らされ、ケージ中央の柵《さく》が下に引っ込んでいく。
ビッグホーンが巨大《きょだい》な角《つの》に守られた頭を低く下げ、前肢《ぜんし》のひづめで床《ゆか》を繰《く》り返《かえ》し引《ひ》っ掻《か》く。
グリプトドンもハンマーの如《ごと》き甲羅《こうら》を備えた額を突き出し、四肢《しし》を大きく踏《ふ》ん張る。
柵《さく》が完全に収納された瞬間《しゅんかん》、二種類の雄叫《おたけ》びが不協和音となってホールに轟《とどろ》いた。
二匹《ひき》の大型モンスターが、バトルケージの右端《みぎはし》と左端《ひだりはし》から猛然《もうぜん》と突進《とっしん》する。大型と言っても
どちらも横幅《よこはば》は一メートル前後で、ケージの幅《はば》は四メートルあるのですれ違《ちが》うことは可能だが、
その気はまったくなさそうだ。
俺でも正面からガードするのは嫌《いや》だと思わされるほどの巨獣《きょじゅう》たちは、完全なる同一直線上を
突《つ》き進《すす》み、頭と頭を凄《すさ》まじい勢いで激突《げきとつ》させた。
どちらも通常攻撃《こうげき》のはずなのに、白に赤が混ざったライトエフェクトが迸《ほとばし》り、それを強烈《きょうれつ》な
衝撃波《しょうげきは》が追いかける。大理石の床《ゆか》がびりびりと震《ふる》え、飲み残したシャンパンが少し零《こぼ》れる。
ビッグホーンとグリプトドンは、どちらもわずかによろめいたもののすぐに体勢を立て直し、
再び距離《きょり》を取った。ＨＰバーは、双方《そうほう》とも二割ほど減少している。
「と……闘技場《とうぎじょう》が震《ふる》えたァ――！　なんという激突《げきとつ》だァ――ッ!!」
蝶《ちょう》ネクタイの実況《じっきょう》に、会場全体から拍手《はくしゅ》と歓声《かんせい》が上がった。しかし俺はとてもそんな気分に
はなれない。捕獲《ほかく》され、戦わされるモンスターがかわいそうだなどと思う資格はあろうはずも
ないが、だからと言って簡単に割り切れる性格なら、そもそも厩舎《きゅうしゃ》からラスティー・リカオン

を連れ出したりしていない。

せめて、いまは心をフラットに保ち、不正の予兆を見逃《みのが》さないようにしなければ。これまでの推測が正しければ、コルロイ家は利益を最大にするために、勝敗をもう一度ひっくり返して虎《とら》の巻《まき》の予想どおりヴェルディアン・ビッグホーンを勝たせようとするはずだが、その方法がまったく解《わか》らない。

少なくとも、外見からは二匹《ひき》とも不調の気配は感じ取れないし、この層には色違《いろちが》いの同種はいないはずなので、染色《せんしょく》による偽装《ぎそう》も不可能だ。やはり檻《おり》の外から何かを投げ込むのが唯一《ゆいいつ》の手段だと思えるが、激突《げきとつ》の余波が激しすぎるせいか、立ち見でケージに貼《は》り付《つ》いている観客は一人もいない。実際、あの衝撃波《しょうげきは》をまともに浴びれば、軽くスプラッシュ・ダメージを受けても不思議はない。

じりじりとケージの端《はし》まで下がったビッグホーンとグリプトドンが、再び頭を下げた。強烈《きょうれつ》なスポットライトを浴びながら、同時に突進《とっしん》のプレモーション——ビッグホーンは前肢《ぜんし》で床《ゆか》を掻《か》く、グリプトドンは四肢《しし》を伸ばして踏《ふ》ん張《ば》る——を行う。直後、二度目の突進《とっしん》。

どちらもカテゴリー的には通常湧《つうじょうわ》きモンスターのはずなのに、ボスモンスターの強攻撃《きょうこうげき》にも引けを取らないほどのインパクトが会場全体を揺《ゆ》るがす。一階のプレイルームでチップの山が崩《くず》れたり、ルーレットのボールが飛び出したりしているのではと心配になり、ちらりと後方のVIP席を見やる。

客席は基本的に真っ暗だが、VIP席には実況《じっきょう》ブースの照明が届くので、かろうじて様子を確認《かくにん》できた。バーダン・コルロイはソファーの真ん中で脚《あし》を組み、シャンパンなど飲んでいる。平然としたその表情は、カジノに被害《ひがい》が出ることや、虎《とら》の巻《まき》の裏をかかれたことを心配しているようにはまったく見えない。

「あんまり見てると気付かれるよ」

アスナの囁《ささや》き声《ごえ》に、急いで体の向きを戻《もど》す。

ビッグホーンとグリプトドンは、二度目の頭突《ずつ》き合戦《がっせん》でさらに二割ほどHPを減らしたが、よく見るとビッグホーンのダメージが微妙《びみょう》に大きいようだ。ベータテストでもあの二匹《ひき》は同じくらい手強《てごわ》かった記憶《きおく》があるが、ビッグホーンの棲息《せいそく》エリアがフロアの前半、グリプトドンが後半であることを考えると、厳密なステータス数値にはいくらか差がつけられていてもおかしくない。

「このままの展開なら、グリプトドンが勝ちそうだな……」

少し右に頭を動かしてそう囁《ささや》くと、アスナも顔を近づけて答えた。

「わたしにもそう思えるけど……なら、コルロイ家は事前の仕掛《しか》けをキャンセルできなかったってこと？」

「たぶん。連中も、不正が百発百中でハマるとは最初から思ってないのかもな」

「うん……」

アスナは小さく頷《うなず》いたが、返事はまたしても歯切れが悪い。

違和感《いわかん》は俺も感じている。アージェント・サーペントの罠《わな》はとてつもなく巧妙《こうみょう》なものだった。あれを考案し、実行できる奴《やつ》が、虎《とら》の巻《まき》の仕掛《しか》けを見破られた場合の対応策を用意していないとは思えない。実際、キバオウもリンドもたった一度の負けで虎《とら》の巻《まき》が怪《あや》しいと見抜き、今夜はしっかり逆張りしてきたのだ。

このままグリプトドンが勝てば、リンキバはどちらも十万枚ものチップを獲得《かくとく》し、カジノとコルロイ家に大損害を与《あた》えるだけでなく、先祖伝来の秘宝であり、とっておきの目玉景品でもあるソード・オブ・ウォルプータを攫《さら》っていってしまう。それをあのバーダン・コルロイが、「仕方ない」で済ませるだろうか。

やはり、まだ何かあるのだ。そう確信しつつ、俺はケージにじっと目を凝《こ》らした。

だが、檻《おり》にも床《ゆか》にも天井《てんじょう》にも、怪《あや》しいものは見つからない。毒矢を投げ込みそうな紳士《しんし》も、薬を振りかけそうな婦人もいない。

「またかァ――――ッ！　また行くのかァァ――――――ッ‼」

実況《じっきょう》NPCが叫《さけ》び、スポットライトが二匹《ひき》のモンスターを眩《まばゆ》く照らした。

「ん……」

アスナが小さく声を漏《も》らしたので、ちらりと隣《となり》を見ると、両目を繰《く》り返《かえ》し瞬《しばたた》かせている。

「どうした？」

「ううん……なんでも。じっと見すぎて、目が疲《つか》れたみたい」

「へえ……」

仮想世界でそんなことあるかなあ、と思ったその時、モンスターたちが三《み》たび床《ゆか》を蹴《け》った。ドドドド……と小刻みな震動《しんどう》が伝わる。瞬間《しゅんかん》、俺もあれ、と思う。優勢に立っているはずのグリプトドンの勢いが、前二回より少しだけ鈍《にぶ》い気がする。

それは錯覚《さっかく》ではなく、二匹《ひき》が激突《げきとつ》したポイントは、ケージの中央から一メートルほど左寄りだった。だがインパクトの激しさは相変わらずで、ここまで耐《た》えてきたシャンパンのグラスが大きく傾《かたむ》き、俺は慌《あわ》てて両手でキャッチした。

ケージ内のライトエフェクトとスモークエフェクトが消える。現れたのは、巨大《きょだい》なアモン角《づの》を高々と振りかざすビッグホーンと、低く下げた頭を左右に振るグリプトドン。助走の鈍《にぶ》さが当たり負けに繋《つな》がったようで、HPバーの残量もビッグホーンに逆転されてしまっている。

「なんで急にスピードが落ちたんだ……？」

俺がそう呟《つぶや》くと、アスナも小さくかぶりを振った。

「わかんない……外からの妨害《ぼうがい》は何もなかったよ……」

「だよな……」

頷《うなず》きながら懸命《けんめい》に目を凝《こ》らすが、やはりグリプトドンの巨体《きょたい》のどこにも異物が刺さったり、液体が振りかけられたりした様子はない。

残りHPは、ビッグホーンが四割と少し、グリプトドンが三割八分ほど。恐《おそ》らくあと二回の激突《げきとつ》で決着がつく。グリプトドンの不調が続けば、勝つのはビッグホーンだ。

この異変は、コルロイ家の《操作》によるものなのか？　だとしても、どうやって……？

「あ、また……」

アスナがそう呟《つぶや》き、瞬《まばた》きを繰《く》り返《かえ》した。

「さっきから、どうしたんだ？」

「なんだか……目が変なの。モンスターの色が、ほんのちょっとだけ変わった気がして……」

「え……グリプトドンの？」

「さっきはそう。いまはビッグホーンの色が」

それを聞き、急いでケージに視線を戻《もど》す。だが俺には、色の変化は感じられない。グリプトドンの灰色の甲羅《こうら》も、ビッグホーンの黒褐色《こつかつしょく》の毛皮も、試合開始時とまったく同じ――

いや。

二匹《ひき》のモンスターではなく、彼らが踏《ふ》んでいる床石《ゆかいし》の色が、左右で少し……ほんの少しだけ違《ちが》う気がする。グリプトドンの足許《あしもと》はニュートラルな灰色だが、ビッグホーンの足許《あしもと》は微妙《びみょう》に緑色がかっているような……。

「あ……!?」

鋭《するど》く喘《あえ》ぎ、俺はいったん体を沈《しず》めてから、そっと振り向いた。

見たのはＶＩＰ席ではなく、闘技場《とうぎじょう》ホールのいちばん後ろ、石壁《いしかべ》の上部に設置された四つのスポットライトだ。大型ランプが放つ光を後ろの凹面鏡《おうめんきょう》で反射し、前のレンズで集光しているらしいそのライトからケージまで伸びる光線は、俺から見て右の二つは自然な炎《ほのお》の色なのに、左の二つはごくわずかに緑がかっている。アスナは持ち前の鋭敏《えいびん》さでモンスターの体色の変化まで感じ取ったが、俺には床色《ゆかいろ》の変化しか感じられなかったのだろう。

その程度の色の違《ちが》いが、演出効果を狙《ねら》ったものであるはずがない。

恐《おそ》らく、あの緑色の光には、何らかのデバフ効果が乗っているのだ。

それによって、当初はグリプトドンに勝利させる予定だった試合を、ビッグホーンの勝ちに逆転……いや、違《ちが》う。なぜなら、アスナによればさっきまではグリプトドンに照射されていた緑色のスポットライトが、いまはビッグホーンに向けられている。

あのライトを操作しているのがコルロイ家の手先なら、連中は双方《そうほう》のダメージ量を揃《そろ》えようとしていることになる。

「…………‼」

突然《とつぜん》、一つの可能性に思い至り、俺は姿勢を戻《もど》すやウインドウを開こうとした。だが直前で手を止める。いまアルゴはバーダンの部屋に侵入《しんにゅう》しているはずなので、彼女経由でキオに連絡《れんらく》することはできない。

タキシードの右ポケットからオッズ表を引っ張り出す。下部には砂粒《すなつぶ》のように小さい字で、闘技場《とうぎじょう》の規約が列挙されている。

ケージ内のモンスターに干渉《かんしょう》したら罰金《ばっきん》。

チケットは紛失《ふんしつ》または破損したら無効。

的中チケットの払《はら》い戻《もど》しは当日の深夜零時《れいじ》まで。

それらの細々とした規約の中に──あった。

【出場した怪物《かいぶつ》が双方《そうほう》とも戦闘《せんとう》不能状態となりそのまま三分間経過した場合、あるいは双方《そうほう》が同時に死亡した場合は、勝者なしと見なしてチップの払《はら》い戻《もど》しは致《いた》しません】

「…………これか……！」

「何なのよ？」

もどかしそうに顔を寄せてくるアスナに、俺は規約集の末尾《まつび》近くにある問題の一文を指差してみせた。二秒後、アスナも黒ドレスに包まれた体をびくっと強張《こわば》らせる。

「引き分けは……全額没収《ぼっしゅう》……!?」

「奴《やつ》ら、これを狙《ねら》ってるんだ。あの緑色のライトは、照らしたモンスターの動きを鈍《にぶ》くする。あれでダメージ量を調整して、最後の激突《げきとつ》で相討《あいう》ちにさせるつもりだ」

「でも……相討《あいう》ちなんて、そう簡単には起きないでしょ……」

アスナの言うとおりだ。現実世界の生き物は、瀕死《ひんし》状態で出血が続けばやがて死に至るが、SAOではHPが1残っていれば死にはしない。また攻撃《こうげき》が同時に当たったように見えても、ほとんどの場合システム上では〇・一秒以下の差があり、先にヒットした攻撃《こうげき》が優先的に処理される。ＰｖＰで相討《あいう》ちに持っていくには、先に攻撃《こうげき》を喰《く》らってＨＰがゼロになったほうが、何らかのスキルかアイテムによる例外的処理、あるいは本物の奇跡《きせき》を起こして自分のアバターを動かし続ける必要がある。

それはモンスター同士の戦闘《せんとう》でも同じはずなのだが、この最終試合だけは高確率で相討《あいう》ちが成立し得る。なぜならビッグホーンもグリプトドンも頭突《ずつ》きしか行わないので、攻撃《こうげき》と被弾《ひだん》が同時に発生するからだ。バーダン・コルロイがここまで読んでナクトーイ家のグリプトドンにビッグホーンをぶつけてきたなら、奴《やつ》の狡猾《こうかつ》さや悪賢《わるがしこ》さは本物だ。根拠《こんきょ》はないが、この仕掛《しか》けは最初からクエストに組み込まれていたわけではなく、高度ＡＩたるバーダンが自ら発想し、周到《しゅうとう》に準備していた罠《わな》なのだ。

ケージでは、二匹《ひき》の巨獣《きょじゅう》が四回目の突進攻撃《とっしんこうげき》を開始しようとしている。ビッグホーンは右の前肢《ぜんし》で床《ゆか》を掻《か》き、グリプトドンは四肢《しし》をどっしりと踏《ふ》ん張《ば》り。

直後、二匹《ひき》が頭を高々と振り上げ、空気の震《ふる》えが可視化されるほどの音量で咆哮《ほうこう》した。

まずい。特殊攻撃《とくしゅこうげき》——必殺技《ひっさつわざ》だ。突進頭突《とっしんずつ》きには変わりないものの威力《いりょく》は二倍。これまでと同じように真っ向から激突《げきとつ》すれば、ＨＰ残量でいくらか上回るビッグホーンが生き残る可能性があるが、いまはデバフ光線を浴びている。ダメージ量が調整された結果、両者相討《あいう》ちとなり、規約の同時死亡条項《じょうこう》を満たしてしまうことは充分《じゅうぶん》に有り得る。

睨《にら》み合《あ》う二匹《ひき》が、低く唸《うな》りながら突撃《とつげき》のタイミングを窺《うかが》う。十秒以内にデバフ光線をなんとかしないと、俺たちもALSもDKBも全てのチップを失う。

布か何かで光を遮《さえぎ》る……いや、無理だ。スポットライトは後方の壁《かべ》の上部から放たれていて、背伸《せの》びをしてもまったく届かない。ならば煙幕《えんまく》を張れば……これも不可能、一瞬《いっしゅん》で大量の煙《けむり》を発生させる手段がない。遮断《しゃだん》できないならスポットライトそのものをどうにかするしかないが、俺たちの座席からは三十メートル以上離《はな》れている。即座《そくざ》にダッシュしても絶対間に合わない。

コンマ五秒で三つのアイデアを次々と却下《きゃっか》した俺は、いまさらのように魔《ま》法《ほう》があれば！　と考えた。だが、仮にあってもファイヤーボールなぞぶっ放せば会場全体が大騒《おおさわ》ぎになる。試合の妨害行為《ぼうがいこうい》と見なされて罰金《ばっきん》、最悪の場合は投獄《とうごく》までされかねない。

魔《ま》法《ほう》もない、弓矢もない、ナイフかピックを投げれば届くだろうがストレージから探し出す時間がない。何か投げられるもの、できれば重くて硬《かた》くて細長いもの……。

俺は両手に持ったままのシャンパングラスを眺《なが》め、足許《あしもと》の床《ゆか》を見下ろし、前席の背もたれに据《す》え付《つ》けられたミニテーブルを睨《にら》んだ。

テーブルの隅《すみ》にはカップ状の物入れがあり、そこにちょっとした小物類が用意されている。麻《あさ》のナプキン、小さなスプーンとフォーク、そしてダイニングバーのテーブルにもあった真鍮《しんちゅう》のペン。

シャンパングラスを置き、ペンを掴《つか》む。現実世界の万年筆ほど精巧《せいこう》なものではなく、内部に充塡《じゅうてん》したインクが先端《せんたん》の小さな穴から滲《にじ》み出てくるだけの簡単な仕組みだが、そのぶん頑丈《がんじょう》で重みもある。

同じ真鍮《しんちゅう》ペンを、俺はアスナの前のテーブルからも摑《つか》み取《と》った。手渡《てわた》しながら視線で後方のスポットライトを示す。それだけでパートナーは俺の意図を察したらしく、さっと頷《うなず》き返してくる。

ケージでは、グリプトドンとビッグホーンが唸《うな》るのをやめ、頭を低く構えた。

俺とアスナは背もたれに隠《かく》れながら体の向きを変えた。

観客席は真《ま》っ暗闇《くらやみ》なうえに、周囲の客の目はケージに釘《くぎ》付《づ》けになっている。ソードスキルを使えばライトエフェクトが注意を引いてしまうだろうが、俺もアスナも投剣《とうけん》スキルは未習得。しかしそれは、システムアシストなしの投擲《とうてき》で、三十メートルも離《はな》れたスポットライトに命中させなければならないということでもある。

狙《ねら》うは、直径二十センチほどの集光レンズ。ペンが当たっても光源の炎《ほのお》は消えないだろうが、レンズが割れれば光が拡散し、デバフ効果も事実上無効化されるはず。

「ペンは他のテーブルにもある、ビビらずに思いっきり投げろ！」

アスナの耳に口をくっつけるようにして、俺はそう囁《ささや》いた。

実際は、初撃《しょげき》が外れたらもうリトライする時間はない。ケージ内のモンスターたちが最後の突進《とっしん》を開始する気配を背中で感じながら、俺は背もたれの陰《かげ》にしゃがみ込んだまま、思い切り右手を振りかぶった。隣《となり》のアスナもまったく同じタイミングで同じモーションを起こす。

システムアシストはなくとも、俺とアスナにはレベル20オーバーのステータスと、数多《あまた》の死線を潜《くぐ》り抜けて鍛《きた》えた集中力、それにたぶん聖大樹《せいたいじゅ》の巫女《みこ》サマの加護がある。

——当てる!!

その一念を真鍮《しんちゅう》ペンに込め、二人同時に投げる。

闇《やみ》を切《き》り裂《さ》いて飛ぶ二本のペンが、一度だけ光を反射してチカッと瞬《またた》いた。

背後で、二匹《ひき》のモンスターが突進《とっしん》を開始した。

直後、彼方《かなた》で煌々《こうこう》と輝《かがや》く二つのスポットライトのレンズと反射鏡が粉々に砕《くだ》け散《ち》った。だが、周囲の大歓声《だいかんせい》に紛《まぎ》れて破砕音《はさいおん》はまったく聞こえない。

デバフ効果を持つ光線が、全方位に拡散する。急いで振り向くと、ちょうど青い光をまとうビッグホーンと、赤い光とまとうグリプトドンが相手目掛《めが》けて突っ込んでいくところだった。

ビッグホーンの突進《とっしん》はわずかに鈍《にぶ》いように思えたが、すぐに立ち直り、再加速した。二本の巻き角と突き出た甲殻《こうかく》が、ケージのほぼ中央で激突《げきとつ》した。

これまでに倍する衝撃波《しょうげきは》が押《お》し寄《よ》せてきて、俺は歯を食《く》い縛《しば》った。観客たちの悲鳴が上がり、あちこちでシャンパングラスが落下して青い破片《はへん》を散らす。二匹《ひき》が派手なライトエフェクトを発生させたせいで、スポットライトが半分消えたことに誰《だれ》も気付かなかったようだ。

いや、恐《おそ》らくバーダン・コルロイだけは気付いたはずだが……いまはそれよりも。

ケージの中央では、まだ光と煙《けむり》のエフェクトが激しく渦巻《うずま》いている。モンスターたちの姿はよく見えないが、空中に浮《う》かぶ二つのＨＰバーは、まったく同じスピードで減っていく。

三割を切り、二割を切り……一割を切る。

渾身《こんしん》のペン投げは無駄《むだ》だったのか。ビッグホーンとグリプトドンは相討《あいう》ちになり、最終試合に賭《か》けられた大量のチップは全額没収《ぼっしゅう》されてしまうのか。

アスナの左手が伸びてきて、俺の右手をがしっと摑《つか》んだ。無意識的に握《にぎ》り返すと、アスナも思い切り力を込めてくる。

ようやくエフェクトが薄《うす》れ、巨獣《きょじゅう》たちの姿を露《あら》わにする。ビッグホーンとグリプトドンは、ケージ中央で頭と頭を押し当てたまま微動《びどう》だにしない。ＨＰバーはまだ減り続けている。残り七分、五分、三分……。

しかしそこで、ビッグホーンのＨＰ減少が止まった。

グリプトドンのＨＰはなおも減り続け、ゼロになった。

踏《ふ》ん張《ば》っていた四肢《しし》が力を失い、小山のような巨体《きょたい》は地響《じひび》きを立ててケージの床《ゆか》に沈《しず》んだ。

全身が青い光に包まれ、一瞬《いっしゅん》ぎゅっと収縮し──無数の破片《はへん》を散らして爆散《ばくさん》。

しんとした静寂《せいじゃく》の中、ビッグホーンがゆっくりと頭をもたげる。

「な……な……なんという激突《げきとつ》だァ────ッ‼」

実況《じっきょう》ＮＰＣの絶叫《ぜっきょう》に、観客たちの歓声《かんせい》と悲鳴が重なる。

「間違《まちが》いなくバトルアリーナの歴史に残る熱戦に、見事勝利したのはァ……ヴェルディアン・ビッグホ────────ン‼」

勝ち名乗りを受けたビッグホーンが、角《つの》を高々と振りかざしながら勝利の雄叫《おたけ》びを上げる。

俺は詰《つ》めていた息を細長く吐《は》きながら、隣《となり》を見た。

同時にアスナもこちらを向く。まだ俺の手を握《にぎ》っていることに気付いているのかいないのか、か細い声で囁《ささや》く。

「……わたしたち、どっちに賭《か》けてたんだっけ？」

「ビッグホーン、だと思う」

「なら、賭《か》けに勝ったの？　チップ、何枚になるの？」

「えーと……」

頭の中で、第四試合までに獲得《かくとく》した約六万二千枚にビッグホーンの倍率を掛《か》けようとした時、不意につむじのあたりをチリッという感覚が襲《おそ》った。

計算を中断し、背もたれの隙間《すきま》からそっと後方を覗《のぞ》く。すると、ＶＩＰ席から立ち上がったバーダン・コルロイが、烈火《れっか》の如《ごと》き表情で俺たちがいるほうを盛《さか》んに指差しているのが見えた。どうやら暗闇《くらやみ》の中で投擲《とうてき》されたペンを見逃《みのが》さなかったらしい。四人の黒服がＶＩＰ席を離《はな》れ、まっすぐこちらに向かってくる。

「やべっ……」

俺は首を縮めると、握《にぎ》ったままのアスナの左手を引っ張った。しゃがんだまま、他の観客の足と前席の背もたれの隙間《すきま》を移動し、ホールの左側に脱出《だっしゅつ》する。階段状の通路を小走りに上り、ダイニングバーに紛《まぎ》れ込むと、そのまま出口を目指す。

「ど、どこに行くの？」

「いちど三階に戻《もど》って着替《きが》えよう。アルゴたちのほうも気になるし」

「そうね……」

アスナが、蝶《ちょう》マスクの下で唇《くちびる》を引き結ぶ。

頭を下げたまま、ダイニングバーの人混みを縫《ぬ》うように移動していくと、どこか左のほうで憤激《ふんげき》と悲嘆《ひたん》に満ちた胴間声《どうまごえ》が響《ひび》いた。

「なんでやぁぁあ——!!」

22

「これは…………」

俺が差し出した緑色の小片《しょうへん》を見た途端《とたん》、キオは両目を鋭《するど》く細めた。

指先で俺の掌《てのひら》から摘《つ》まみ上げ、少し匂《にお》いをかいでからランプの光にかざす。長方形の小片《しょうへん》は、三分の一ほどが黒く焦《こ》げているが、残りは鈍《にぶ》い艶《つや》を保っている。

闘技場《とうぎじょう》を出る直前、スポットライトのレンズや鏡の破片《はへん》と一緒《いっしょ》に落ちているのを見つけて、咄嗟《とっさ》に拾ったものだ。階段を上りながらタップしたら【ケルミラの香】というアイテム名と、【ケルミラの花を乾燥《かんそう》させ、粉にして固めた練香《ねりこう》】というシンプルな説明文だけが表示され、正体はよく解《わか》らなかった。

キオは小片《しょうへん》を五秒ばかり検分すると、右手を下ろして言った。

「これは《ケルミラの香》というもので、火にくべるとこの世のものとも思えぬ香りを仄《ほの》かに漂《ただよ》わせるが、同時に炎《ほのお》から毒性のある光を放つ。狙《ねら》った相手を少しずつ衰弱《すいじゃく》させていく暗殺用の道具だ」

「うへ、そりゃまた物騒《ぶっそう》な……」

顔をしかめる俺の隣《となり》で、蝶《ちょう》マスクは外したもののまだ黒ドレスを着たままのアスナが冷静な声を出した。

「でも、これでコルロイ家の最後の仕掛《しか》けも解明できたわね。スポットライト……照明装置のランプでそのお香《こう》を燃やして、発生した毒の光をモンスターだけに当ててたってことよね？」

「いやぁ、あの爺《じい》さんもいろいろ考えるもんだなあ」

思わず感心したようなコメントを口にすると、キオが忸怩《じくじ》とした様子で目を伏《ふ》せた。

「定期的に闘技場《とうぎじょう》を検分していた私が、こんな大がかりな仕掛《しか》けを見抜けなかったとは……。これではニルーニル様の近侍《きんじ》失格だな……」

「い、いや、これは気付けなくても仕方ないよ。照明装置そのものには何の仕掛《しか》けもなくて、怪物《かいぶつ》を弱らせたい時に《ケルミラの香》をランプにくべるだけなんだからさ」

慌《あわ》ててフォローしたが、キオは顔を上げようとしない。

「……アージェント・サーペントがニルーニル様を襲《おそ》った時も、剣技《けんぎ》を使わずに普通《ふつう》の突きで仕留めていれば、ヘビを引きちぎってしまうこともなかったのだ。いや、それ以前に、査察を始める前に全ての檻《おり》をしっかり確認《かくにん》しておくべきだった。バーダンがニルーニル様の立ち会いを要求したのは罠《わな》ではないのかと、キズメル殿《どの》が警告してくれたのに……」

俺よりかなり年上だろうと思っていたが、しょげているキオを見ていると案外若いのかもという気もしてくる。いや、いまは余計なことを考えている場合ではない。どうにかキオを立ち直らせて、今後の話をしなければいけないのだが――。

「おいキオっち、作戦はどっちもうまくいったんだから、まずはそれを喜ぼうゼ」

そんな声が聞こえ、顔を動かすと、ソファーに深々と沈《しず》み込んでワイングラスを掲《かか》げているアルゴの姿が見えた。

俺とアスナが限界の早足でグランドカジノ三階の十七号室に帰還《きかん》した時にはもう、アルゴとキズメルもバーダンの部屋から戻《もど》ってきていた。空き巣ミッションにも無事成功したらしいが、ローテーブルの上には古びた地図が一枚広げてあるだけで、問題の遠隔連絡用《えんかくれんらくよう》アイテムはまだ見せてもらっていない。

不思議なリラックス効果があるアルゴボイスを聞いたキオは、こくりと頷《うなず》いて顔を上げた。右手の指先でそっと目尻《めじり》を払《はら》い、微笑《ほほえ》みを浮《う》かべる。

「ああ、そうだな。アスナとキリトは見事賭《か》けに勝ったし、アルゴとキズメル殿《どの》もネウシアン……いや、フォールンン・エルフのまじない道具を手に入れた。これで、ニルーニル様のお命を救う望みが繋《つな》がったのだ。私が嘆《なげ》いている場合ではない」

ぐっと背筋を伸ばし、テーブルに歩み寄ると、開栓《かいせん》されたワインボトルと新しいグラスを手に取る。グラスに半分ほど注いだワインをひと息に飲み干し、大きく息を吐《は》く。

どうやら立ち直ってくれたようだとほっとしながら、俺は視界端《はし》の時刻表示をチェックした。夜十時五十五分——闘技場《とうぎじょう》の最終試合がヴェルディアン・ビッグホーンの勝利で決着してから十分が経過している。昨夜に続いて五万枚以上のチップを吹《ふ》き飛《と》ばしたリンドとキバオウは、恐《おそ》らくまだ地下のダイニングバーか、近くの酒場で仲間たちとやけ酒を呷《あお》っているだろうが、しばらくすれば宿屋に戻《もど》ってしまう。その前に接触《せっしょく》して、最終試合が結局虎の巻《まき》どおりの結果になった理由を話し、フロアボス・火竜《かりゅう》アギエラ攻略《こうりゃく》への協力を要請《ようせい》しなくてはならない。

問題は、バーダン・コルロイが自分の部屋から連絡用《れんらくよう》アイテムがなくなっていることにいつ気付くかだ。闘技場《とうぎじょう》で虎《とら》の子《こ》のデバフ光線照射装置を破壊《はかい》され、チップを十万枚——正確には十四万二千六百二十九枚も稼《かせ》がれたうえに、寿命《じゅみょう》を延ばしてくれるはずのフォールン・エルフとの連絡《れんらく》手段まで盗《ぬす》まれたことに気付けば、どんな行動に出るか想像もできない。もちろん、スポットライトを壊《こわ》したのと最終試合で大勝したのと空き巣をしたのが俺たち四人、あるいはナクトーイ家の手の者だという証拠《しょうこ》は一切《いっさい》ないはずだが、それでおとなしく引き下がるような奴《やつ》なら、希少な毒ヘビを用意してまでニルーニルを殺そうとはしないだろう。

バーダンが闘技場《とうぎじょう》から部屋に戻《もど》れば、外で廊下《ろうか》を監視《かんし》しているファゾたちが知らせてくれる手筈《てはず》になっている。それまでに、この部屋でするべき話はしておかねばならない。

俺はキオから《ケルミラの香》の燃えさしを返してもらうと、念のためストレージに収納し、アルゴに歩み寄った。

「それで……フォールン・エルフの連絡《れんらく》アイテムって、どんな道具だったんだ？」

「目の前にあるだロ」

「へ？」

瞬《まばた》きし、ローテーブルを見下ろす。だが卓上《たくじょう》には、飲みさしのワインボトルとグラスが四つ、それに羊皮紙の地図が広げてあるだけだ。地図は七層の全体図のようで、作戦会議には役立つだろうが、肝心《かんじん》のアイテムは見当たらない——いや、もしかして。

「え、これか？　この地図？」

「ご名答」

にやっと笑うアルゴの顔を、まじまじと見詰《みつ》めてしまう。

「いや、でも……バーダンの部屋でこれを見て、どうして連絡道具《れんらくどうぐ》だと解《わか》ったんだ？　俺なら百パー見逃《みのが》すぞ」

「そりゃオマエ、こっちにはキズっちがいるからナ」

アルゴが、向かいに座《すわ》るダークエルフ騎士《きし》に向けてワイングラスを軽く持ち上げる。

俺とアスナが視線を動かすと、キズメルは少しばかり得意げな微笑《ほほえ》みを浮《う》かべ、地図の左下を指差した。

「ほら、ここを見てみろ」

「えーと……」

言われるまま、アスナと頭を接触《せっしょく》させながら覗《のぞ》き込む。すると、羊皮紙の隅《すみ》に、暗い赤色のインクで奇妙《きみょう》なマークが描《えが》かれていた。交差する二本のジグザグ線——どこかで見た気がする、これは。

「あっ、これ、《氷と雷《いかづち》》ね！　フォールンの紋章《もんしょう》！」

アスナの声に、俺も「ああ……」と呟《つぶや》いた。確かにこれは、六層でPK集団のダガー使いが落としていったフォールン・エルフの短剣《たんけん》、《ディルク・オブ・アゴニー》の刀身に刻まれている紋章《もんしょう》そのものだ。

「これ、部屋のどこにあったんだ？」

再びアルゴに訊《たず》ねると、「でっかい机の上から三段目の引き出し」という答えが返ってきた。見えるところに出しっぱなしではないのなら、なくなったことにすぐには気付かれない可能性もあるが、だからと言ってのんびりはしていられない。

「キズメル、これ、どうやって使うんだ？」

立ったまま質問を連発する俺に、騎士《きし》は淡《あわ》い苦笑《くしょう》を浮《う》かべて言った。

「気が急《せ》くのは解《わか》るが、せめて座《すわ》ったらどうだ」

「あ……う、うん」

俺がキズメルの隣《となり》に、アスナがアルゴの隣《となり》に、さらにその隣《となり》にキオが腰掛《こしか》ける。騎士《きし》は軽く咳払《せきばら》いすると、地図に軽く指先を触《ふ》れさせた。

「これは羊皮紙のように見えるが、実は違《ちが》う。打《う》ち棄《す》てられた館や古城にごくまれに現れる、《スキーア》という種類の怪物《かいぶつ》を特殊《とくしゅ》な方法で倒《たお》し、その死骸《しがい》を乾《かわ》かして紙のようにしたものなのだ」

聞く。

「スキーア……」

ベータテストでは遭遇《そうぐう》しなかったモンスターだし、単語の意味も解《わか》らない。アスナとアルゴも首を傾《かし》げているが、ここを掘《ほ》り下《さ》げていると時間がかかりそうなので、黙《だま》って説明の続きを聞く。

「スキーアは、必ず二匹《ひき》同時に現れる。両方倒《たお》して二枚の紙を作ると、それらは不思議な力で結ばれるという。具体的には、片方の紙に血を垂らすと、もう一枚の紙も同じ位置に血の染《し》みが現れるのだ」

そこまで聞いても俺にはぴんとこなかったが、アスナが「そっか！」と声を上げた。

「つまり、二枚の紙にまったく同じ地図を描《えが》いて、片方の持ち主が自分の地図に血を垂らせば、もう一枚の持ち主に任意の座標を伝えられるってわけね！」

「ははあ……」

「なるほどナー」

俺とアルゴが同時に声を上げる。少し遅《おく》れて、キオも頷《うなず》く。

「では、この地図のどこかに血を垂らすと、対《つい》となる地図にも染《し》みが現れ、その場所にフォールン・エルフが姿を現すと……？」

「そういうことだろうな。……だが……」

いったん頷《うなず》いたキズメルが、細い眉《まゆ》を寄せる。

「それでは、落ち合う時間が伝わらないな。とにかくその場所まで行って、相手が現れるまで待つということかな……」

言われてみれば、確かにそれは非効率的だ。あれやこれやの悪巧《わるだく》みで忙《いそが》しいフォールン・エルフが、何時間も待ってくれるだろうか。

「キズメル、これに血で文字を書いたら、それももう一枚に伝わるのか？」

俺の問いに、騎士《きし》はさっとかぶりを振った。

「いや、伝わるのは指から直接ぽとりと落とした血の染《し》みだけだと聞いた。もちろん、何滴《なんてき》も落とせば大きな文字を書けるかもしれないが……確か、伝わった染《し》みはしばらくすると消えてしまうのではなかったかな……」

「なるほどナー」

と無意識にアルゴの口真似《くちまね》をすると、向かいに座《すわ》る当人がフンと鼻を鳴らした。

「おいキー坊《ぼう》、オネーサンに敬意を払《はら》わないと、コイツで時間を伝える方法を教えてやらないからナ」

「えっ、アルゴさん、解《わか》ったの⁉」

目を丸くしたアスナが、ぱしっと両手を合わせた。

「お願い、キリト君は廊下《ろうか》に立たせておくから、わたしたちには教えて！」

「あ、あのなあ……」

俺が情けない声を出した途端《とたん》、キズメルとキオが同時にくすっと笑った。

凹《へこ》みまくっていたメイドさんに笑顔《えがお》が戻《もど》るなら、いくらでも廊下《ろうか》に立たされようじゃないか——と言いたいところだが俺も気になる。

「すまんかった、今度焼《や》き芋《いも》オゴるから俺にも教えてくれ」

「どーしてそこでイモなんだヨ」

アルゴは不満そうに唇《くちびる》を突き出したが、すぐに表情を改め、地図に右手を伸ばした。

指差したのは、地図の中ではなく外側——アインクラッドの外周部だ。よく見ると、完全な真円《しんえん》を描《えが》くフロアマップを、ごく小さなドットが等間隔《とうかんかく》に取り巻いている。

「この点々、二十四個あるダロ。たぶん、これで時間を伝えるんダ」

「「あっ……」」

アスナと同時に声を上げる。「時計か！」と叫《さけ》びたいのはやまやまだが、キオとキズメルが時計を知っているかどうか不明なので我慢《がまん》しておく。アインクラッドに機械式の時計が一つも存在しないというわけではなく、少なくとも一層はじまりの街の中央広場には巨大《きょだい》な時計塔《とけいとう》がそびえているが、エルフの城でアナログ時計を見た記憶《きおく》はない。

だがキオもキズメルも、アルゴの言わんとするところはすぐに理解したようで、順番に発言した。

「なるほど、点一つで一時間か」

「右側が昼で、左側が夜というわけだな」

と言われて初めて、この《時計》が見慣れた十二時間表記ではなく、二十四時間表記であることに気付く。つまり真上の点が真夜中の零時《れいじ》、真下の点が昼の十二時というわけだ。

「そっか、場所と時間の二ヶ所に血を垂らすのね」

得心した様子のアスナが、地図から顔を上げて一同を見回した。

「それで……何時のどこに、フォールン・エルフを呼び出すの？」

「そう急ぐなヨ、アーちゃん」

苦笑《くしょう》したアルゴが、視線をさっと右下に振り、続ける。

「一時間後とかを指定しても、フォールン連中が間に合わないだろーからナ。それに、こっちはこっちでまだやるコトがあるだロ？」

「ああ……そうね、DKBとALSに、明日の朝早く出発してくれるよう交渉《こうしょう》しないと……。キリト君、勝算があるみたいなこと言ってたけど、どうやってあの人たちを納得《なっとく》させるつもりなの？」

四人の視線が集まる中、俺はひょいと肩《かた》をすくめ、言った。

「簡単さ。明後日《あさって》の夕方……じゃちょっと不安だな、明後日《あさって》の昼までにフロアボスを倒《たお》せたら、がんばったほうにソード・オブ・ウォルプータを二十万コルで売るって持ちかける」

「ハァ⁉」

真っ先に反応したのはアルゴだ。まだ少し残っているワイングラスを器用に振り回しながら叫《さけ》ぶ。

「オイ、本気で言ってんのカ⁉　あのぶっ壊れ剣はチップ十万枚、一千万コルの価値があるんだゾ！　ソイツをたった二十万コルで売るつもりかヨ⁉」

「それくらいの好条件をつけないと、リンキバは動いてくれないよ。だいたい、賭《か》けの元手は二十万コルなんだから、それが戻《もど》ってくればいいじゃないか」

「けどなァ……せめて三十万、イヤ四十万コル……」

アルゴが久々にアルゴらしさを発揮して食い下がった、その時。

キオが小さく右手を掲《かか》げ、俺たちを黙《だま》らせた。見ると、いったんは自責の念に打ち勝ったと思えたキオの眉間《みけん》に、再び深い谷が刻まれている。

「アスナ、キリト、アルゴ、それにキズメル殿《どの》。実は……あの剣について、一つ説明しておかなければならないことが……」

しかし、その言葉もまた中断させられた。

ドアが小刻みにノックされるや、キオの返事を待たず、外から少しだけ引き開けられたのだ。隙間《すきま》から、ファゾの抑《おさ》えた声が響《ひび》く。

「姉上、バーダンが部屋に戻《もど》りました！」

「やっとか……！」

いまかいまかと待ちわびた知らせに、俺は思わずそう口走った。ソファーから立ち上がり、キオに向けて言う。

「話はあとで聞くよ。まずはこいつを交換《こうかん》してくる」

まだ着たままのタキシードの胸ポケットを軽く叩《たた》くと、アスナも勢いよく立った。

「わたしも行こっと。ついでにご飯とか仕入れてくるね」

五分後。

胸ポケットから取り出した、金色に光《ひか》り輝《かがや》く十万ＶＣチップをぱちりと音高くカウンターに置くと、周囲のＮＰＣ客たちが低くどよめいた——気がした。

カウンター内のお姉さんもほんの一瞬《いっしゅん》硬直《こうちょく》したように見えたが、すぐに華《はな》やかな笑顔《えがお》を取り戻《もど》す。

「景品との交換《こうかん》ですね？　どちらのアイテムと引《ひ》き替《か》えますか？」

「あれ!!」

と叫《さけ》び、陳列《ちんれつ》ボードの一番上を指差した俺の襟首《えりくび》を、アスナが後ろからぐいっと引っ張った。

蝶《ちょう》マスク越《ご》しに、まるでアホな弟をたしなめる姉の如《ごと》き目つきでこちらを睨《にら》み、入《い》れ替《か》わりでカウンターの前に立つ。チップの横に持参した景品のパンフレットを広げ、ほっそりした指で剣のイラストを示す。

「この《ソード・オブ・ウォルプータ》をお願いします」

「かしこまりました」

完璧《かんぺき》な笑顔《えがお》のまま一礼すると、お姉さんはくるりと振り向いた。きらびやかな景品群が並ぶ陳列《ちんれつ》ボードは、四面カウンターの中央にそびえる巨大《きょだい》な柱の側面に取り付けられているのだが、問題の十万枚ソードはその最上部で燦然《さんぜん》と輝《かがや》いていて、脚立《きゃたつ》でもなければ手が届きそうもない——と思ったのだが。

お姉さんが陳列《ちんれつ》ボードの下側に隠《かく》されたボタンか何かを押すと、巨大《きょだい》なボード全体が重々しい音を立てて下降し始めた。五秒ほどで下端《かたん》が床《ゆか》に接触《せっしょく》し、止まる。

それでも剣まではまだ二メートル近くあったが、お姉さんは背伸《せの》びしながら両手を伸ばし、まず剣のすぐ下に展示されている黒革《くろかわ》の鞘《さや》を外した。それを隣《となり》で待機する同僚《どうりょう》ＮＰＣに預け、いよいよソード・オブ・ウォルプータそのものに手を伸ばす。

俺の想像では相当に重いはずだが、幸い落っことしたりすることもなくラックから外すと、お姉さんは同僚《どうりょう》が捧《ささ》げ持つ鞘《さや》の中に、白銀《はくぎん》と黄金の長剣《ちょうけん》を滑《すべ》り込ませた。かちっと音を立てて鍔元《つばもと》を鯉口《こいぐち》に触《ふ》れさせ、改めて鞘《さや》ごと持ち上げる。

再び振り向き、カウンターまで歩いてくると——。

「こちらがソード・オブ・ウォルプータとなります。どうぞ、お受け取りくださいませ」

差し出された剣を受け取る代わりに、アスナは素早《すばや》く俺に目配《めくば》せした。どうやら花、もとい剣は持たせてくれるらしい。いそいそと進み出るや、両手を鞘《さや》の下側にあてがい、慎重《しんちょう》に力を込めていく。お姉さんの手から、剣がふわりと離《はな》れる。

重…………くない。

いや、決して軽いわけでもないが、現在の愛剣《あいけん》であるソード・オブ・イヴェンタイド＋3と大差ない。あの剣は、三層の黒エルフ野営地にいる無愛想すぎる鍛冶屋《かじや》ことランデレン氏が、『リュースラの業物《わざもの》の中でもことに鋭《するど》く、それゆえに華奢《きゃしゃ》な一振り』だと評したほど切れ味に全振りしていて、同クラスの剣と比較《ひかく》すれば軽量なはずなのだ。

どちらかと言えば幅広《はばひろ》で厚みもあるソード・オブ・ウォルプータの重さが、イヴェンタイドと大差ないということは、つまり――。

そこで不穏《ふおん》な想像を打ち切り、俺は一歩下がると言った。

「ありがとう、確かに受け取ったよ」

すると蝶《ちょう》ネクタイのお姉さんはカウンター上の十万VCチップを巧《たく》みな指捌《ゆびさば》きで拾い上げ、隣《となり》の同僚《どうりょう》と一緒《いっしょ》に深々と頭を下げた。これにて任務完了《かんりょう》……と思ったのも束《つか》の間《ま》、お姉さんはカウンターの内側から真っ黒なカードを何枚か取り出し、両手で差し出した。

「こちらは、当カジノが管理しておりますプライベート・ビーチの通行証となります。どうぞ、お持ちくださいませ」

やったー！　と喜びたいところだが、またアスナに首根っこを掴《つか》まれてしまうので我慢《がまん》し、ジェントリーな笑《え》みを保ったままカードを受け取る。材質はもちろんプラスチックではないが、さりとて木とも紙とも金属とも思えない、さらさらした手触《てざわ》りだ。漆黒《しっこく》の表面には、グランドカジノの紋章《もんしょう》なのであろう花とドラゴンを組み合わせたマークが描《えが》かれている。素早《すばや》く数えると四枚もあるが、俺たちはチップを十四万枚も稼《かせ》いだので計算は合っている。

カードを胸ポケットに滑《すべ》り込ませ、もう一度「ありがとう」と言うと、お姉さんたちも再びお辞儀《じぎ》してから完璧《かんぺき》に揃《そろ》った声を響《ひび》かせた。

「ウォルプータ・グランドカジノへ、またのお越《こ》しを心よりお待ちしております」

途端《とたん》、周囲から盛大《せいだい》な拍手《はくしゅ》が湧《わ》き起こる。ぎょっとして見回すと、いつの間にか賭《か》け客《きゃく》たちが交換《こうかん》カウンターを十重《とえ》二十重《はたえ》に取り巻いていて、笑顔《えがお》で盛《さか》んに両手を打ち鳴らしているではないか。

普段《ふだん》なら調子に乗って手の一つも振るところだが、グランドカジノの開業以来、数百年間も陳列《ちんれつ》ボードの最上段で輝《かがや》き続けてきたソード・オブ・ウォルプータがついに失われたことは、恐《おそ》らくすでにコルロイ家の手の者がご注進に及《およ》んでいるだろう。もう一度バーダンが三階から下りてくるかどうかは謎《なぞ》だが、出くわさないに越《こ》したことはない。

「どーも、どーも」

左腕《ひだりうで》で剣を抱《かか》え、右手を控《ひか》えめに持ち上げながら、人垣《ひとがき》をすり抜けてプレイルームの外へ。そのまま階段ホールまで移動し、柱の陰《かげ》でウインドウを開いて、ソード・オブ・ウォルプータをストレージに仕舞《しま》い込む。

これで今夜の連続ミッションのうち、《チップ十万枚稼《かせ》いで剣入手》という最難関はクリアできた。本当はいますぐ剣のプロパティを開き、本当に触《ふ》れ込みどおりのぶっ壊《こわ》れ性能なのか確認《かくにん》したいところだが、その前にもう一つだけ仕事がある。

「アスナ、連中どこにいるって？」

顔を上げて訊《たず》ねると、パートナーは剝《む》き出しの白い肩《かた》を軽くすくめた。

「ALSもDKBも、カジノ前の広場から東にちょっと行ったとこにあるレストランで残念会だって。お願いしておいたとおり、リーテンさんとシヴァタさんが同じお店に誘導《ゆうどう》してくれたみたい」

「そっか。今回は、あの二人にだいぶ世話になったな……。そのうちメシでも奢《おご》らないとな」

「だったら、メノンさんのお店にしよ」

と答えたアスナの口許《くちもと》に笑《え》みが浮《う》かんでいるのは、店主に大量の皿を運ばされるシヴァタの姿を想像したからだろう。もちろん俺も見たい。そのためには、さらなる高難易度ミッション——フロアボス撃破《げきは》と秘《ひ》鍵《けん》奪還《だつかん》を、必ず成功させなくては。

「よし……行くか」

気分を引《ひ》き締《し》め直《なお》し、歩き出そうとした俺のタキシードを、アスナがくいっと引っ張った。

「わたし、着替《きが》えたいんだけど」

「あ……そっか」

確かに、数値的にも視覚的にも防御力《ぼうぎょりょく》の低いドレスのまま外に出るのは躊躇《ためら》われるだろうし、正直なところ俺だって攻略《こうりゃく》集団《しゅうだん》の荒《あら》くれ者《もの》どもにパートナーのそんな姿を見られたくはない。しかし、いまから三階に戻《もど》り、着《き》替《が》えてまた下りてくるのは時間がかかりすぎる。

「えっと……じゃあ、こうやって隠《かく》しとくから……」

壁際《かべぎわ》に立たせたアスナを自分の体で隠《かく》し、駄目《だめ》押《お》しとばかりにタキシードの前身頃《まえみごろ》を大きく左右に開く。

するとアスナは、蝶《ちょう》マスクの奥《おく》で二、三回瞬《まばた》きしてから、優美な仕草で右手を持ち上げて、きゅっと拳《こぶし》を握《にぎ》った。

「それだと、あなたから、丸見えでしょ！」

システム障壁《しょうへき》さえ貫《つらぬ》くインパクトを右脇腹《みぎわきばら》に感じながら、「そりゃそうだ」と俺は思った。

23

グランドカジノでの大勝負から九時間ほど経過した、一月七日、午前八時。

俺、アスナ、アルゴ、キズメル、そしてキオとニルーニルからなる六人パーティーは、アインクラッド第七層の西側に広がる《白骨の平原》を足早に移動していた。

六人パーティーと言っても、まともに戦えるのは四人だけだ。ニルーニルは仮死状態のまま分厚い外套《がいとう》と遮光性《しゃこうせい》があるケープに包まれ、キオはその主人を革紐《かわひも》でしっかりと背中にくくりつけているからだ。

さらに、白骨の平原はからからに乾《かわ》いた荒野《こうや》に骨のような枯《か》れ木《き》が点在するだけのエリアで、緑色の植物はまったくと言っていいほど生えていない。エルフであるキズメルは、本来ならば一分もしないうちに衰弱《すいじゃく》デバフで歩けなくなってしまうはずだが、幸いなことに六層ガレ城の宝物庫《ほうもつこ》から借り出した《碧葉《へきよう》のケープ》がまだ荷物に入っていたので、それを装備することで衰弱《すいじゃく》を回避《かいひ》できた。

キズメルによれば、ハリン樹宮《じゅきゅう》に向かうためにガレ城を出発する際、宝物庫《ほうもつこ》を管理しているブーフルーム老人が黒エルフの秘宝であるはずの碧葉《へきよう》のケープをそのまま持たせてくれたのだという。まさかキズメルが脱獄《だつごく》して秘鍵奪還《ひけんだつかん》に挑《いど》むことまで予想していたわけではあるまいが、あのハンバーグお爺《じい》ちゃんにはまだまだ謎《なぞ》が多い。俺もいつかガレ城を再訪し、瞑想《めいそう》スキルについてあれこれ問《と》い質《ただ》したい──ついでに結局食べられなかったハンバーグ、いやフリカテルを今度こそご馳走《ちそう》になりたいと思っているのだが、奪《うば》われた秘鍵《ひけん》を取《と》り戻《もど》すまでは黒エルフの支配地には近づくことさえできない。

正直、秘鍵奪還《ひけんだつかん》については、雲を摑《つか》むような話だという感覚につきまとわれていたのだが、ようやく目に見える糸口をたぐり寄せることができた。それこそが、白茶けた荒れ野《あれの》の彼方《かなた》で揺《ゆ》れる、二つの小さな人影《ひとかげ》だ。

七時間前、二大ギルドとの交渉《こうしょう》を終えてホテル三階に戻《もど》った俺とアスナは、アルゴたちへの報告を終えてから、いよいよフォールン・エルフとの連絡用《れんらくよう》アイテム──《スキーアの地図》を使うことにした。

指定場所は、ウォルプータから《揺《ゆ》れ岩《いわ》の森》へと向かう道の途中《とちゅう》に二本並んで生えているヤマナラシの木。指定時間は午前三時。

血を垂らす役は俺が引き受けた。キズメルもかなり強硬《きょうこう》に自分がやると言い張ったのだが、バーダンは人間だし、万が一エルフの血を垂らした時と人間の血を垂らした時で地図に異なる反応が出たりしたら、罠《わな》だと見抜かれてしまう。

どうにかキズメルを説得し、キオが貸してくれた細身のナイフで左手の指先を突こうとして、俺とアスナとアルゴは、遅《おそ》まきながら大きな問題に気付いた。ニルーニルの部屋は、というかウォルプータの街は《アンチクリミナルコード有効圏内《けんない》》であり、プレイヤーはプレイヤーを傷つけることはできないのだ。そこにはもちろん自分自身も含《ふく》まれる。ナイフで指を突いても、紫色《むらさきいろ》のシステム障壁《しょうへき》に阻《はば》まれてしまう。

《人族の魔法《まほう》》の過保護ぶりに呆《あき》れたキズメルが、俺からナイフを奪《うば》い取《と》ろうとしたが、幸いアルゴが解決策を思いついた。圏内《けんない》で《コード》を一時的にキャンセルする手段が、一つだけある。デュエルを利用するのだ。

俺がアスナに初撃《しょげき》決着モードでデュエルを申請《しんせい》し、何やら微妙《びみょう》な表情とともに受諾《じゅだく》されると、テーブルの上空に巨大《きょだい》なカウントダウン・ウインドウが現れた。相変わらずイライラするほど長い六十秒が経過し、デュエルが始まるやいなや、今度こそナイフで人差し指の先をちくりと一刺《ひとさ》し。

血と言っても、リアルな液体ではなく赤く光る粒子《りゅうし》だが、それをまず地図上のヤマナラシの木に垂らす。次いで、外周部に描《えが》かれている時計の、午前三時を示す目盛りにももう一垂らし。すると、その場所から針のように鋭利《えいり》な真紅《しんく》の光が五センチほども伸び、きっちり一秒間隔《かんかく》で脈動し始めた。光は一分で消えてしまったが、伝わったと信じて反応を待つ。

三分後、今度は青く光る柱が地図上に出現した。だがそれが示しているのは同じ場所、同じ時間ではなかった。

場所は、ウォルプータの遥《はる》か北西に広がる《白骨の平原》のほぼ中央にそびえる、ひときわ大きな枯《か》れ木《き》。そして時間は、朝の七時。

フォールン・エルフが、「そっちの言うことなど聞くか」とばかりに、新たな時間と場所を指定してきたのは明らかだった。まさか突っぱねるわけにもいかないので、OKしようとしてはたと手が止まる。いったいどこに血を垂らせば了解《りょうかい》の意思を伝えられるのか。

全員であぁでもないこうでもないと大騒《おおさわ》ぎし、最終的にキオが、地図の片隅《かたすみ》に奇妙《きみょう》な書体で記されているYとNの文字を発見した。その時点でフォールンがメッセージを送ってきてからさらに二分が経過していたので、急いでYの文字に新たな血を垂らす。念のために五分ばかり待機したが、もう光の柱は出現しないようなので、デュエルを引き分けで終了《しゅうりょう》させた。

いちおう地図はテーブルに広げておいて、アスナが街で買ってきたカスクートっぽいもので遅《おそ》すぎる夕食を取り、アンバームーン・インに戻《もど》る時間が惜《お》しかったのでそのまま全員で仮眠《かみん》。

午前四時に起きて三十分で支度《したく》を調《ととの》え、また例の隠《かく》し通路《つうろ》を使ってグランドカジノを出ると、北門からフィールドに出てひたすら北西へと急いだ。もちろんモンスターはあれこれ湧《わ》いたが、こちらにはエリートクラスNPCたるキズメルがいる。

町中では折れたままのサーベルを佩《は》いていた彼女も、さすがにフィールドでは俺が譲渡《じょうと》した《エルブン・スタウト・ソード》に持《も》ち替《か》えざるを得なかったが、武器の不慣れさなどまるで感じさせない圧倒的攻撃力《あっとうてきこうげきりょく》でモンスターが湧《わ》くそばから蹴散《けち》らした。これほど強いキズメルが《剣伐《はくばつ》のカイサラ》には手も足も出なかったのだと思うと、いずれやってくる二度目の対決が恐《おそ》ろしくなるが、少なくともカイサラがこれ以上レベルアップするということはないはずだ。その時までに、俺たちが可能な限り強くなるしかない。

などと考えていたら道中で俺もアスナも1レベルずつ上昇《じょうしょう》し、俺はレベル23、アスナは22になった。アルゴもしっかりとレベルアップしていたが、相変わらずステータスやスキル構成は教えてくれない。とは言えキズメルをも超《こ》える速さで繰《く》り出されるクローは、与《よ》ダメージこそ低いもののモンスターを攪乱《かくらん》しつつ移動力を削《そ》ぎ、俺たちの大技《おおわざ》を当てやすくしてくれた。

仮死状態のニルーニルを背負ったキオも、ダイナミックに動くことはできないが、目の前に来た敵はエストックの精密かつ高威力《こういりょく》な一撃《いちげき》で次々と粉砕《ふんさい》していった。パーティーはほとんど立ち止まらずにウォルプータを囲む草原を横断し、揺《ゆ》れ岩《いわ》の森を遥《はる》か右手に見ながら北西へと進んで、空が白み始める頃《ころ》には白骨の平原に入ることができた。

七層屈指《くっし》の高難易度フィールドだけあって出現するモンスターは多少ランクアップしたが、俺たちを手こずらせるほどではなかった。一度だけ遭遇《そうぐう》したラスティー・リカオンの群れ――もちろん本物の――には多少苦労したが、キオが不思議な匂《にお》いのする液体を撒《ま》くとリカオンの動きが鈍《にぶ》くなり、あとは簡単に仕留めることができた。

考えてみると、事件の発端《ほったん》である《ルブラビウムの花の染料《せんりょう》》、ニルーニルを死なせかけた《銀の毒》と眠《ねむ》らせるのに使った《ロベリアの花の毒》、スポットライトをデバフ光線化した《ケルミラの香》、そしてキオがラスティー・リカオンの群れに使った謎《なぞ》の液体と、やたら毒や薬が登場してくる。それだけコルロイ家とナクトーイ家が薬石《やくせき》に通暁《つうぎょう》しているということなのだろうが、ニルーニルが吸血鬼《きゅうけつき》、ではなく《夜の主《よるあるじ》》であるという事実との間に何らかの関連が存在するのだろうか。

というような思考を巡《めぐ》らせつつ、俺は仲間たちと一緒《いっしょ》に白骨の平原を横断し、フォールン・エルフに指定された朝七時の三十分前には、目的地である枯《か》れた巨木《きょぼく》──固有名《竜の骨《りゅう》》が見渡《みわた》せる丘《おか》の上に到着《とうちゃく》できた。

丘《おか》の上にはあつらえ向きに岩がいくつか並んでいたので、その陰《かげ》に陣取《じんど》って、交代で巨木《きょぼく》を監視《かんし》しつつ補給のための小休止。すでに浮遊城《ふゆうじょう》の外周部から朝日が差し込んできていたので、外套《がいとう》とケープで包んでいてもニルーニルがダメージを受けてしまうのではないかと思ったが、キオによれば仮死状態のあいだは直接日光に晒《さら》されなければ大丈夫《だいじょうぶ》らしい。思い返してみれば、厩舎前《きゅうしゃまえ》で夕日の中を歩いた時も、弱りこそすれどHPは減っていなかった気がする。

とは言え、ニルーニルは《銀の毒》によって少しずつ死に近づいている。猶予《ゆうよ》は明日の夕方、それまでにフォールン・エルフのアジトを突き止め、フロアボスを倒《たお》さなくてはならないので、無駄遣《むだづか》いできる時間は一秒もない。じりじりしながら監視《かんし》を続け、六時五十五分を回った頃《ころ》、アルゴが平原の逆方向から近づいてくる二つの人影《ひとかげ》を発見した。

隠《かく》れ場所《ばしょ》は《竜《りゅう》の骨》から三百メートル以上も離《はな》れているので、人影《ひとかげ》は小さな黒い点にしか見えない。しかしそれをひと目見た途端《とたん》、キズメルが「フォールンだ」と断言した。

フォールンといえどもエルフには違《ちが》いないので、本来なら碧葉《へきよう》のケープかそれに類するものを使わなくては、白骨の平原を渡《わた》ることはできない。だが彼らはきっと、六層でガレ城を襲撃《しゅうげき》してきた兵士たちと同じく、エルフの禁忌《きんき》たる生木の枝を携《たずさ》えているのだろう。ことによると、白骨の平原を指定してきたのは、ハリン樹宮《じゅきゅう》の黒エルフたちが絶対に近づかない場所だからかもしれない。

あれこれ考えながら、俺は二人のフォールン・エルフが《竜《りゅう》の骨》に到着《とうちゃく》するのを見守った。無論、隠《かく》れ場所《ばしょ》から出ていくわけにはいかない。木の反対側からこっそり近づいて奇襲《きしゅう》すれば、あの二人がカイサラとノルツァー将軍でない限り勝てるだろうが、たとえ拷問《ごうもん》してもアジトの場所は吐《は》かないだろうし、それ以前にアスナが良しとするまい。

ゆえに俺たちは、岩陰《いわかげ》にじっとうずくまり、フォールンたちが動くのをひたすら待ち続ける──つもりだったのだが、連中は七時五分になった途端《とたん》、元来た方角へと歩き始めた。こんな荒野《こうや》の真ん中で待ち合わせてるんだからもうちょっと待ってやれよ、と一瞬《いっしゅん》思ってしまったが、連中を呼び出したのはバーダン・コルロイではなく俺たちだし、とっとと動いてくれたほうがこちらもありがたい。

というようなわけで、俺たちは午前八時現在、アジトに戻《もど》るであろうフォールン・エルフを懸命《けんめい》に追跡《ついせき》しているのだった。体を隠《かく》せるオブジェクトが少ないのは不安だが、背後に太陽を背負っているので、白茶けた荒野《こうや》に反射する朝日がある程度こちらの姿をカムフラージュしてくれるはずだ。

イベント状態だからか、あるいは数百メートル先を行くフォールンたちが何らかのまじないを使ったのか、すでに《竜の骨》《りゅう》から一時間近くも歩いているが不思議とモンスターは襲《おそ》ってこない。いつの間にか、荒野《こうや》の彼方《かなた》を横切る鋭《するど》い山稜《さんりょう》と、その奥《おく》にそびえ立つ迷宮区《めいきゅうく》タワーの輪郭《りんかく》がかなり明瞭《めいりょう》になりつつある。

俺は歩く速度を調整し、すぐ後ろにいるキオの隣《となり》に並んだ。

「ずっとニル様をおんぶしっぱなしだけど、大丈夫《だいじょうぶ》か？　キツかったら代わるぞ」

ひそひそ声でそう訊《き》いた途端《とたん》、どこまでも主人に忠実な武装メイドに、じろっと睨《にら》まれてしまう。

「問題ない。ニルーニル様お一人を背負っているくらいで消耗《しょうもう》するような鍛《きた》え方《かた》はしていない」

「そ、そうか、悪かった」

慌《あわ》てて謝罪すると、キオは少しだけ表情を緩《ゆる》めた。

「……その気持ちには礼を言っておく。それに、考えてみればお前に依頼《いらい》した仕事は、厩舎《きゅうしゃ》の査察で終わりなのだからな。こうしてニルーニル様を救うために力を尽《つ》くしてくれていることには、どれほど感謝してもしきれない」

「いやあ……」

指先で耳の後ろを掻《か》いてから、キオに背負われたニルーニルに目を向ける。

顔は外套《がいとう》のフードとその上に重ねたケープに覆《おお》われてまったく見えないが、頭上では金色の【?】マークがゆっくりと回転している。ニルーニルが俺の依頼主《いらいぬし》であることを示すこの印は、クエストが成功、または失敗するか、俺が自分でリストから破棄《はき》するまで消えない。そして、俺に三つ目の選択《せんたく》をするつもりはさらさらない。

「……俺とアスナは、本当はカジノで賭《か》けをするためじゃなくて、街の南にあるビーチで遊ぶためにウォルプータに来たんだ」

視線を戻《もど》しながらそう呟《つぶや》くと、すぐ前をキズメルと並んで歩くアスナが一瞬《いっしゅん》だけ振り向いた。だが咎《とが》めるつもりはなさそうなので、そのまま続ける。

「ビーチに入るには、カジノでチップを一人あたま三万枚稼《かせ》いで、通行証を手に入れる必要があるだろ？　カードやルーレットで……もちろん闘技場《とうぎじょう》でも、普通《ふつう》に賭《か》けてたらとてもそんな枚数は稼《かせ》げない。でも、昨日の最終試合で十四万枚も勝って、俺とアスナとアルゴとキズメルのぶんまで通行証を手に入れられたのは、ニル様が俺たちに仕事を依頼《いらい》してくれたおかげだからさ……」

途中《とちゅう》で自分でも何が言いたいのか解《わか》らなくなってしまったが、キオは仄《ほの》かな苦笑《くしょう》を浮かべて答えた。

「ビーチの通行証くらい、言ってくれればいくらでも用立ててやったものを」

「えっ、そ、そうなの？」

「アルゴに貸した階段の通行証と、規則上は同じ扱《あつか》いだからな。当主が直接雇《やと》った者になら、無制限に貸与《たいよ》できる」

「そ、そうなの……」

であるならば、理論上はニルーニルに引き合わされた直後に通行証を借り、そのままビーチに直行して満足するまで遊んでからクエストを破棄《はき》し、次の街へ直行することも可能だったということだ。

しかしその場合もアルゴは一人でクエストを続けただろうから、ニルーニルがアージェント・サーペントに嚙《か》まれるイベントは発生したはずだ。それを考えれば、不義理な真似《まね》をしなくて本当によかったと思う。

という思考をどう言葉にしたものか悩《なや》んでいると、キオがぽつりと言った。

「……私と弟のファゾは、生涯《しょうがい》無給でお仕えしたとしても、ニルーニル様に受けたご恩は到底《とうてい》お返しできない……と前に言ったのと覚えているか？」

「も、もちろん」

どういう意味なのかずっと気になっていた言葉なので、俺は即座《そくざ》に頷《うなず》いた。前を歩くアスナとキズメルも、背後のアルゴも沈黙《ちんもく》を守り続けている。

「私とファゾの父親は、もともとコルロイ家に仕える剣士だったのだ」

えっ⁉　と叫《さけ》びそうになり、辛《から》くも堪《こら》える。無言で小さく頷《うなず》くと、キオが語りを再開する。

「父親は、怪物捕獲部隊《かいぶつほかく》の一員として日々危険な任務をこなしていた。だが私が六つ、ファゾが四つの時、北部の山岳地帯《さんがくち》《たい》に出没《しゅつぼつ》する《アンフィキオン》という怪物《かいぶつ》の捕獲《ほかく》を命じられてな……。部隊は任務を果たしたが、犠牲者《ぎせいしゃ》が一人出た。それが父だった」

「…………」

アンフィキオンは、現実世界では二千万年も前に絶滅《ぜつめつ》した大型肉食獣《にくしょくじゅう》で、七層のフィールド湧《わ》きモンスターの中では最強クラスの難敵だ。倒《たお》すのにも苦労するのに、捕獲《ほかく》するとなったら危険度は跳《は》ね上がる。瞑目《めいもく》して哀悼《あいとう》の意を示したいが、地平線で揺《ゆ》れる人影《ひとかげ》を見失うわけにはいかない。代わりにもう一度、ゆっくり頷《うなず》く。

「当時、すでに母親は流行《はや》り病《やまい》で世を去り、私は父と弟と三人で暮らしていた。だが父が死に、しかも住んでいたのはコルロイ家の所有する建物だったので、私とファゾは着《き》の身着《みき》のままで家から追い出された」

キオがそこまで口にした瞬間《しゅんかん》、すぐ前にいるアスナが両拳《りょうこぶし》をきつく握《にぎ》り締《し》めた。俺も腹の底が熱くなるのを感じたが、我慢《がまん》して前方を睨《にら》み続ける。

背中のニルーニルを優《やさ》しく背負い直すと、キオは再び密《ひそ》やかな声を響《ひび》かせた。

「行く場所も、食べる物もなく、あのままなら私と弟は道端《みちばた》で両親のあとを追っていただろう。しかし事情を知ったニルーニル様が私たちをウォルプータの裏町から捜《さが》し出し、ナクトーイ家で保護してくださったのだ。初めてお会いした時は私よりずっと背が高かったニルーニル様を、いつの間にか追い抜いてしまったが……あの日より十三年、ずっと胸に抱《いだ》いている感謝の念は、わずかにも薄《うす》れていない。だから私は、どうしてもニルーニル様をお救いしなくてはならないのだ」

話し終えたキオは、左手をそっとエストックの柄《つか》に触《ふ》れさせてから、再び背負《せお》い紐《ひも》に戻《もど》した。

俺は胃のあたりに居座《いすわ》り続けるバーダン・コルロイへの怒《いか》りを苦労して抑《おさ》え込みながらも、いままで繰《く》り返《かえ》し感じた疑問を再度思《おも》い浮《う》かべずにはいられなかった。

キオが語った出来事は、果たして本当にこの世界で十三年も前に――すなわちSAOの正式サービス開始以前に起きたことなのか？　それとも全ては、キオたちの記憶《きおく》領域に付与《ふよ》された《設定》に過ぎないのか？

いや、無意味な問いだ。俺やアスナやアルゴは自分のことを現実世界で生まれ育った本物の人間で、茅場晶彦《かやばあきひこ》の悪趣味《あくしゅみ》な犯罪に巻《ま》き込まれてアインクラッドに囚《とら》われたと認識《にんしき》しているが、それが真実だという証《しょう》拠《こ》など実は存在しない。本当はキオやキズメル、ニルーニルたちと同じAIであり、自分がキリト、いや桐ヶ谷《きりがや》和人《かずと》という名前のプレイヤーだと信じさせられているだけなのかもしれないのだ。

「話してくれてありがと」

しばしの静寂《せいじゃく》を破ったのは、俺ではなくアスナだった。前を向いたまま、最小の音量なのによく通る声でキオに語りかける。

「わたしもニルーニル様が大好きよ。このままお別れなんて絶対にいや。だから、わたしにもドラゴン退治を手伝わせてね」

その言葉は、キオが先ほど口にした、「ニルーニル様を救うために力を尽《つ》くしてくれていることには、どれほど感謝してもしきれない」という独白への答えだろう。

仮に俺がAIならばアスナもAIだということになるが、たとえそうでも、彼女がこの世界の住人たちに抱《いだ》いている深くて大きな愛情は本物だ。そんなことを考えながら、俺もようやく口を開いた。

「俺も手伝うぞ」

「オレっちもナ」

「無論、私もだ」

アルゴとキズメルが追随《ついずい》すると、キオは再び沈黙《ちんもく》してから、ごくかすかな声を響《ひび》かせた。

「……ありがとう」

キオの口からその言葉を聞くのは初めて――いや、アスナが回復結晶《かいふくけっしょう》を使おうとした時にも聞いたから二度目か。だが今回の「ありがとう」は、俺の心の深いところまで届き、共鳴し、長い余韻《よいん》を残した。

何が何でも火竜《かりゅう》アギエラを倒《たお》して竜《りゅう》の血を手に入れないとな……と自分に言い聞かせるが、こればかりは俺たちだけが頑張《がんば》っても達成できない。初のドラゴン型フロアボスに挑《いど》むには、二大ギルドとの共闘《きょうとう》が絶対に必要だ。

そのＤＫＢとＡＬＳは、いまごろ白骨の平原を南に迂回《うかい》する街道《かいどう》を通って、七層最後の街であるプラミオを目指しているはずだ。大集団での移動はどうしても時間がかかるが、それでも夕方には到着《とうちゃく》するだろう。そこで一泊《ぱく》し、明日の早朝から迷宮《めいきゅう》区タワーを目指して、なんとか昼前にボス部屋へ到達《とうたつ》できれば、ニルーニルのＨＰが尽《つ》きる前にボスを倒《たお》せる。

通常の攻略《こうりゃく》ペースと比べるとかなりの強行軍だが、考えてみれば五層や六層でも似たようなことをしたし、両ギルドの士気もそこそこ高いはず。なぜなら昨夜の交渉《こうしょう》で、俺はキバオウとリンドが血眼《ちまなこ》になって自陣《じじん》のものにしようとしていたソード・オブ・ウォルプータに加えて、同レベルのバランスブレイカーであるギルドフラッグ、正式名称《めいしょう》フラッグ・オブ・ヴァラーも彼らへの報酬《ほうしゅう》に提示したからだ。

五層のフロアボスからギルドフラッグを入手した直後、俺はＡＬＳのメンバーたちに、それを譲渡《じょうと》するための二つの条件をつきつけた。

まず、今後攻略《こうりゃく》されるフロアボスから同じアイテムがドロップした場合。その時はＡＬＳとＤＫＢが、フラッグを一つずつ保有できるようにする。

あるいは、ＡＬＳとＤＫＢが合併《がっぺい》した場合。その時はフラッグを即座《そくざ》に引《ひ》き渡《わた》す。

ギルド間のパワーバランスが崩《くず》れ、攻略集団《こうりゃくしゅうだん》が大混乱に陥《おちい》るのを回避《かいひ》するためにどうしても必要な条件だったが、正直どちらもハードルが高いと俺自身《じしん》も思っていた。だがここにきて、ギルドフラッグと同一のアイテムではないが、同レベルのスペックとインパクトを持つ武器が登場してきたのだ。

強力な支援《しえん》性能を持つが武器としての攻撃力《こうげきりょく》はないに等しいフラッグ・オブ・ヴァラーと、味方への支援《しえん》能力はないが装備した者に圧倒的戦闘力《あっとうてきせんとうりょく》を与《あた》えるソード・オブ・ウォルプータ。どちらか選べと言われたら俺も一時間、いや半日は迷う。

俺はリンドとキバオウに、七層フロアボス攻略戦《こうりゃくせん》に於《お》いて、より活躍《かつやく》したギルドに旗と剣のどちらかを十万コルで購入《こうにゅう》できる権利を与《あた》えると告げた。もちろん、選ばれなかった武器は、もう一つのギルドが同額で購入《こうにゅう》できる。二人が揃《そろ》って唖然《あぜん》としていたのは、有り得ないほどのバーゲンプライスだったからだろう。

旗と剣が両方十万コルで売れれば、俺とアスナ、アルゴ、キオが拠出《きょしゅつ》した合計二十万コルをそっくり回収できる。しかし六層で、リンドがギルドフラッグを買うために三十万コルという大金を積んだことを思えば、その値段を提示しても二人は呑《の》んだはずだ。だが入手の経緯《けいい》を考えれば金儲《かねもう》けはしたくないし、それに確かキオが、ソード・オブ・ウォルプータについて何か説明しておかなければならないことがあると言っていたような気がする。

俺は隣《となり》を歩くキオに、あの言葉の真意を訊《たず》ねようとした。だがそれより一瞬《いっしゅん》早く、キズメルが張《は》り詰《つ》めた声を響《ひび》かせた。

「フォールンどもが谷間に入るぞ」

急いで前方を見やると、二つの人影《ひとかげ》は白骨の平原を渡《わた》り終え、その奥《おく》に広がる峡谷《きょうこく》地帯へと踏《ふ》み込みつつある。《蟻通《ありどお》しの谷》と呼ばれるあのエリアは、狭《せま》い峡谷《きょうこく》とトンネルが複雑かつ立体的に絡《から》み合《あ》っていて、地図があっても迷う。

しかも名前のとおりアリ型のモンスターが棲息《せいそく》していて、一匹一匹《いっぴきいっぴき》はさほど強くないものの頻繁《ひんぱん》に仲間を喚《よ》ぶので、気付いた時には大群に囲まれて逃げ場がないということになりがちだ。

「こりゃあ、あの谷のどこかにアジトがあるパターンかナ……」

アルゴの嫌《いや》そうな声に、俺も眉《まゆ》を寄せながら頷《うなず》く。

「あそこには行き止まりのトンネルが山ほどあるからな、秘密の拠点《きょてん》を作るにはもってこいだ。ここほどじゃないけど乾《かわ》いてるから、黒エルフも森エルフも好きこのんで近づこうとはしないだろうし……」

「グランドカジノの怪物捕獲《かいぶつほかく》部隊も、あの谷のアリに手を出すことはほとんどないな」

キオまでそんなことを言い出すので、なにやら月曜朝の通学路のような気分に陥《おちい》りかけたが、オバケが出る場所以外ではメゲるということを知らないアスナが凛《りん》とした声を響《ひび》かせた。

「いよいよだよ、気を引《ひ》き締《し》めていこう」

確かに、げんなりしている場合ではない。フォールン・エルフのアジトに四つの秘鍵《ひけん》が保管されているという確証はないが、もしそこになくとも手がかりは見つかるはずだ。キズメルのために、そしてニルーニルのためにも、いまの俺の全力をもって事にあたらなければ。

「よし、気付かれないように距離《きょり》を詰《つ》めよう。あの谷は地面が柔《やわ》らかいから足跡《あしあと》で追えるはずだけど、万が一見失ったらやっかいだからな」

アスナ、キズメル、キオ、アルゴが同時に頷《うなず》く。

遥《はる》か前方を歩く二つの人影《ひとかげ》が峡谷《きょうこく》の入り口に差《さ》し掛《か》かった瞬間《しゅんかん》、俺たちは足音を殺しながら走り始めた。

24

「んぐっ……」

　という自分のイビキに浅い眠《ねむ》りを破られ、俺は右目の瞼《まぶた》を少しだけ持ち上げた。現在時刻をチェックし、起床《きしょう》アラームが鳴るまであと三十分あることを確認《かくにん》してから、再び目を閉じる。

　イビキというのは、喉《のど》のあたりの気道が肺から出入りする空気で震動《しんどう》して出る音なのだから、呼吸の真似事《まねごと》しかしていないはずのアバターがイビキをかくのは不合理な気もするが、たぶんクシャミやアクビと同じく茅場晶彦《かやばあきひこ》のこだわりなのだろう。恐《おそ》らくあの男は、アバターを剣で斬《き》られれば激痛が発生し、鮮血《せんけつ》が噴《ふ》き出し、内臓がこぼれ落ちるようにすることも検討したのではないか。そうしなかったのは、デスゲームの攻略《こうりゃく》に挑《いど》むプレイヤーがいなくなってしまうから……あるいは、単に現在のフルダイブ技術の限界を超《こ》えていたからか。

　そんなことを考えてしまったせいか眠気《ねむけ》が遠ざかり、俺は二度寝《にどね》を断念して体を起こした。

　赤茶色の石壁《いしかべ》に囲まれた小部屋。床《ゆか》は縦横四メートルほどもあるので現実世界なら八畳間《じょうま》を超《こ》える広さだが、直径五十メートル、高さ百メートルにも及《およ》ぶ巨塔《きょとう》の中では、やはり小部屋と言いたくなる。

「……起きたのか、キリト」

囁《ささや》き声《ごえ》で呼びかけられ、左側を見ると、壁《かべ》に背中を預けたダークエルフ騎士《きし》が仄《ほの》かな笑《え》みを浮《う》かべていた。イビキを聞かれたかな、と首を縮めてから、四《よ》つん這《ば》いで移動して騎士《きし》の隣《となり》に座《すわ》る。

「キズメルこそ、ちゃんと寝たのか？」

同じく最小音量で訊《たず》ねると、騎士《きし》は瞬《まばた》きで肯定《こうてい》した。

「ああ、私も少し前に起きたばかりだ。もっとも、《天柱《てんちゅう》の塔《とう》》の中で寝るのは初めてゆえ、熟睡《じゅくすい》はできなかったが……」

「そっか。俺は初めてじゃないけど、迷宮《めいきゅう》の中は気が張るよな」

そう答えたものの、この部屋はモンスターが湧《わ》かないし入ってこないいわゆる《安全地帯》なので、眠《ねむ》りが浅かった理由は他にある。

二人組のフォールン・エルフを追って《蟻通《ありどお》しの谷》に突入《とつにゅう》した俺たちだったが、結局あの谷でフォールンのアジトを見つけることはできなかった。見失ったわけでも、逆に見つかってしまったわけでもない。連中は峡谷《きょうこく》エリアを素通《すどお》りし、その先の台地エリアをも通り過ぎて、フロアの西端《せいたん》にそびえる塔《とう》——すなわち迷宮区《めいきゅうく》タワーに入ってしまったのだ。

予想外の展開だったが、こちらには追いかける以外の選択肢《せんたくし》はなかった。ALSとDKBを待たずにタワーへと踏《ふ》み込み、フォールンたちの気配を懸命《けんめい》に追跡《ついせき》し続けたのだが、さすがにダンジョンの中では襲《おそ》ってくるモンスターを無視するわけにもいかない。何度か戦闘《せんとう》しているうちにとうとう見失い、それでもどこかにアジトがあるはずだと信じて探索《たんさく》を続けるうちに、気付けば塔《とう》の最上階付近まで上ってきてしまった。

その時点でもう深夜になっていたので、折良く見つけた安地部屋《アンチ》で食事と仮眠《かみん》を取ることにして、現在に至るというわけだ。

いまは一月八日の午前四時。七層の攻略《こうりゃく》を開始してから四日目の朝——そしてニルーニルの命が尽《つ》きるまで、およそ十二時間。

昨日のうちに秘鍵《ひけん》を奪還《だっかん》できなかったのは無念だが、少なくともフォールン・エルフの拠点《きょてん》がこの塔《とう》に存在するのは間違《まちが》いないので、マップを虱潰《しらみつぶ》しに踏破《とうは》していけばいつか辿《たど》り着《つ》く。まずはフロアボスを倒《たお》し、ニルーニルを助けてから腰《こし》を据《す》えて探せばいい。

ボス部屋まではあと一、二階というところなので、移動を再開すればすぐ発見できるだろう。しかし、攻略集団《こうりゃくしゅうだん》の主力たるDKBとALSが追いついてくるのは、予定では今日の昼頃《ひるごろ》だ。それまでこの部屋で待機するか、近くで経験値を稼《かせ》ぐか……どちらにせよ八時間も待たされるのは辛《つら》い。

少しばかり急《せ》かしてやりたいのはやまやまだが、それで事故を誘発《ゆうはつ》したら元も子もないし、それ以前にダンジョン内ではインスタント・メッセージの送受信はできない。結局、ひたすら待つしかないのか……とため息を呑《の》み込みつつ、部屋の反対側を見る。

アスナとアルゴ、ニルーニルを抱《だ》いたキオは、一枚の大判毛布を分け合って熟睡《じゅくすい》している。

昨日の夕方に主人のHPが二割を切った頃《ころ》からのキオの焦燥《しょうそう》ぶりは痛々しいほどだったので、できれば自然に目が覚めるまでそっとしておきたいが、アスナたちが起床《きしょう》アラームで起きればキオも起きてしまうだろう。

せめて寝《ね》覚《ざ》めに温かいお茶を飲んでもらおうと、ストレージから野営用調理セットを取り出そうとした時だった。

キズメルが壁《かべ》に寄りかからせていた背中をさっと離《はな》し、直後に俺も気付いた。複数の足音が、この安地部屋《アンチ》に近づいてくる。

ごつごつと重い靴音《くつおと》はモンスターのものではない。だがDKBかALSにしては早すぎる。フォールン・エルフはほとんど足音を立てないし、PK集団は対人戦闘《せんとう》に特化しているので、迷宮区《めいきゅうく》の最深部で活動できるような装備やスキル構成ではないはずだ。

「キズメル、アスナたちを起こしてくれ」

騎士《きし》に囁《ささや》きかけ、俺は立ち上がった。この安地部屋の入り口は一つだけで扉《とびら》もついているが、もし接近してくるのがこちらに敵意を持つ集団なら、脱出口《だっしゅつこう》を塞《ふさ》がれるのはまずい。見つかるのを覚悟《かくご》で、集団が入ってくる前に外に出なくては。

背中から外して壁《かべ》に立てかけていた剣を左手で摑《つか》み、扉《とびら》へと走る。一瞬《いっしゅん》気配を探《さぐ》ってから、静かに扉《とびら》を引き開け、隙間《すきま》から通路へ滑《すべ》り出る。

通路は左右に延びていて、足音は左側から聞こえてくる。見れば、もう薄闇《うすやみ》の先でランタンらしき明かりが複数揺《ゆ》れている。

たとえ友好的な相手だとしても、ダンジョン内でのコンタクトは慎重《しんちょう》に行わねばならない。出会《であ》い頭《がしら》に反射的に武器を抜いてしまい、勢いのまま斬《き》り結んでから知り合いだと気付いた話もなくはないのだ。

そういう事故を回避《かいひ》するには、まず相手のカラーカーソルを確認《かくにん》し、しかるのちにこちらの存在を遠距離《えんきょり》からしっかりアピールすること。俺は壁《かべ》に貼《は》り付《つ》いて隠蔽《いんぺい》スキルを発動させると、じっと通路の奥《おく》に目を凝《こ》らした。

揺《ゆ》れるランタンの奥《おく》のおぼろな人影《ひとかげ》に視線を凝《こ》らし、カーソルを引っ張り出す。色は――緑。少し息を吐《は》き、名前を確認《かくにん》した、その途端《とたん》。

「あれっ」

と声を漏《も》らしつつ、俺は壁《かべ》から離《はな》れて通路の中央に立った。それで集団もこちらに気付いたようで、ぴたりと足を止める。直後、深みのあるバリトンボイスが朗々と響《ひび》く。

「おう、さすがに早いな、キリト」


三分後。

安地部屋に戻《もど》った俺は、奥《おく》の壁際《かべぎわ》で紅茶を飲みながら、「せまっ」と口に出さずに呟《つぶや》いた。

新たに合流したプレイヤーはたったの四人しかいないのに、みっしりとした圧力を感じる。

その理由は、四人全員が大柄《おおがら》で筋骨隆々《きんこつりゅうりゅう》とした両手武器使いだからだ。

リーダーであるスキンヘッドの両手斧使《りょうておのつか》いエギル、オオカミのような長髪《ちょうはつ》と顎髭《あごひげ》がトレードマークの両手剣使《りょうてけんつか》いウルフギャング、爽《さわ》やかマッチョな両手鎚使《りょうてづちつか》いナイジャン、もじゃもじゃ両手斧使《りょうておのつか》いローバッカ。SAOプレイヤーのアバターは、原則として生身の容姿と体格を再現しているので、よくまあこれだけ大男が揃《そろ》ったものだと見るたびに思う。俺はこの四人のことを勝手に《アニキ軍団》と呼んでいるが、いつかギルドを立ち上げたらそれを正式に採用してほしいものだ。

そのアニキ軍団は、部屋の前半分に陣取《じんど》って携行用《けいこうよう》コンロに火を熾《おこ》し、焼いたソーセージをパンに挟《はさ》んではムシャムシャやっている。こちらもようやく起きたアスナたちと車座になって朝飯を食べているが、メニューは紅茶とビスケットだ。俺も人並み以上に食《く》いしん坊《ぼう》な自覚はあるが、さすがにこの時間からホットドッグは少々重すぎる。

いや、食欲が湧《わ》かないのは、絶対勝たなくてはいけないボス戦のプレッシャーのせいか。

濃《こ》いめの紅茶を飲み干すと、俺は振り向いてエギルに話しかけた。

「そういえば、ウォルプータじゃぜんぜん見かけなかったけど、いつの間に迷宮区《めいきゅうく》まで来てたんだ？」

すると巨漢《きょかん》は器用にも片眉《かたまゆ》と両肩《りょうかた》を同時に持ち上げてみせた。

「そりゃそうだろ。オレたちは北回りルートで来たからな」

「えっ、《向かい風の道》で⁉　なんでまた」

「なんでって、そりゃあラクなルートとキツいルートがあるって言われたらキツいほうを選ぶだろうが、ゲーマーとして」

「ワシはラクなほうが言いっちゅうたんじゃがの」

ウルフギャングが割《わ》り込むと、ナイジャンとローバッカが「そうだそうだ」と同意する。

確かにゲームのお約束では、難易度が高いルートを選べばそれなりの見返りがあるものだ。強い武器が拾えたりしたのか訊《き》こうとしたのだが、ほんの一瞬《いっしゅん》早くエギルのほうから質問してきた。

「それで、キリト……あの女の子はどうしちまったんだ？　さっきからぜんぜん起きないし、HPもほとんど残ってないじゃないか」

そりゃ気になるよな、と思いながらちらりと奥《おく》の壁際《かべぎわ》を見る。

七層の迷宮区《めいきゅうく》タワーには窓が一つもないので、キオに抱《かか》えられたニルーニルは遮光《しゃこう》ケープを脱《ぬ》ぎ、外套《がいとう》のフードも外している。目を閉じたままの顔は松明《たいまつ》の下でもはっとするほど青白く、生気をまったく感じない。

俺は小走りにキオの隣《となり》まで移動し、エギルたちは信頼《しんらい》できる連中だと保証してから、事情を話す許可を取った。

再びエギルの隣《となり》に戻《もど》り、ニルーニルがウォルプータの名家の当主であること、敵対する家に毒を盛られて今日の夕方がタイムリミットであること、そして毒を浄化《じょうか》できるのが竜《りゅう》の血だけであることを説明する。唯一《ゆいいつ》、ニルーニルが《夜《よる》の主《あるじ》》──ヴァンパイアだということだけは伏《ふ》せたが、エギルたちを警戒《けいかい》したわけではなく、これぱかりはニルーニルの許可なしに明かすべきではないと思ったからだ。

状況《じょうきょう》を呑《の》み込んだアニキ軍団は、揃《そろ》って心配そうな表情を浮《う》かべ、部屋の反対側にいるキオに向けて口々に言った。

「そりゃあ大変だな、もちろんオレたちも竜《りゅう》退治を手伝うぜ」

「その子に毒を盛ったヤツも、いつでもぶっ飛ばしてやるからな」

「他にも何か、できることがあったら言ってくれ」

「ホットドッグ食うか？」

巨漢《きょかん》たちをいくぶん警戒《けいかい》していたらしいキオは、しばし唖然《あぜん》とした様子を見せてから、深く頭を下げた。

「ありがとう。でも食べ物は結構だ」

食事を終えた俺たちは、コンロや食器を手早く片付け、安地《アンチ》部屋の中央に集まった。

目の前にずらりと並ばれると、アニキ軍団は呆《あき》れるほどデカい。その外見を裏切らず、全員ステータスは筋力に極振りしているので、両手持ち武器の威力《いりょく》と相まってワンパーティーでの瞬間《しゅんかん》火力は攻略《こうりゃく》集団《しゅうだん》でも抜きん出ている。

もしフロアボスが搦《から》め手《て》なしの物理オンリー型なら、ここにいるメンバーだけで挑《いど》むことを考えたくなるところだが、残念ながら火竜《かりゅう》アギエラの攻略《こうりゃく》には盾持《たても》ちの壁役《タンク》が必須《ひっす》だ。火竜《かりゅう》と言うだけあって火炎《かえん》ブレスを吐《は》いてくるので、武器だけではガードしきれない。

「……たぶんボス部屋はこの安全地帯のすぐ上だ。いますぐにでも突入《とつにゅう》したいところだけど、残念ながら人数が足りない」

そう前置きすると、俺は現在時刻を確かめてから続けた。

「いま午前五時、DKBとALSの到着《とうちゃく》予定時間が十二時頃《ごろ》。つまりあと七時間、このへんで待ってなきゃいけないんだけど……有効な時間の使い方のアイデアがあれば、誰《だれ》か……」

そこまで口にした途端《とたん》、エギルがごつい右手を持ち上げたので、教師の真似《まね》をして指差す。

「はい、エギルさん」

「そんなに待つ必要はないぞ」

「……へ？」

言わんとするところを摑《つか》めず、一見コワモテだが実はハンサムな斧使《おのつか》いの顔を見上げる。

「それは、どういう……」

「だってオレたち、五階くらい下で連中を追い抜いたからな。あいつら、合体して三十人規模で上ってきてるからアシが遅《おそ》いが、さすがにそろそろ着くだろう」

「えっ」

と俺だけでなくアスナも声を上げる。しかしアルゴはなにやら澄《す》まし顔《がお》で沈黙《ちんもく》しているので、フードの奥《おく》を覗《のぞ》き込みながら問いかける。

「もしかして、お前の差し金か？」

「人聞き悪い言い方すんなヨ、キー坊《ぼう》」

ニヤッと笑うと、《鼠《ねずみ》》は両手を腰《こし》に当て、言った。

「塔《とう》の入り口で休憩《きゅうけい》した時、リーちゃんにちょろっとメッセしといただけだヨ。オイラたちはもう塔《とう》に着いたから、一足先にボスを倒《たお》しちまったらゴメンな、ってサ」

その言葉が終わるか終わらないうちに、再び扉《とびら》の外から物音が聞こえてきた。

今回は、モンスターやPK集団の可能性を疑う必要はなかった。なぜならそれは、明らかに十人や二十人どころではない大人数の足音だったからだ。

25

ドラゴン。

その名は、大蛇《だいじゃ》を意味する古代ギリシア語の《ドラコン》に由来し、さらに遡《さかのぼ》るとインド・ヨーロッパ祖語の「見る」「明るい」「光」などを意味する言葉に行き着くらしい。

なぜ「見る」という言葉がドラゴンになったかというと、そこには「致命的《ちめいてき》な視線を持つ者」という意味が含《ふく》まれているのだという。小学生の頃《ころ》にネットで調べた時はピンとこなかったが、あれから数年、俺はようやく古代人が何を恐《おそ》れたのかを実感する機会を得た。


「威圧《いあつ》、来るぞ！　レベル20未満のヤツは下を向け！」

俺がそう叫《さけ》んだ直後、巨大《きょだい》な広間の奥《おく》で血のように赤い光が二つ、ギラリと輝《かがや》いた。

熱くも冷たくもない、ただの光だ。それなのに、ぞくぞくするような悪寒《おかん》が背筋を駆《か》け上《のぼ》り、全身の肌《はだ》が粟立《あわだ》つ。周囲では、俺の警告を無視して光を見てしまったプレイヤーたちが数名、次々とスタンしていく。

光の発生源は、縦長の瞳孔《どうこう》と真紅《しんく》の虹彩《こうさい》を持つ二つの瞳《ひとみ》。アインクラッド第七層フロアボス、《アギエラ・ジ・イグニアス・ウィルム》――火竜《かりゅう》アギエラの目だ。

覚悟《かくご》はしていたが、アギエラはベータテスト時よりも大幅《おおはば》に強化されていた。その一つが、両目から放たれる《威圧《いあつ》の視線》。翼《つばさ》を広げるだけの予備動作から両目をフラッシュさせるのだが、その光を見ると、レベルが20に満たないプレイヤーは問答無用でスタンしてしまう。俺とアスナはその条件をクリアしているが、七層の安全マージン込みの推奨《すいしょう》レベルは17で、攻略《こうりゃく》集団《しゅうだん》の大多数はそのあたりだ。恐《おそ》らく20に達しているのは、他にはリンドとキバオウ、エギル、アルゴ、それにキズメルとキオくらいのものではあるまいか。そもそもSAOがデスゲーム化していなければ、七層はレベル10程度でも頑張《がんば》れば攻略《こうりゃく》できる——もちろん五回や十回は死ぬだろうが——難易度のはずなのだから、20という条件は厳しすぎる。

だからと言って、ボスモンスターが手加減してくれるはずもない。

広間の奥《おく》で、翼《つばさ》を畳《たた》んだ巨大《きょだい》なドラゴンが、長い首をS字にたわませる。閉じた口《くち》の端《はし》から、ちらちらと火の粉がこぼれる。

「ブレス来るぞ！　タンクはスタンしたヤツを優先的に守れ！」

再び叫《さけ》ぶと、フロアボス攻略《こうりゃく》レイドの主力をなす六パーティー——A隊B隊C隊がDKB、D隊E隊F隊がALS——が各個に集結し、前面を盾持《たても》ちプレイヤーが守る。俺がリーダーを務めるG隊と、エギルが率いるH隊には盾持《たても》ちがいないので素早《すばや》く後退し、なるべく大きな盾《たて》を持っているパーティーの陰《かげ》に入る。

アギエラが、鞭《むち》を叩《たた》き付《つ》けるような動きで首を伸ばし、同時に口を大きく開いた。

ゴアッ！　と空気が震《ふる》える。吐《は》き出されたオレンジ色の火炎《かえん》が扇形《おうぎがた》に広がり、細長い広間を舐《な》め尽《つ》くしていく。

ブレスの先端《せんたん》が壁役《タンク》の盾《たて》にぶつかるたび、爆発《ばくはつ》めいた轟音《ごうおん》とともに炎《ほのお》が高々と吹《ふ》き上がり、歴戦のフロントランナーたちが悲鳴を漏《も》らす。ブレス攻撃《こうげき》をしてくるボスは決してアギエラが初めてではないが、やはり《ドラゴンの炎《ほのお》》は原始的恐怖《きょうふ》を呼び起こす。

それに、炎《ほのお》は直線的攻撃《こうげき》と違《ちが》って、盾《たて》で防いでも横から回り込んでくる。六人パーティーが限界まで密集すれば大盾《おおだて》一枚でかろうじて全員をガードできるが、その後ろにいる俺たちは、直撃《ちょくげき》こそ回避《かいひ》できても余波は喰《く》らってしまう。

「いくぞ……ここだ！」

キオとニルーニルを囲むように並んだ俺とアスナ、アルゴは、キズメルの指示で右前と左前に向けて単発ソードスキルを空撃《からう》ちした。四筋の剣風《けんぷう》が炎《ほのお》を切《き》り裂《さ》き、拡散させる。それでも大量の火の粉が降り注いできて、反射的に「あちっ！」と毒づいてしまう。

毒づくだけで済んでいるのは、HPバーの下に点灯している、盾《たて》と炎《ほのお》が重なったアイコンのおかげだ。SAOでは貴重な炎耐性《ほのおたいせい》バフ——攻略《こうりゃく》開始前に、アルゴがストレージに入っていた《スノーツリーの蕾《つぼみ》》をありったけ実体化させ、レイド全員に氷水を振る舞ってくれたのだ。このバフがなければ、ブレスを盾《たて》や剣風《けんぷう》で防いでも、毎回一割程度はHPを削《けず》られてしまっただろう。右側のアニキ軍団も同じ方法を使っているが、あちらは誰《だれ》か一人が両手武器で範囲系《はんいけい》ソードスキルを発動させ、ほかの三人はしゃがんでいるだけで炎《ほのお》を防げるらしい。

俺も両手剣《りょうてけん》スキルを取ってみるかな、などと考えているうちに炎《ほのお》の波は後方へと去っていき、消えた。すかさず、前方で鋭《するど》い声が響《ひび》く。

「A隊C隊、前進して左の腕《うで》を叩《たた》け！　D隊F隊は右！　B隊E隊、下がって回復！　G隊とH隊は側面から遊撃《ゆうげき》！」

シミターを振りかざしたDKBリーダー、リンドの指示で、数十人のプレイヤーが鬨《とき》の声《こえ》を上げつつ突進《とっしん》していく。彼がレイドのメインリーダーに決まったのはコイントスの結果だが、この戦いの重要性を理解しているのか、ALSリーダーのキバオウも横やりを入れずに従っている。

俺やアスナはボス戦では《その他》扱《あつか》いだが、今回は報酬《ほうしゅう》アイテムを提供する立場なので、スーパーバイザーとして全体に指示を出してもいいことになった。ギルドフラッグかソード・オブ・ウォルプータかを選べるギルドを、《より活躍《かつやく》したほう》という曖昧《あいまい》な表現にしたのは与《よ》ダメージ量勝負になるのを避《さ》けるためだが、思わぬ余禄もついてきたというわけだ。

もっとも、いまのところ俺の出番はボスの特殊攻撃《とくしゅこうげき》への対処だけで、攻撃《こうげき》のほうはリンドに任せていて問題ない。というよりも、各パーティーのHP状況《じょうきょう》を把握《はあく》しつつこまめに上げたり下げたりする指揮能力は俺より上だ。リンドもキバオウも、いがみ合いながらも着実に経験を積んできているということか。

そのリンドの指示で前進したアタッカーたちが、ブレス攻撃《こうげき》の直後で動きが鈍《にぶ》いアギエラの前肢《まえあし》を取り囲み、次々に斬《き》りつけていく。アギエラは全長十メートル以上、通常時の頭頂高も四メートルほどあるので、まずは前肢《まえあし》にダメージを与《あた》えて頭を下げさせるのが、この手の大型モンスターの正攻法《せいこうほう》だ。実際、ベータ当時のアギエラもそうやって倒《たお》された。

俺たちもぼんやり見ていたわけではなく、リーダーの指示に従って、ニルーニルを背負ったキオ以外の四人がフルスピードでダッシュした。正面から見てアギエラの左側面に回《まわ》り込み、がら空きの脇腹《わきばら》にソードスキルを叩《たた》き込む。

二、三秒遅《おく》れて、右側面に取り付いたアニキ軍団も巨大《きょだい》な斧やハンマーを存分に振り回す。二度目の総攻撃《そうこうげき》で、六段あるアギエラのＨＰバーの一本目が消滅《しょうめつ》した。

六層フロアボス、《ジ・イレーショナル・キューブ》のＨＰがわずか一段だったので六段は果てしなく感じられるが、あの立方体のような複雑極《きわ》まるパズルギミックはないし、防御力《ぼうぎょりょく》も危惧《きぐ》していたほどには強化されていない。レイドのフルアタック二回でＨＰバーを一本削《けず》れるなら、残り五本を削《けず》り切るのにアタック十回。もちろんそう簡単にはいかないだろうが……と思ったそばから、遅滞《ちたい》状態から回復したアギエラが金属質の咆哮《ほうこう》を放った。

「腕攻撃《うでこうげき》来るぞ！　……左！」

俺の警告を受けて、左側の前肢《まえあし》——アギエラ目線なら右前肢《みぎまえあし》——を取り囲んでいたＤＫＢのアタッカーたちが素早《すばや》く後退する。高々と振り上げられた前肢《まえあし》が床《ゆか》を破《は》壊用《かいよう》重機《じゅうき》の如《ごと》く痛撃《つうげき》し、巨大《きよだい》なひび割れを作り出す。直撃《ちよくげき》された者はいなかったが、避《さ》けようのない衝撃波《しようげきは》に三、四人が呑《の》み込まれ、HPを二割ほど減らす。

「右も来るぞ！」

続いて叫《さけ》ぶと、ALSのアタッカーたちもバックダッシュする。凄《すさ》まじい轟音《ごうおん》が、ボス部屋全体を震《ふる》わせる。まともに喰《く》らえば即死《そくし》すら有り得るが、ここまで解《わか》りやすい前兆《ぜんちよう》行動のある攻撃《こうげき》を避《よ》けられないようでは攻略《こうりやく》集団《しゆうだん》のアタッカーは務まらない。

腕攻撃《うでこうげき》のあいだもG隊とH隊は脇腹《わきばら》への攻撃《こうげき》を続け、二本目のHPバーを三割以上も削《けず》った。アスナとアルゴ、アニキ軍団の秒間《D》ダ《P》メ《S》ージ量も攻略《こうりやく》集団《しゆうだん》トップクラスだが、やはりキズメルの攻撃力《こうげきりよく》がとんでもない。代用の剣なのに、単発ソードスキルで両手武器の二連撃《れんげき》スキル並みのダメージを叩《たた》き出していく。

しかし深追いは禁物――と思った瞬間《しゆんかん》、リンドが叫《さけ》んだ。

「全員後退‼」

俺の位置からは見えない頭部の前兆《ぜんちよう》行動をしっかり捉《とら》えたのだろう。アスナたちと一緒《いつしよ》に、広間の後部へと一目散に退避《たいひ》する。背後で、無数の鱗《うろこ》がぎしぎしと擦《こす》れる音が響《ひび》く。走りつつ振り向くと、アギエラが巨体《きよたい》をCの字にたわめている。

直後、丸太の如《ごと》き尻尾《しつぽ》が振り回され、左右の岩壁《いわかべ》を粉砕《ふんさい》した。土煙《つちけむり》がもうもうと立ちこめ、ドラゴンの巨体《きよたい》を隠《かく》す。あの尻尾《しつぽ》による全方位攻撃《こうげき》も、ベータ時代にはなかったパターンだ。

初めて使われた時は三人が巻《ま》き込まれ、一撃《いちげき》でHPを七割持っていかれた。

全員が退避《たいひ》すると、リンドの指示でダメージを受けたパーティーが、ポーションで回復していたパーティーと入《い》れ替《か》わる。次はまた眼光による威圧《いあつ》、そしてブレス攻撃《こうげき》だろう。威圧《いあつ》さえしっかり回避《かいひ》すれば、ブレスも対処できる。

「このままなら、あの剣使わなくても大丈夫《だいじょうぶ》そうね」

アスナの囁《ささや》き声《ごえ》に、俺は右手に握《にぎ》ったソード・オブ・イヴェンタイドをちらりと見やった。

あの剣ことソード・オブ・ウォルプータは、DKBとALSを動かすため、そしてアギエラ戦の切り札にするために苦労して手に入れたわけだが、まだストレージの中に入れたままだ。いちおうクイックチェンジには登録してあるが、可能なら装備したくない。なぜなら、迷宮区《めいきゅうく》の中でキオが説明してくれたぶっ壊《こわ》れスペックの代償《だいしょう》が、想像していた以上に大きかったからだ。

そのキオは、相変わらずニルーニルを革紐《かわひも》で背負ったままだ。俺たちはボス部屋の外で主《あるじ》と一緒《いっしょ》に待っているよう説得したのだが、どうしてもと言われれば参加を認めざるを得なかった。しかし思った以上にダイナミックな前進と後退を要求され、全力疾走《しっそう》できないキオはなかなか攻撃《こうげき》に加わるタイミングがない。

本人もそれは自覚しているらしく、右手にエストックを握《にぎ》ったまま悔《くや》しそうに言った。

「すまない……私にも、何かできることがあると思ったのだが……」

「大丈夫《だいじょうぶ》、キオの仕事はニル様をしっかり守り抜くことだ」

すかさずそう答えながら、俺は武装メイドの左腕《ひだりうで》を軽く叩《たた》いた。

「広間の外で待ってても、そこに超強力《ちょうきょうりょく》な怪物《かいぶつ》がまとめて湧《わ》く可能性だってあるわけだからな。扉《とびら》の近くにいればブレス以外の攻撃《こうげき》は届かないし、ブレスの時は俺たちがしっかりガードする。俺たちの目的はドラゴンを倒《たお》すことじゃなくて、あいつの血でニルーニルの命を助けること、そうだろ？」

限界の早口で語りかけると、キオはまっすぐ俺の目を見てからぐっと頷《うなず》いた。

直後、前のほうでリンドの声がした。

「威圧《いあつ》来るぞーッ！」

見れば、まだうっすら残っている土煙《つちけむり》の奥《おく》で、アギエラが翼《つばさ》を大きく広げている。

どうやら奴《やつ》の攻撃《こうげき》パターンは、威圧《いあつ》の視線→炎《ほのお》ブレス→前肢攻撃《まえあしこうげき》→尻尾攻撃《しっぽこうげき》の繰《く》り返《かえ》しだ。威圧《いあつ》と尻尾《しっぽ》にさえしっかり対処できれば、ゲージ五本目まではこのまま押し切れる。かつてのフロアボスと同様にラスト一本でパターンを変えてくる可能性はあるが、そこまで全員がＨＰを温存できていれば、狂乱攻撃《フランティック》モードが来てもしのげるはず。

愛剣《あいけん》の柄《つか》を強く握《にぎ》ると、俺は真紅《しんく》に輝《かがや》くアギエラの両目を、こなくそ！　と睨《にら》み返した。

その後の戦闘《せんとう》は、おおむね予想どおりの展開を見せた。

ＨＰバーが四本目に入った――つまり全体が半減した時に、ブレス攻撃《こうげき》が三連続するというイレギュラーがあって前衛の大半が三割以上のダメージを負ったが、リンドとキバオウが的確な回復ローテーションを組み、どうにか立て直せた。

そこからはまたパターンどおりの攻撃《こうげき》が続き、四本目を削《けず》り、五本目を削《けず》り――そして戦闘《せんとう》開始から四十分後、火竜《かりゅう》アギエラの六段ＨＰバーは、ついに最後の一本に突入《とつにゅう》した。

「全員、パターンチェンジに警戒《けいかい》！　指示するまでガードに専念！」

リンドの指示で、全員が壁役《タンク》を先頭にしっかり固まる。俺たちもエギルたちも、武器を前に構えて未知の攻撃《こうげき》に備える。

「グオルルル………」

広間の最奥部《さいおうぶ》で、アギエラが長く唸《うな》る。これまでと比べて一段低いその声には、発火寸前の油のような憤怒《ふんぬ》がたっぷりと含《ふく》まれている。

周囲の壁《かべ》と床《ゆか》は、何十回となく繰《く》り返《かえ》された前肢攻撃《まえあしこうげき》と尻尾攻撃《しっぽこうげき》で無残に破壊《はかい》され、大量の瓦礫《がれき》が散らばっている。少し前から、あの瓦礫《がれき》が邪魔《じゃま》をして脇腹《わきばら》に近寄りにくくなっているが、恐《おそ》らくもう少しで前肢《まえあし》を部位破壊《ぶいはかい》できる。頭が床《ゆか》まで落ちてくれれば、フルアタックで残り一本を削《けず》り切れるはず。

アギエラの唸《うな》り声《ごえ》が、不意に途切《とぎ》れる。巨大《きょだい》な翼《つばさ》が左右に広がる。

「威圧《いあつ》だ！　強化されてるかもしれない！　レベル20以上のやつも下を向け！」

リンドがそう叫《さけ》んだので、俺はそれもそうだと思ってガンつけ勝負を断念し、足許《あしもと》を見た。左のアスナ、右のキズメルもさっと下を向く。威圧《いあつ》の視線は、翼《つばさ》を広げてからおよそ三秒後に発動する。心の中で、秒数をカウントする。
一、二……。
「オイ、違《ちが》うゾ！」

と最初に叫《さけ》んだのはアルゴだった。その声に、バサッ、バサッという羽音が重なる。

「……!?」

さっと顔を上げた俺が見たのは。

両翼《りょうよく》を激しく羽ばたかせ、広間の天井《てんじょう》へと浮《う》き上がっていくアギエラの姿だった。

ベータ時代を含《ふく》めて、いままでアギエラが……いやボスモンスターが空を飛んだことはない。五層ボスの《フスクス・ザ・ヴェイカントコロッサス》は顔面がボス部屋の天井《てんじょう》に貼《は》り付《つ》いていたし、六層ボスの《ジ・イレーショナル・キューブ》は床《ゆか》から三メートルほどの高さに浮遊《ふゆう》していたが、どちらも飛行とは違《ちが》う。

予想外すぎる行動に、俺を含《ふく》めレイドの全員がどう動いていいのか判断できず、硬直《こうちょく》した。

「お……おい、飛びよったで！　どうするんやリンド！」

ようやくキバオウがそう叫《さけ》んだが、リンドは立《た》ち尽《つ》くしたままだ。俺だって、どう動くのが正解なのか咄嗟《とっさ》に判断できない。

アギエラは、高さ十五メートルはありそうな天井《てんじょう》近くまで一気に上昇《じょうしょう》すると、いきなり両目を赤く光らせた。

威圧《いあつ》の視線——！

「うああっ！」

「ひいいっ！」

広間のあちこちから悲鳴が上がった。レイドの全員が、まともに竜《りゅう》の目を見てしまったのだ。レベル20に満たない——すなわち九割ものプレイヤーが、スタンして床《ゆか》に倒《たお》れる。

スタンは麻痺《まひ》とは違《ちが》う。効果時間はわずか三秒程度、だがいまはその三秒が絶望的に長い。なぜなら、アギエラは恐《おそ》らく——。

「火を吐《は》くぞ‼」

キズメルがそう叫《さけ》んだ瞬間《しゅんかん》、火竜《かりゅう》があぎとをいっぱいに開き、そこから燃えさかる炎《ほのお》の塊《かたまり》を発射した。

いままでの、扇形《おうぎがた》に広がる火炎《かえん》ブレスとは異なる、直径一メートルはあろうかという火球。膨大《ぼうだい》な火の粉を振りまきながら、広間の中央目掛《めが》けて落下してくる。あれが単なるボール状の炎《ほのお》であるはずがない。

「ニルーニルを守れ！」

叫《さけ》ぶと、俺は立《た》ち尽《つ》くすキオに後ろから覆《おお》い被《かぶ》さった。キズメル、アスナ、アルゴも次々とキオを押し包む。

——みんな、耐《た》えてくれ！

レイドメンバーに向けてそう念じながら、俺は衝撃《しょうげき》に備えた。

半秒後、火球が床《ゆか》に接触《せっしょく》し——途轍《とてつ》もない大爆発《だいばくはつ》を引き起こした。まず衝撃波《しょうげきは》が、わずかに遅《おく》れて真っ赤な炎《ほのお》が押《お》し寄《よ》せてくる。一塊《ひとかたまり》になった俺たちは懸命《けんめい》に踏《ふ》み留《とど》まろうとしたが、とても耐《た》えられるものではなかった。巨人《きょじん》の掌《てのひら》に張り飛ばされたかの如《ごと》く、一直線に吹《ふ》き飛《と》んで壁《かべ》に激突《げきとつ》する。

「ぐっ……」

体がバラバラになりそうなショックに呻《うめ》きながらも、俺は両目を押《お》し開《あ》け、自分のものではなくニルーニルのＨＰバーを凝視《ぎょうし》し続けた。

残り一割しかなかったＨＰが、激突《げきとつ》のダメージで瞬時《しゅんじ》に削《けず》られ、五パーセントを割《わ》り込む。どうにか即死《そくし》は免《まぬが》れたが、それは壁《かべ》に激突《げきとつ》する寸前、キオが体の向きを変えて衝撃《しょうげき》の大部分を一人で受け止めたからだ。見れば、キオのＨＰバーは一気に三割ほどにまで減り、気絶状態のアイコンが点灯している。

アスナのＨＰは残り六割。アルゴは五割。キズメルと俺は七割。

ずずん、という震動《しんどう》が床《ゆか》を揺《ゆ》らした。

　ホバリングしていたアギエラが、床《ゆか》の中央に降り立ったのだ。爆発《ばくはつ》の衝撃波《しょうげきは》で、スタンしていたレイドメンバーはほぼ全員が四方の壁際《かべぎわ》まで吹《ふ》き飛《と》ばされ、折り重なるように倒《たお》れている。視界左に並ぶ簡易HPバーをさっとチェックしたところ、即死《そくし》したメンバーはいないようだが、無傷の者は一人もいない。HPが二、三割しか残っていない者もたくさんいる。

「ゴアアアアアッ！」

　広間の真ん中で、アギエラが勝《か》ち誇《ほこ》ったように吼《ほ》えた。首を巡《めぐ》らせ、A隊──リンドたちが倒《たお》れている場所を睨《にら》む。リンドを含《ふく》む全員が深傷《ふかで》を負っていて、腕《うで》の一振りで全滅《ぜんめつ》してしまうだろう。

「ぐうっ……」

　呻《うめ》きながら立ち上がろうとした俺の耳に──。

「キリト、私を立たせて」

　というかすかな声が届いた。

　息が詰《つ》まるような感覚に襲《おそ》われながら、さっと右を見る。

　気絶して壁《かべ》にもたれかかるキオの背中で、ニルーニルが薄《うす》く瞼《まぶた》を持ち上げて俺を見ていた。深紅《しんく》の虹彩《こうさい》を持つ瞳《ひとみ》が、至近距離《きょり》から俺の目を貫《つらぬ》く。

「はやく」

再び の囁《ささや》き声《ごえ》。消え入るような音量なのに、拒否《きょひ》できない威厳《いげん》をはらんでいる。

俺は頷《うなず》くと、右手に持ったままの愛剣《あいけん》で背負《せお》い紐《ひも》を切断し、ニルーニルの小さな体に左腕《ひだりうで》を回して一緒《いっしょ》に立ち上がった。ショック状態から回復したアスナたちも、驚愕《きょうがく》の表情で俺たちを見上げている。

ニルーニルは、俺の腕《うで》から離《はな》れると、一瞬《いっしゅん》よろめいたものの自分の足で立った。右手で外套《がいとう》の留め具を外し、床《ゆか》に落とす。長い金髪《きんぱつ》が、広間に渦巻《うずま》く爆発《ばくはつ》の余威《よい》を受けて大きくなびく。

見詰《みつ》める先では、火竜《かりゅう》がリンドたち目掛《めが》けて一歩一歩前進している。距離《きょり》はもう十メートルもない。

「キリト、ファルハリの剣を」

ニルーニルが、こちらに右手を伸ばし、言った。

その言葉を、俺は心のどこかで予感していた。それ以外に、もうこの苦境を打ち破る方法はないからだ。

しかし、ニルーニルのＨＰは残り五パーセント……そして《ロベリアの花の毒》がもたらす仮死状態から目覚めたせいで、《銀の毒》による漸減《ぜんげん》ダメージが再開してしまっている。残りわずかなＨＰが消し飛ぶまで、あと一分もあるまい。

体が引《ひ》き裂《さ》かれるような感覚を味わいながら、俺はウインドウを開き、クイックチェンジのボタンを押した。右手のソード・オブ・イヴェンタイドが、白いエフェクト光に包まれて消え、白銀《はくぎん》と黄金の長剣《ちょうけん》――ソード・オブ・ウォルプータへと入れ替わる。

その剣の鍔元《つばもと》を持つと、俺はニルーニルの右手に柄《つか》を触《ふ》れさせた。

小さな手が、赤革《あかがわ》の柄《つか》を握《にぎ》った、その瞬間《しゅんかん》。

柄頭《つかがしら》に埋《う》め込まれた白い宝石が、真紅《しんく》の輝《かがや》きを放った。不可視のエネルギーが俺の手を弾《はじ》き、思わず数歩後ずさってしまう。ニルーニルの金髪《きんぱつ》と黒いサマードレスが、足許《あしもと》から湧《わ》き起こる風を受けて螺旋状《らせんじょう》に揺《ゆ》れ動《うご》く。

真紅《しんく》の光は、刀身に埋《う》め込まれた黄金の鎬《しのぎ》へと伝わり、そこも眩《まばゆ》く発光させた。白銀《はくぎん》と見えていた刀身が、メッキを蒸発させるように、半ば透《す》き通《とお》る黒へと変わっていく。

そう――この剣が、銀で造られているはずがないのだ。なぜならこれは、《夜《よる》の主《あるじ》》だけが真の力を引き出せる、いわばヴァンパイア専用装備なのだから。

切っ先までが本来の色を取《と》り戻《もど》した瞬間《しゅんかん》、柄頭《つかがしら》と鎬《しのぎ》から真紅《しんく》の光芒《こうぼう》がひときわ激しく迸《ほとばし》った。

何かを察知したかのように、アギエラが前進を止め、首を回してこちらを見た。

瞬間《しゅんかん》、ニルーニルは赤く輝《かがや》く長剣《ちょうけん》を両手で振りかぶり――。

「ハアアアアアアッ!!」

裂帛《れっぱく》の気合いとともに、一直線に振り下ろした。

緋色《ひいろ》に輝《かがや》くエネルギーの刃《やいば》が、石張りの床《ゆか》を切《き》り裂《さ》きながら途轍《とてつ》もないスピードで飛翔《ひしょう》し、アギエラに襲《おそ》いかかる。しかし鼻面《はなづら》に命中する寸前、火竜《かりゅう》はその巨体《きょたい》にそぐわない反応速度で真横に跳《と》んだ。ザンッ！　という重々しい切断音が響《ひび》き、アギエラの左腕《ひだりうで》と左の翼《つばさ》が根元から断《た》ち切《き》られた。

六本目のＨＰバーが減っていく。七割、六割、五割を切り——止まる。

「……仕損じた」

囁《ささや》いたニルーニルの手からソード・オブ・ウォルプータが滑《すべ》り落《お》ち、床《ゆか》に当たって不思議な音を発した。

糸が切れたように傾《かたむ》く小さな体を、俺は反射的に伸ばした両手で受け止めた。

ＨＰは、残り三パーセント。

「ニルーニル‼」

床《ゆか》に片膝《かたひざ》を突き、頭を抱《だ》きかかえて懸命《けんめい》に呼びかける。すると、いったんは閉じられた瞼《まぶた》が小さく震《ふる》え、持ち上がり——。

「お願い、キリト。キオを連れて逃げて」

「ニルーニル……」

「私はいいから、キオだけは、どうか……」

か細い声で囁《ささや》く少女の、深紅《しんく》の瞳《ひとみ》に透明《とうめい》な光が揺《ゆ》れ、たゆたい、小さな水滴《すいてき》となって目尻《めじり》に宿った。

ＨＰの残量、二パーセント。

彼方《かなた》で、アギエラが怒《いか》りの咆哮《ほうこう》を轟《とどろ》かせた。だがそちらには目もくれず、俺は必死に考えた。絶対にニルーニルを、キオを、アスナたちを、そしてこの場の全プレイヤーを助ける方法。絶対にあるはずだ。絶対に、絶対に、絶対に――

「お願い……」

もうほとんど音にならない声で囁《ささや》いたニルーニルの、薄《うす》い唇《くちびる》の奥《おく》で、真っ白い歯……いや、牙《きば》が小さく光った。

その刹那《せつな》、俺はいまの自分に選択《せんたく》可能な、唯一《ゆいいつ》の方法を悟《さと》った。

「ニルーニル、俺の血を飲め‼」

「…………」

瀕死《ひんし》の少女が、わずかに両目を見開く。ＨＰ残量が一パーセントに到達《とうたつ》する。

「……だめよ、そんなことをしたら、あなたが」

「いいんだ！　もうそれしかない！　俺は後悔《こうかい》したりしない、頼《たの》む……俺の血を‼」

数センチの距離《きょり》からニルーニルの瞳《ひとみ》を見据《みす》え、そう叫《さけ》ぶと、俺は少女の口許《くちもと》を自分の首筋の左側に押し当てた。

肌《はだ》に触《ふ》れる唇《くちびる》が、深い躊躇《ちゅうちょ》と憂苦《ゆうく》を映して小さく震《ふる》えた。

だが、直後。唇《くちびる》が大きく開かれ、二本の鋭《するど》い牙《きば》が俺の皮膚《ひふ》を深々と貫《つらぬ》いた。

ＳＡＯに痛覚は存在しない。仮に剣で手足を斬《き》り飛ばされても、不快な痺《しび》れを感じるだけだ。だか不思議なことにいまだけは、研《と》ぎ澄《す》まされたように純粋《じゅんすい》で、氷よりも冷たく、どこか甘美《かんび》な痛みをありありと感じる。

ニルーニルの口と喉《のど》が激しく動く。俺の首から溢《あふ》れた血を、一滴《いってき》も余さず飲み下していく。《スキーアの地図》に指先から垂らした血は実体のないライトエフェクトだったのに、いまは熱くて濃《こ》い液体が肌《はだ》を伝うのが解《わか》る。

残り一パーセントのＨＰバーが、小刻みに震《ふる》えている。《銀の毒》による漸減《ぜんげん》ダメージと、吸血による回復効果がせめぎ合っているのだ。竜《りゅう》の血ではないので毒そのものを浄化《じょうか》することはできないが、ダメージを回復量が上回れば、ニルーニルの命を数分、あるいはそれ以上引き延ばせる。

──頼《たの》む、どうか……！

そう念じながら、一瞬《いっしゅん》だけ自分のＨＰバーを見ると、早くも五割を下回っている。さすがに死んでしまうわけにはいかないので、残り一割まで減ってもニルーニルの毒ダメージを相殺《そうさい》できなければ、アスナかアルゴに交代するしかない。だが、できればそれはしたくない。

床《ゆか》が不規則に震《ふる》える。アギエラがこちらに接近してきているのだ。左の腕《うで》と翼《つばさ》を失ったのでまっすぐに走れないようだが、三十……いや二十秒もしないうちに襲《おそ》いかかってくるだろう。間に合わないか、と歯噛《はが》みした時だった。

「タゲを取れ！　足を止めるんだ！」

朗々としたバリトンが、広間じゅうに響《ひび》き渡《わた》った。視線を上げると、エギルと仲間たちが、右側からアギエラへと突進《とっしん》していく。全員、ＨＰは三割以上減っているが、臆《おく》する様子もなく両手武器を振りかざし、竜《りゅう》の足に叩《たた》き付《つ》ける。

きっと、俺たちが何か起死回生の策を講じていると信じ、時間稼《じかんかせ》ぎを買って出てくれたのだ。奴《やつ》らを見殺しにはできない――が、まだニルーニルのＨＰバーが回復し始める様子はない。

俺のＨＰが三割を切り、二割に迫《せま》る。減少量と増加量が完全に釣《つ》り合《あ》ってしまっているのか。だとしても、ここで諦《あきら》めるわけには……。

突然《とつぜん》。

誰《だれ》かの手が俺の右肩《みぎかた》を摑《つか》み、同時に高らかな声が音声コマンドを唱えた。

「ヒール‼」

ピンク色の輝《かがや》きが、俺の全身を包む。残り一割に近づいていたＨＰバーが、瞬時《しゅんじ》に右端《みぎはし》までフル回復する。

刹那《せつな》の驚愕《きょうがく》を経て、何が起きたのかを悟《さと》る。アスナが、ヴェルディアン・ランサービートルからドロップしたたった一つの回復結晶《かいふくけっしょう》を俺に使ったのだ。

《夜《よる》の主《あるじ》》には、回復結晶《かいふくけっしょう》は効果を持たない。しかしそれでも、俺の血に溶《と》けた癒《いや》しの力が、何らかのきっかけになったかのように――。

細かく震動《しんどう》していたニルーニルのＨＰバーが、わずかに、ほんのわずかに増加し始めた。

首筋から口が離《はな》れ、耳許《みみもと》で掠《かす》れ声《ごえ》が響《ひび》いた。

「ありがとう、もう大丈夫《だいじょうぶ》」

見ると、いくぶん血の気を取《と》り戻《もど》したニルーニルが、痛みを堪《こら》えるような笑《え》みを浮《う》かべていた。

「キリト、あの竜《りゅう》を。いまのあなたならできる」

その声に頷《うなず》き返し、俺はニルーニルを横抱《よこだ》きにしたまま立ち上がった。

ほぼフル回復した自分のＨＰバーの下に、見たことのないアイコンが点灯した。

黒地に、深紅《しんく》の牙《きば》のマーク。何を現しているのかは、ステータスウインドウを確認《かくにん》しなくても解《わか》る。

突然《とつぜん》、異様な感覚が俺を襲《おそ》った。

全身の肌《はだ》、いや体の内側からも熱が失われる。寒いわけではなく、体温そのものが下がってしまったかのような冷ややかさ。自分では見えないが、顔色もかなり青白くなったのだろう。

口の中にもむず痒《がゆ》いような感覚が訪《おとず》れ、いきなり上の犬歯《けんし》が鋭《するど》く伸びる。視界が妙《みょう》にクリアになり、暗く沈《しず》んでいた広間の最奥部《さいおうぶ》もくっきりと見通せる。

幸い、血が飲みたーい！　と思うことはなかった。当たり前だ、ナーヴギアは俺の体感覚《たいかんかく》を操作することはできても、思考までは操《あやつ》れないのだから。

それでも少しばかりほっとしながら、俺はくるりと振り向き、両手で抱《かか》えていたニルーニルをアスナに差し出した。

暫定《ざんてい》パートナーは、上目遣《うわめづか》いでじとっとこちらを睨《にら》みながらもニルーニルを受け取り、一歩下がった。「すまん」と視線で伝えてから、床《ゆか》に落ちていたソード・オブ・ウォルプータを拾う。

掌《てのひら》に吸い付くような感触《かんしょく》の柄《つか》を握《にぎ》り、ぐっと力を込めると、再び刀身が赤い輝《かがや》きを放った。HPバーの下に、新たなアイコンが三つも点灯する。恐《おそ》らく左から、毒無効、HP自動回復、クリティカル率強化だろう。

黒曜石のように半ば透《す》き通《とお》った刀身を持つこの剣の真の名は、キオによれば《ドールフル・ノクターン》というらしい。単語をそのまま訳せば《憂《うれ》いの夜想曲《やそうきょく》》だとアスナが言っていた。カジノのパンフレットに記されていたとおり、装備した者に三種類もの強力極《きわ》まる支援《しえん》効果を付与《ふよ》するが、その代償《だいしょう》として魂《たましい》の力、すなわち蓄積《ちくせき》した経験値を吸収し続ける。本当の名前と外見が偽装されていたのは、恐ろしい魔剣《まけん》であることを隠すためらしい。

しかし唯一《ゆいいつ》、《夜《よる》の主《あるじ》》──ドミナス・ノクテだけはこの剣をデメリットなしで装備できる。いちおうウインドウを開いてみたが、稼《かせ》いだ経験値が減っている様子はない。それはつまり、ニルーニルに血を吸われたために俺も《夜《よる》の主《あるじ》》になってしまったということであり、そして遥《はる》かな昔にこの剣を振って水竜《すいりゅう》ザリエガを倒《たお》したという英雄《えいゆう》ファルハリもまたそうだった、ということだ。

果たして俺が人間に戻《もど》る方法があるのか、あるいは永遠にこのままなのか――いや、いまはそんなことを考えている場合ではない。ニルーニルに言ったとおり、これが全員を助ける唯一《ゆいいつ》の方法だったのだから、選択《せんたく》を後悔《こうかい》するつもりはみじんもない。

剣を軽く振ってみる。真の姿に戻《もど》ったからか、手に入れた時に感じた心許《こころもと》ない軽さは消え、かつての愛剣《あいけん》アニール・ブレードのような頼《たの》もしい手応えが返る。

長めの柄《つか》を両手で握《にぎ》り、高々と振りかぶる。この状態では片手《かたて》直剣用《ちょっけんよう》のソードスキルは発動できないが、代わりに――。

「エギル、下がれ！」

俺が叫《さけ》ぶと、アギエラを足止めしていたアニキ軍団がさっと振り向き、仰天《ぎょうてん》したように目を剝《む》いてから素早く後退した。

剣を渾身《こんしん》の力で垂直に振り下ろし、即座《そくざ》に手首を返して真横に振り抜く。真紅《しんく》に輝《かがや》く斬撃《ざんげき》が、十字のショックウェーブとなって飛翔《ひしょう》する。

――避《よ》けられるもんなら避《よ》けてみろ！

という俺の心の声が聞こえたかのように、アギエラが右の翼《つばさ》を広げ、再び横へのスライドで回避《かいひ》しようとした。

だが一瞬《いっしゅん》早く、十字の斬撃《ざんげき》が首の付け根を捉《とら》え、あっけなく胴体《どうたい》から斬《き》り飛ばした。長い首が空中で大蛇《だいじゃ》の如《ごと》くのたうち、胴体《どうたい》も右腕を高々と掲《かか》げつつ仰《の》け反り――。

直後、青い爆炎《ばくえん》を天井《てんじょう》まで吹《ふ》き上げて、アギエラ・ジ・イグニアス・ウィルムはその巨体《きょたい》を四散させた。

26

寄せては返す波の音。

花の香りをはらんだ潮風。

素足《すあし》に触《ふ》れるきめ細かい白砂《はくさ》。

ついに実現した《ビーチでのんびりバケーションタイム》だが、肝心《かんじん》なものが一つ足りない。

青い空からじりじりと照りつけ、肌《はだ》を灼《や》く強烈《きょうれつ》な日差し。

なぜなら、そんなものを浴びたら俺が灰になって消えてしまうからだ。


一月八日、夜九時。

俺は、ウォルプータ・グランドカジノが所有するプライベート・ビーチの簡易キッチンで、ナイフ片手にフルーツの皮を剝《む》いていた。

作業台に置かれた巨大《きょだい》なカゴには、多種多様なフルーツが山盛りになっている。一つ取り、ナイフをいい感じの角度で当てつつフルーツをいい感じの速度で回転させると、キュルルッと気持ち良く皮が剝《む》ける。

それを隣《となり》のキオに渡《わた》すと、包丁で手早くサイコロ状にカットし、これまた巨大《きょだい》なクリスタルのボウルに放《ほう》り込む。ボウルにはすでに甘口《あまくち》のスパークリング・ワインと赤ワインを一対一で混ぜたものがなみなみと注がれていて、そこにカットフルーツが飛《と》び込むたび、華《はな》やかな香りが漂《ただよ》う。

手元を照らす明かりは、天井《てんじょう》に吊《つ》られたランプと扉《とびら》のない戸口から差し込む月光だけだが、視線を凝《こ》らした場所の明度が自動的に調整されるのでまったく困らない。もともと索敵《さくてき》スキルの効果でそれなりに夜目は利《き》くのだが、ヴァンパイアの暗視能力は桁外《けたはず》れだ。そのぶん、真昼の光は屋内から覗《のぞ》き見るだけで「目が、目がぁ～～！」となってしまうのだが。

強化されたのは暗視能力だけでなく、習得していない各種スキルの熟練度もこっそり底上げされている実感がある。フルーツの皮剝《かわむ》きも、本当なら料理スキルか短剣《たんけん》スキルをそれなりに鍛《きた》えていないとここまで簡単にはいかないはずなのだ。

他にどんなスキルがブーストされているのか気になるところだが、調子に乗ってはいけない。大いなる力にはなんとやらで、いままでは気にも留《と》めなかったもの――具体的には日光と銀――が致命的《ちめいてき》な弱点となってしまった。身近なところでは、最も使う頻度《ひんど》が高い百コル銀貨でさえ、素手《すで》で触《さわ》るとジュッと火傷《やけど》してしまうらしい。

几帳面《きちょうめん》なアスナは、二人の所持品を残らず確認《かくにん》して、銀でできているものは全部捨てようと言っていたが、さすがにそこまでは……いや、それくらい神経質になるべきか。なぜなら俺は、銀の武器や日光で灰になったら、生身の脳もナーヴギアの高出力マイクロウェーブで焼かれてしまうのだから。

いやはやなんとも……と口の中で呟《つぶや》きながら、キュルキュルポン、キュルキュルポンと皮を剝《む》き続けていると。

突然《とつぜん》キオが包丁を操《あやつ》る手を止め、低い声で言った。

「考え直す気はないのか」

「へ？　あ、ああ……あの件か」

皮剝《かわむ》きを中断し、隣《となり》に向けかけた顔をさっと前に戻《もど》す。キオを直視しづらいのは、いつもの装甲《そうこう》メイド服ではなく、真っ黒なワンピースタイプの水着に白エプロンを重ねた格好だからだ。その上、エストックだけはしっかり装備している。

左手に持ったマンゴーのような果物に視線を固定し、咳払《せきばら》いしてから答える。

「いやぁ……俺とアスナは冒険者《ぼうけんしゃ》だからさ。アインクラッドのいちばん上まで行かないと……」

「そこに何があるというのだ」

「さ、さあ……それはなんとも……」

思わず口を濁《にご》したが、本当は知っている。

SAOの正式サービスが開始された日、紅衣《こうい》のゲームマスターに扮《ふん》した茅場晶彦《かやばあきひこ》は言った。

『諸君がこのゲームから解放される条件は、たった一つ。先に述べたとおり、アインクラッド最上部、第百層まで辿《たど》り着《つ》き、そこに待つ最終ボスを倒《たお》してゲームをクリアすればよい。その瞬間《しゅんかん》、生き残ったプレイヤー全員が安全にログアウトされることを保証しよう』……と。

どんな名前、どんな姿なのかは想像もできないが、少なくとも最上階には最終ボスとやらが待ち構えていることだけは確実だ。そいつを倒《たお》せば、その時点で生き残っているプレイヤーは全員デスゲームから解放されて現実世界で目覚め——そして恐《おそ》らく、浮遊城《ふゆうじょう》アインクラッドはそこで暮らす全てのＮＰＣと共に消滅《しょうめつ》する。

俺の胸を貫《つらぬ》いた、鋭《するど》い痛みを察したかのように。

「あるかどうかも解《わか》らないものを追い求めてどうなる」

まな板の上の、切りかけのフルーツを見詰《みつ》めながらキオが言った。

「……私は、我《わ》が主《あるじ》のみならず、お前にも一生涯《いっしょうがい》をかけて返さねばならぬ恩ができてしまった。ウォルプータでなら、日の光を浴びられずとも楽しく安全に暮らせる。夜の一族のための薬や道具も充分《じゅうぶん》に用意されているし、竜《りゅう》の血も大量に補充《ほじゅう》されたから、人の血を飲まずとも生きていける。ニルーニル様の申し出を受け入れ、アスナとともにこの街に残れ、キリト」

少しだけ——。

ほんの少しだけ、それもいいかもな、と思わなかったと言えば嘘《うそ》になる。

だが、その道を選ぶことはできない。俺がここでデスゲーム攻略《こうりゃく》を投げ出したら、いままで死んでいったプレイヤーたちと、一層でクリアを待っているプレイヤーたち、攻略集団《こうりゃくしゅうだん》の仲間、そしてアルゴやアスナに顔向けできない。

「……どうしても、行かなくちゃいけないんだ」

なんとかそれだけ言うと、俺は皮剝《かわむ》きを再開した。

少しして、隣《となり》でも包丁の音が響《ひび》き始めた。それに重なって、「そうか」という声がかすかに聞こえた。

そこからは二人とも無言で作業に没頭《ぼっとう》し、三分ほどで全てのフルーツをボウルに移動させた。完成したフルーツパンチのボウルを両手でしっかりと持ち、ビーチの片隅《かたすみ》に設けられた、水場と作業台だけの簡易キッチンを出る。

途端《とたん》、絶景としか言いようのない眺《なが》めが視界いっぱいに広がる。

差《さ》し渡《わた》し五百メートルを軽く超《こ》えるであろう純白の砂浜《すなはま》と、その奥《おく》に横たわる濃紺《のうこん》の海に、月明かりが煌々《こうこう》と降り注いでいる。砂浜《すなはま》には無数のかがり火が等間隔《とうかんかく》に焚《た》かれ、ブルー基調の夜景にオレンジ色の炎《ほのお》が絶妙《ぜつみょう》なコントラストを作り出す。

そして波打《なみう》ち際《ぎわ》には、はしゃぎ声を上げて水と戯《たわむ》れる四人の女性たち。

「おーい、できたぞー」

そう呼びかけながら俺とキオが近づいていくと、四人はこちらを見て大きく手を振った。

アスナ、アルゴ、キズメル、そしてニルーニルは、全員アスナが裁縫《さいほう》スキルで作った水着を着ている。男子中学生としては直視困難な光景だが、「俺はもう吸血鬼《きゅうけつき》だし！」と妙な理屈《みょうりくつ》をつけてどうにか視線を逸《そ》らすことなく歩き続ける。

波打《なみう》ち際《ぎわ》の手前には、真っ白い丸テーブルと、同じく白塗《しろぬ》りのビーチチェアが十脚《きゃく》も並べられている。テーブルに歩み寄り、クリスタルのボウルを置くと、キオが左手に下げていたカゴから大ぶりなグラスを出し、隣《となり》に並べていく。

濡《ぬ》れた砂に足跡《あしあと》を残しながら走ってきたアスナとアルゴは、豪勢《ごうせい》なフルーツパンチを見るや「わあっ」「オオー」と歓声《かんせい》を上げた。二人に続いて現れたキズメルも「ほう」と目を見開き、その隣《となり》でニルーニルが「なかなかやるわね」と評する。

暗視能力のせいでくっきり見えすぎる四人の水着姿から、微妙《びみょう》に視線を外そうとしていると――。

「おおぅ、こいつぁすげえな」

というバリトンボイスが響《ひび》いた。

見ると、テーブルの左側に並べられたビーチチェアから、ムキムキマッチョな男たちが四人、次々と立ち上がるところだった。エギル、ウルフギャング、ナイジャン、ローバッカのアニキ軍団たちは、ボス部屋の往還階段《おうかんかいだん》で八層に行かずに、迷宮区《めいきゅうく》タワーからウォルプータまで戻《もど》る俺たちを護衛してくれたので、そのお礼にとニルーニルがビーチに招待したのだ。

それはいいのだが、四人とも俺が穿《は》いているようなハーフパンツタイプではなく、小面積なブーメランパンツタイプの水着を装備しているのはいったいなぜなのか。おかげで、フル武装状態でも抑《おさ》え切れない筋肉エネルギーが、物理的な圧力となって全開放射されている。

幸いニルーニルもキオもキズメルも気にしていないようだが、アスナのみならずアルゴまで微妙《びみょう》に目を逸《そ》らしている気配なのは、さしもの《鼠《ねずみ》》も中の人はレディーだということか……などと考えつつ、ボウルと同じく水晶《すいしょう》でできたオタマでフルーツパンチを掬《すく》おうとしたのだが。

「ちょい待ちナ」

そのアルゴが素早《すばや》くウインドウを開き、ボス戦の前に、五十人近いレイドメンバー全員に振《ふ》る舞《ま》ったのにと思いながら実体化させる。ボス戦の前に、薄青《うすあお》い球体──《スノーツリーの蕾《つぼみ》》を五つばかり実体化させる。

「いったいいくつ持ってるんだよ」と訊《き》くと、アルゴはニヤッと笑って五つの蕾《つぼみ》を全部ボウルに放《ほう》り込んだ。

「これでおしまいだヨ、また採りに行かないとナ」

と言うあいだにも、蕾《つぼみ》がぱきぱきと音を立てながら氷の結晶《けっしょう》にそっくりな花弁を広げていく。ボス戦の時は眠《ねむ》っていたニルーニルが、「わあっ……」と外見相応の無垢《むく》な笑《え》みを浮《う》かべる。

早朝に決行されたフロアボス攻略戦《こうりゃくせん》の最後で、ドールフル・ノクターンから十字の斬撃波《ざんげきは》を放って火竜《かりゅう》アギエラを倒《たお》した俺は、これまでのボスと同様に無数の破片《はへん》となって四散する巨体《きょたい》を見た途端《とたん》、快哉《かいさい》を叫《さけ》ぶ代わりに「あいつ爆発《ばくはつ》しちゃったけど《竜《りゅう》の血》は⁉」と青ざめた。

もしかして、殺さずに拘束《こうそく》して何かの道具で血を抜かなければいけなかったのかと慌《あわ》てたが、さしものSAOシステムもそこまで意地悪ではなかった。大量にドロップしたアイテムの中に、ちゃんと《火竜《かりゅう》の血》が十七壺《つぼ》も含《ふく》まれていたのだ。

アスナとアルゴにも十壺《つぼ》近くドロップしたが、エギルたちは落ちなかったと言っていたので、ニルーニル関係のクエストを受けているプレイヤーだけが入手できる仕組みなのだろう。俺は剣をストレージに放《ほう》り込むや、壺《つぼ》を一つ実体化させ、ニルーニルのもとへ走った。

俺の血を飲んだことでHPは三十パーセント近くまで回復していたが、《銀の毒》が消えたわけではない。気絶から醒《さ》めたキオが、壺《つぼ》の中の血に指先を浸《ひた》してニルーニルに飲ませると、五回目でようやく《銀の毒》のデバフアイコンが消滅《しょうめつ》した。あの瞬間《しゅんかん》の安堵感《あんどかん》たるや、五層の地下墓地で落とし穴に落ちたアスナと再会できた時に匹敵《ひってき》するものがあった。

ニルーニルをキオとアスナに任せ、俺は改めて戦後処理に臨《のぞ》んだ。今回は、ALSとDKBの角突《つのつ》き合《あ》いを眺《なが》めているだけでは済まない。なぜなら、《より活躍《かつやく》したほう》を俺が決定し、そちらにギルドフラッグとソード・オブ・ウォルプータ改めドールフル・ノクターンの選択権《せんたくけん》を与《あた》えなくてはならないからだ。

と、思ったのだが。

俺が離《はな》れている間に、リンドとの話し合いを済ませていたらしいキバオウが、しかめっ面《つら》でこう言った。

――旗か剣をどっちのギルドに売るか決めるんは、次のボス戦でええわ。

唖然《あぜん》とする俺に、リンドも肩《かた》をすくめて言った。

——今回の体《てい》たらくで「活躍《かつやく》した」と言い張るのは、さすがに図々《ずうずう》しすぎるからな。

そして両ギルドは、広間の奥《おく》に出現した往還階段《おうかんかいだん》を使って八層へと去っていったのだった。

正直、ALSとDKBの奮闘《ふんとう》ぶりは甲乙《こうおつ》つけられないと思っていたので、俺としては大いに助かったのだが、問題を先送りしてしまった感もある。なぜならまだ彼らには、ドールフル・ノクターンの恐《おそ》るべき代償《だいしょう》、《経験値ドレイン》について説明できていないからだ。

仮にドレインが、蓄積《ちくせき》経験値を吸収し尽《つ》くした段階で止まるのならまだ使いようもあるが、レベルダウンさせてまで吸い続けるようなら誰《だれ》も触《さわ》ろうとしないだろう。唯一《ゆいいつ》の解決手段は、俺と同じく吸血鬼《きゅうけつき》になることだが、ここに新たな問題が出現する。

ニルーニルによれば、《夜の主《よるのあるじ》》ことドミナス・ノクテに血を吸われて眷属《けんぞく》となった者は、主《あるじ》と同じ力は持たないのだという。呼び名もシヴィス・ノクテ、すなわち《夜の民《よるのたみ》》となり、戦闘力《せんとうりょく》は全般的《ぜんぱんてき》に劣《おと》り——これで劣《おと》っているなら主《あるじ》はどんだけなんだよと思うが——、そして最大の差異は、眷属《けんぞく》を作れないということだ。牙《きば》はあるので吸血はできるし、人の血を吸えばHPが回復するが、吸われたプレイヤーもしくはNPCが《夜の民《よるのたみ》》になることはない。

つまりDKBかALSのメンバーが、ドールフル・ノクターンを代償《だいしょう》なしで使うために吸血《きゅうけつ》鬼化《きか》しようとしたら、《夜の主《よるのあるじ》》であるニルーニルに血を吸ってもらう必要があるわけだが、彼女は決してイエスと言うまい。十年間、恐《おそ》らくはそれより遥《はる》かに長い年月、一度も人の血を飲まずに生きてきた——そして自分の命がいままさに尽《つ》きようとしている状況《じょうきょう》でも、俺の血を飲むのをあれほど躊躇《ためら》ったのだから。

ともあれ。

選択《せんたく》の場は八層に持《も》ち越《こ》されたので、俺はぶっ壊《こわ》れ装備を両方ともストレージに抱《かか》えたまま、アスナたちのところに戻《もど》った。パートナーは俺の行動について色々言いたそうだったが、結局ぽんと肩《かた》を叩《たた》いただけで終わりにしてくれた。

俺としてはすぐにでもウォルプータへ引き返したかったが、朝の光が降り注ぐフィールドに出ていくわけにはいかない。日没《にちぼつ》までは十時間以上もあるので、さてどうしたものかと思っていたら、ニルーニルが意外な提案をした。塔《とう》の未踏破《みとうは》エリアを探索《たんさく》して、フォールン・エルフのアジトを探そうというのだ。

もちろん俺たちに否《いな》やはなく、しかもアニキ軍団まで手伝ってくれるというので、総勢十人の大パーティーで迷宮区《めいきゆうく》のモンスターをばっさばっさと片付けながらマップを埋《う》めていった。すると三時間ほど経《た》った時、ニルーニルが《夜《よる》の主《あるじ》》の超感覚を発揮し、アルゴにさえ見つけられなかった隠《かく》し扉《とびら》を狭《せま》い通路の突き当たりに発見した。

ここに違《ちが》いない！　と確信し、総力戦の準備を整えてから隠《かく》し扉《とびら》を開けたのだが、その先の小部屋は無人で、古めかしい祭壇《さいだん》のようなオブジェクトが床《ゆか》に設置されているだけだった。俺にもアスナにもアルゴにも、キズメルにさえ祭壇《さいだん》の正体は解《わか》らなかったのだが、ニルーニルがじっくり調べてから断言した。

これは古代の転移装置よ、と。

ビーチチェアに寝そべり、スノーツリーの花がきんきんに冷やしてくれたフルーツパンチを飲みながら、俺は西の夜空を見やった。視力補正が働き、闇《やみ》の中に迷宮区《めいきゅうく》タワーのシルエットがうっすらと浮《う》かび上がる。

あの転移装置を動かす方法さえ解《わか》れば、今度こそフォールンのアジトに辿《たど》り着《つ》けるはずだ。しかし恐《おそ》らく、アジトが存在するのは七層ではなく八層だろう。それ以外に、転移装置をわざわざ迷宮区《めいきゅうく》タワーの上部に設置する理由がない。

動かす方法は、ニルーニルがホテルの部屋に戻《もど》ってから昔の本で調べてくれると言っていた。たぶんそれを聞いたら、俺たちはこの層から旅立つことになる。

八層では、俺は夜間《やかん》だけの活動を強《し》いられる。アスナは基本的に夜はしっかり寝たいタイプのはずだから、攻略《こうりゃく》時間が合わなくなる。それを理由にコンビ解消を持ち出されても、こちらは嫌《いや》と言える立場ではない。

《夜《よる》の民《たみ》》から人間に戻れるならそれに越したことはないが、残念ながらニルーニルですらその方法は知らないらしい。森エルフの王様か、黒エルフの女王様ならもしかしたら……とも言っていたが、八層にある森エルフの都に一歩でも足を踏み入れようものなら、恐ろしく強い衛兵《えいへい》が束《たば》になって襲いかかってくるだろう。

あれこれ考えを巡《めぐ》らせながら、視線を彼方《かなた》の塔《とう》から引《ひ》き戻《もど》す。

すると、すぐ右側のビーチチェアに横たわる暫定《ざんてい》パートナーの姿が目に入った。

フルーツパンチのグラスを左手に持ち、煙《けむ》るような瞳《ひとみ》で夜の海を眺《なが》めている。着用している水着はシンプルな白のワンピースだが、同じくらい白い肌《はだ》や長い栗色《くりいろ》の髪《かみ》にも月光が降り注ぎ、まるで全身が仄《ほの》かに輝《かがや》いているかのようだ。そう見えるのは、俺の暗視能力が強化されているから——だけではあるまい。

エギルたちはフルーツパンチを凄《すご》い勢いで飲み干してから宿屋に戻《もど》っていったし、アルゴはどうやらビーチチェアで寝落ちしてしまったようなので、いまだけは俺を冷やかす奴《やつ》はいない。それをいいことに、十秒以上もぼんやりパートナーの姿に見入っていると。

「……いつまで見てるの？」

不意にアスナがそんな言葉を発したので、俺は不意を突かれて砂浜《すなはま》に転げ落ちそうになった。どうにかバランスを回復し、うわずった声で言い訳をする。

「い、いやその、綺麗《きれい》だなーと思って……」

しまったこれでは火に油、ではなく焼け石に水、でもなく……。

だが俺の失言には予期せぬ効果があったらしく、アスナは一瞬《いっしゅん》唖然《あぜん》としたように口を開け、

「ば、バカじゃないの」

と早口で囁《ささや》いた。そのままころんとそっぽを向いてしまう。

アスナの右側にはニルーニルが、その奥《おく》にはキオ、キズメル、アルゴが寝そべっているが、全員いまのやり取りは聞こえなかったようだ。いや、よく見ると寝落ちしたアルゴ以外の三人は何やら微笑《ほほえ》んでいる気がしなくもないが、見えなかったことにする。

アスナはしばらく黙《だま》り込んでいたが、不意に隣《となり》のニルーニルに呼びかけた。

「あのね、ニル様。わたしも《夜《よる》の主《あるじ》》……じゃなくて《夜《よる》の民《たみ》》になりたいって言ったら、血を飲んでくれる？」

「……………！」

俺は小さく息を呑《の》み、何かを言おうと口を開いた。

だがそれより早く、ニルーニルがそっとかぶりを振った。

「やめておきなさい。アスナはキリトと二人で旅をしているんでしょう？　どっちも夜の住人になってしまったら、誰《だれ》が昼間、あなたたちを守るの？」

「………でも」

食い下がろうとするアスナを制するように右手を動かすと、ニルーニルはビーチチェアの上で体を起こした。

ほっそりした体は、アスナ謹製《きんせい》の黒いビスチェタイプの水着に包まれている。豪奢《ごうしゃ》な金髪《きんぱつ》が、青い月光を受けてプラチナのように輝《かがや》く。

ニルーニルは、持ち上げたままの右腕《みぎうで》の、手首のあたりの肌《はだ》を月光に晒《さら》した。

そこには、ごくかすかではあるが、二つの傷跡《きずあと》が残っている。アージェント・サーペントが噛《か》み付《つ》いた痕《あと》だ。

「夜の住人を捕《と》らえようとする者や殺そうとする者は少なくないわ。たいていの人間にとって、私たちは人より怪物《かいぶつ》に近い存在なのよ」

そう呟《つぶや》くと、下ろした右手で傍《かたわ》らのテーブルからフルーツパンチのグラスを取り、少しだけ口に含《ふく》む。ルビー色の液体を月光にかざし、軽く揺《ゆ》らしながら続ける。

「私の祖父ファルハリも夜《よる》の主《あるじ》だった。彼が水竜《すいりゅう》ザリエガを倒《たお》したのは、生《い》け贄《にえ》の娘《むすめ》を助けるためではなく、自分にさらなる力を与《あた》えてくれる竜《りゅう》の血を手に入れるため。あなたたち、下の層から来たなら、竜《りゅう》にまったく出逢《であ》わないのを不思議に思ったことはない？」

その問いに、俺とアスナはこくこく首を縦に振った。ニルーニルも頷《うなず》き、ちらりと俺たちを見た。

「それは、ファルハリが片《かた》っ端《ぱし》から狩《か》ってしまったからよ。彼は一層にある大きな街に住んでいたんだけど、私も知らない何かがあって街を追放され、竜《りゅう》を狩《か》りながら二層、三層と上っていった。そしてこの七層で水竜《すいりゅう》ザリエガを倒《たお》して、また旅立とうとしたんだけど、村に仇《あだ》なす竜《りゅう》を退治してくれたファルハリを、当時の村人たちは夜《よる》の主《あるじ》だと知ってもなお英雄《えいゆう》とあがめた。それが心地《ここち》よかったんでしょうね……。ファルハリは村に残り、生《い》け贄《にえ》になるはずだった娘《むすめ》を娶《めと》って、双子《ふたご》の男の子が生まれた」

そのあたりは、以前にキオから聞かされた話とも重なる。固唾《かたず》を呑《の》んで、少女の昔語りに耳を傾《かたむ》ける。

「……でも、夜《よる》の主《あるじ》と人の間にできた子が、夜《よる》の主《あるじ》となる確率はとても低いのよ。孫の私にはファルハリの血が顕《あらわ》れたけれど、私の父である双子の弟とその兄は人間だった。何十年という時が過ぎ、二人の母親が老いて死んでも、父親のファルハリはまるで年を取らなかった。初老を過ぎた息子《むすこ》たちは、そんな父親を恐《おそ》れ、憎《にく》んだ。自分たちが家督《かとく》を譲《ゆず》られないまま、父より先に死ぬことが受け入れられなかったの。若い頃は、洒落者《しゃれもの》で陽気な人たちだったんだけどね……。だから彼らはある晴れた日、父親の寝室《しんしつ》に忍《しの》び込み、兄が釘付《くぎづ》けされた窓を打《う》ち壊《こわ》し、弟がベッドで眠《ねむ》っていたファルハリの胸を銀の剣で貫《つらぬ》いて、日光と銀の両方を使って殺した」

「えっ⁉」

俺は驚愕《きょうがく》のあまり声を上げてしまった。アスナも、そしてキオも両目を大きく見開いている。どうやらこれは、長年ナクトーイ家に仕えたキオさえも知らなかった話らしい。

「で……でも、じゃあ、例の……年を取ったファルハリが、仲が悪い息子《むすこ》たちに、怪物《かいぶつ》を代理にした五回勝負で勝ったほうを後継者《こうけいしゃ》にするって言ったたっていう話は……」

「二人の作り話よ」

「んな…………」

再び絶句してしまう。

すると、てっきり熟睡《じゅくすい》していると思っていたアルゴの声が、いちばん奥《おく》のビーチチェアから響《ひび》いた。

「なるほどナ、英雄《えいゆう》ファルハリが会得《えとく》していたっていう《怪物《かいぶつ》を従える秘術を会得《えとく》》ってのは、ドミナス・ノクテの特殊《とくしゅ》能力ってわけカ。息子《むすこ》たちは人間だったケド、その力だけは父親から受《う》け継《つ》いだんだナ」

「そのとおりよアルゴ。コルロイ家とナクトーイ家直系の子孫は、たとえ人間でも生まれつき《使役《しえき》の術》だけは使えるの。だから息子《むすこ》たちは、その力で怪物《かいぶつ》を従え、自分たちの代わりに戦わせて、どちらが家督《かとく》を継《つ》ぐのかを決めようとした。でもファルハリが殺されたのを知らない村人たちは、その戦いを大いに楽しんで……あとはお前たちも知っているとおりよ」

「…………………」

ファルハリが《夜《よる》の主《あるじ》》だったことは、ドールフル・ノクターンを握《にぎ》った時に直感したが、まさかグランドカジノの華々《はなばな》しい歴史に、そんな陰惨《いんさん》な出来事が隠《かく》されていたとは。

俺はしばらく躊躇《ためら》ってから、ニルーニルに小声で問いかけた。

「……バーダン・コルロイが君を殺そうとしたのも、同じ理由なのか？　自分より長く生きるのが許せないから……？」

すると少女は少し首を傾《かし》げ、フルーツパンチをもう一口飲んでから答えた。

「そうだとも言えるけど、それだけじゃないわね。グランドカジノは長い間、ナクトーイ家とコルロイ家によって共同で運営されてきたわけだけど、ある意味では、それは私がそう望んでいるからなのよ」

「と、言うと？」

「簡単なことよ。ナクトーイ家当主の私は死なないけど、コルロイ家の当主は何十年かごとに代替《だいが》わりする。バーダンは子供ができるのが遅《おそ》くて、跡継《あとつ》ぎである一人息子《むすこ》はまだ十歳なの。使役《しえき》の術もうまく使えないから、いまバーダンが死んだら、しばらくコルロイ家の怪物《かいぶつ》は私が面倒《めんどう》を見ることになるでしょうね。その状況《じょうきょう》を利用すれば、グランドカジノの実権を独《ひと》り占《じ》めするのも容易《たやす》いことだわ。バーダンは、それを恐《おそ》れているんでしょう」

「で、でも……」

　上体を起こしたアスナが、納得《なっとく》しがたい様子でニルーニルに問いかけた。

「それなら、もしもニルーニル様がいなくなってしまったら、闘技場《とうぎじょう》そのものが立ち行かなくなるでしょう？　バーダンさんだって、それは解《わか》ってるはずなのに」

「自分の死後、ナクトーイ家に牛耳《ぎゅうじ》られるくらいなら、いっそ滅《ほろ》びてしまえ……とでも思っているんでしょうね」

　そっとかぶりを振るニルーニルの横顔は、銀の毒に冒《おか》される前の美しさを完全に取《と》り戻《もど》しているのに、どこか疲《つか》れ果《は》てているように思えて、俺は小さく息を呑《の》んだ。

　恐《おそ》らくバーダン・コルロイは、これからもニルーニルを狙《ねら》うだろう。自分の命が尽《つ》きるまで、あれやこれやの手で暗殺しようとするはずだ。アージェント・サーペント以上に巧妙《こうみょう》な罠《わな》が、いつか再びニルーニルを捕《と》らえる可能性も決してゼロではない。

「……なあ、ニルーニル」

俺はビーチチェアから身を乗り出し、《夜《よる》の主《あるじ》》──文字どおり眷属《けんぞく》である俺の主《あるじ》となった少女に語りかけた。

「君とキオも、俺たちと一緒《いっしょ》に来ないか。そりゃグランドカジノでの暮らしに比べれば色々と大変だし、日光を避《さ》けるのにあれこれ苦労するだろうけど、でも命を狙《ねら》い続ける奴《やつ》はいない。上の層にはもっと暮らしやすい場所があるかもしれないし、他のドミナス・ノクテにも会えるかもしれないし……それに、旅は楽しいよ。この世界にはまだまだ、君も見たことがない綺麗《きれい》なものや不思議なものがたくさんあるんだ」

俺が口を閉じても、ニルーニルはしばらく何も言おうとしなかった。その奥《おく》ではキズメルとアルゴが呆《あき》れたような微笑《ほほえ》みを浮《う》かべ、キオが目を丸くしている。アスナは背中を向けているので表情は見えないが、絶対に賛成してくれるという確信がある。

やがて──。

「ふ、ふ……ふふふ」

ニルーニルが、華奢《きゃしゃ》な両肩《りょうかた》を揺《ゆ》らしてくすくす笑った。やがてそれは、俺がナーソスの実を素手《すで》で粉砕《ふんさい》した時よりも楽しげで開けっぴろげな笑い声に変わる。

「あはは、あはははは……」

　時々フルーツパンチを零《こぼ》しながらしばらく笑い続けたニルーニルは、ようやく口を閉じると長く息を吐《は》いた。

　顔を上げ、俺とアスナを見て――。

「ありがとう、たぶん生まれてからいちばん魅力的《みりょくてき》な誘《さそ》い文句《もんく》だったわ。――でも、一緒《いっしょ》には行けない」

　理由は言わなかったが、いまさら訊《き》くべきではないと思えた。

「……そっか」

　俺は頷《うなず》き、ビーチチェアに背中を預けた。

　グラスに少しだけ残っていたフルーツパンチを飲み干し、口に入った名も知れぬフルーツをしゃくしゃくと噛《か》む。

　少しだけ冷たい夜風が優《やさ》しく吹《ふ》き過ぎ、かがり火を順番に揺《ゆ》らす。寄せては返す波の音が、かすかに聞こえるウォルプータの街の喧騒《けんそう》と混ざり合う。

　と、その時。

　アオォォ――――ン……という獣《けもの》の遠吠《とおぼ》えが、西のほうから届いてきた。

　目を向けると、ビーチの端《はし》に鎮座《ちんざ》する巨大《きょだい》な岩のてっぺんに、小さなシルエットが見えた。ほっそりした体と丸っこい耳からして犬系のモンスターだろうが、遠すぎてカラーカーソルは表示されない。しかしよく見ると、首には短い鎖《くさり》がぶら下がる首輪《くびわ》が嵌《は》められている。

モンスターは鼻面《はなづら》を上層の底に向けると、どこか誇《ほこ》らしげな遠吠《とおぼ》えを再び響《ひび》かせた。

すると隣《となり》に、ほんの少し小柄《こがら》な同種のモンスターがもう一匹《ぴき》現れ、寄《よ》り添《そ》うように座《すわ》った。

外周から差し込む月光が二匹《ひき》を照らし、毛皮を銀色に輝《かがや》かせた。

俺たちは口を閉ざしたまま、岩山の上の二匹《ひき》が立ち去るまで、じっと見詰《みつ》め続けた。


（終わり）

あとがき

ソードアート・オンライン　プログレッシブ8『赤き焦熱《しょうねつ》のラプソディ（下）』をお読みくださってありがとうございます。
（以下、本編の内容を語りまくっておりますので、未読の方はご注意ください！）

まず七層編のサブタイトルに触《ふ》れておきますと、《ラプソディ》は日本語では《狂詩曲《きょうしきょく》》と訳され、形式にとらわれない自由奔放《じゆうほんぽう》な器楽曲《きがくきょく》のこと……らしいです。七層編は独立したイベントが次々に起きる予定だったのでそんなタイトルにしたんですが、思いのほかカジノ関連のウェイトが大きくなりました。《焦熱《しょうねつ》》はキリトやリンドやキバオウを捕《と》らえるカジノの熱気、そして《赤》は常夏《とこなつ》フロアの太陽……と見せかけて血のことでした。まあ、恐《おそ》れていたほどはキリトがギャンブルにアツくならなかったのでそこは良かったです（笑）。

しかしカジノでは案外冷静だったキリトも、ニルーニルがあわやという場面では例によって頭のリミッターが外れ、結果大変なことに……。夜だけ縛《しば》りでちゃんと八層を攻略《こうりゃく》できるのか、昼間はどうやって安全を確保するのか、ニンニクがっつりな料理は食べられるのかと不安点が多々ありますが、そのあたりは次巻をお楽しみに、ということで！

その次巻では、いよいよエルフ戦争キャンペーン・クエストが佳境《かきょう》に入っていく予定です。

三層から始まったクエストが、ついに森エルフのお城がある八層まで来たかと思うと感慨深《かんがいぶか》いものがありますね。とは言え、七層のウォルプータ・グランドカジノに関してもいくつかの謎《なぞ》（封鎖《ふうさ》された四階には何があるのか、始祖《しそ》ファルハリの審判《しんぱん》とは何なのか、コルロイ家はストーム・リカオンをどこでテイムしたのか、なぜテイムにお金がかかるのか、カジノの隠《かく》し通路《つうろ》にオクリビダケがあった理由、等々等々……）が残ったままなので、キリトたちはまた七層を訪《おとず》れることになると思います。バーダンお爺《じい》ちゃんもあのまま引き下がってはいないでしょうし。そのへんにもどうぞご期待ください！

さてさて。あとがきで毎回コロナ禍《か》について書くのもどうかと思うので今回は別のことを。SAOプログレッシブの映画が！　ついに今年（二〇二一年）の秋に公開される予定です！サブタイトルは原作一層編と同じ『星なき夜のアリア』となっていますが、内容は新キャラを含《ふく》めて大幅《おおはば》にボリュームアップしていますので、劇場の大きな画面でご覧頂けると嬉《うれ》しいです。みんな大好きディアベルはんも出るよ！

六層編に続いて上下巻構成となり、イラストのａｂｅｃさんと担当の三木《みき》さん、安達《あだち》さん、平井《ひらい》さんには大変ご迷惑《めいわく》をおかけしました。おかげさまで私自身とても好きなエピソードとなりました。ありがとうございました！　それでは皆様《みなさま》、また次の本でお会いしましょう！

二〇二一年四月某日《ぼうじつ》　　川原《かわはら》　礫《れき》

◉川原　礫著作リスト

「アクセル・ワールド1〜25」（電撃文庫）
「ソードアート・オンライン1〜25」（同）
「ソードアート・オンライン　プログレッシブ1〜8」（同）
「絶対ナル孤独者《アイソレータ》1〜5」（同）

本書に対するご意見、ご感想をお寄せください。

ファンレターあて先
〒102-8177　東京都千代田区富士見2-13-3
電撃文庫編集部
「川原　礫先生」係
「abec先生」係

本書は書き下ろしです。

電撃文庫

ソードアート・オンライン　プログレッシブ8

川原《かわはら》　礫《れき》

◇◇◇

2021年6月10日　初版発行

発行者　　青柳昌行
発行　　株式会社KADOKAWA
〒102-8177　東京都千代田区富士見2-13-3
0570-002-301（ナビダイヤル）
装丁者　　荻窪裕司（META＋MANIERA）
印刷　　株式会社暁印刷
製本　　株式会社ビルディング・ブックセンター

●お問い合わせ
https://www.kadokawa.co.jp/（「お問い合わせ」へお進みください）
※内容によっては、お答えできない場合があります。
※サポートは日本国内のみとさせていただきます。
※ Japanese text only

※定価はカバーに表示してあります。

ISBN978-4-04-913830-6　C0193　Printed in Japan

電撃文庫　https://dengekibunko.jp/

電撃文庫創刊に際して

文庫は、我が国にとどまらず、世界の書籍の流れのなかで〝小さな巨人〟としての地位を築いてきた。古今東西の名著を、廉価で手に入りやすい形で提供してきたからこそ、人は文庫を自分の師として、また青春の想い出として、語りついできたのである。

その源を、文化的にはドイツのレクラム文庫に求めるにせよ、規模の上でイギリスのペンギンブックスに求めるにせよ、いま文庫は知識人の層の多様化に従って、ますますその意義を大きくしていると言ってよい。

文庫出版の意味するものは、激動の現代のみならず将来にわたって、大きくなることはあっても、小さくなることはないだろう。

「電撃文庫」は、そのように多様化した対象に応え、歴史に耐えうる作品を収録するのはもちろん、新しい世紀を迎えるにあたって、既成の枠をこえる新鮮で強烈なアイ・オープナーたりたい。

その特異さ故に、この存在は、かつて文庫がはじめて出版世界に登場したときと、同じ戸惑いを読書人に与えるかもしれない。

しかし、〈Changing Times,Changing Publishing〉時代は変わって、出版も変わる。時を重ねるなかで、精神の糧として、心の一隅を占めるものとして、次なる文化の担い手の若者たちに確かな評価を得られると信じて、ここに「電撃文庫」を出版する。

1993年6月10日
角川歴彦

電撃文庫DIGEST　6月の新刊

発売日2021年6月10日

86―エイティシックス―Ep.10
―フラグメンタル・ネオテニー―

【著】安里アサト【イラスト】しらび【メカニックデザイン】I-IV

シンが「アンダーテイカー」となり、恐れられるその前――原作第１巻、共和国の戦場に散ったエイティシックスたちの断片（フラグメンタル）と死神と呼ばれる少年に託された想いをつなぐ特別編！

幼なじみが絶対に負けないラブコメ8

【著】二丸修一　【イラスト】しぐれうい

黒羽たちと誠実に向き合うため、距離を置いて冷静になろうとする末晴。『おさかの』も解消し距離をとる黒羽、末晴の意思を尊重する白草、逆に距離を詰める真理愛と三者三様の戦略で、クリスマス会の舞台が戦場に！

ソードアート・オンライン プログレッシブ8

【著】川原 礫　【イラスト】abec

《秘鍵》奪還、フロアボス討伐、コルロイ家が仕掛けた陰謀の阻止――数々の難題に対し、残された猶予はわずか二日。この高難度クエスト攻略の鍵は《モンスター闘技場》!?　キリトが一世一代の大勝負に打って出る！

七つの魔剣が支配するVII

【著】宇野朴人　【イラスト】ミユキルリア

過熱する選挙戦と並行して、いよいよ開幕する決闘リーグ。他チームから徹底的にマークされたオリバーたちは厳しい戦いを強いられる。その一方、迷宮内ではサイラス＝リヴァーモアが不穏な動きを見せており――。

ダークエルフの森となれ3
-現代転生戦争-

【著】水瀬葉月　【イラスト】ニリツ
【メカデザイン】黒銀　【キャラクター原案】コダマ

次々と魔術種を撃破してきたシーナと練介。だが戦いに駆動鉄騎を使用した代償は大きく、輝獣対策局の騎士団に目を付けられることに。呼び出された本部で出会ったのはシーナと天敵の仲であるエルフとその眷属で……？

ユア・フォルマII
電索官エチカと女王の三つ子

【著】菊石まれほ　【イラスト】野﨑つばた

再び電索官として歩み出したエチカ。ハロルドとの再会に心を動かす暇もなく、新たな事件が立ちはだかる。RFモデル関係者襲撃事件――被害者の証言から容疑者として浮かび上がったのは、他ならぬ〈相棒〉だった。

ホヅミ先生と茉莉くんと。
Day.2 コミカライズはポンコツ日和

【著】葉月 文　【イラスト】DSマイル

茉莉くんのおかげではじめての重版を経験をすることができたホヅミ。　喜びにひたるホヅミに、担当の双夜から直接合って伝えたいことがあると編集部へ呼び出しがかかり――!?

虚ろなるレガリア
新作 Corpse Reviver

【著】三雲岳斗　【イラスト】深遊

日本という国家の滅びた世界。龍殺しの少年と龍の少女は、日本人最後の生き残りとして、廃墟の街“二十三区”で巡り会う。それは八頭の龍すべてを殺し、新たな“世界の王”を選ぶ戦いの幕開けだった。

僕の愛したジークフリーデ
新作 第1部　光なき騎士の物語

【著】松山 剛　【イラスト】ファルまろ

魔術を求めて旅する少女と、盲目の女性剣士。当初は反目しながらも、やがて心の底に秘める強さと優しさにお互い惹かれていく二人。だが女王による非道な圧政により、過酷過ぎる運命が彼女たちに降りかかり……。

キミの青春、私のキスはいらないの？
新作

【著】うさぎやすぽん　【イラスト】あまな

非リア、ヤリチン、陰キャ、ビッチ。この世には「普通じゃない」ことに苦悩する奴らがいる。だが――それを病気だなんて、いったい誰に決める権利があるんだ？　全ての拗らせ者たちに贈る原点回帰の青春ラブコメ！

ひだまりで彼女はたまに笑う。
新作

【著】高橋 徹　【イラスト】椎名くろ

銀髪碧眼の少女、涼原楓と同じクラスになった佐久間伊織。楓がほとんど感情を表に出さないことに気づいた伊織だが、偶然楓の笑顔を目にしたことで、伊織は心動かされ――。甘くも焦れったい恋の物語が幕を開ける。

和ヶ原聡司
イラスト 有坂あこ
satoshi wagahara
ill. aco arisaka
ドラキュラやきん!
DRACULA YAKIN!
夜しか外出できない吸血鬼が、
現代日本で選んだお仕事は
〝コンビニ夜勤〟!?
虎木由良は現代に生きる吸血鬼。
バイト先は池袋のコンビニ(夜勤限定)、
住まいは日当たり激悪半地下物件(遮光カーテン必須)。
人間に戻るため清く正しい社会生活を営んでいる。
なのにある日、酔っ払いから金髪美少女を助けたら、
なんと吸血鬼退治を生業とするシスター、アイリスだった!
しかも天敵である彼女が一人暮らしの部屋に
転がり込んできてしまい――!?
虎木の平穏な吸血鬼生活は一体どうなる!?
電撃文庫

地味で眼鏡で超毒舌。俺はパンジーこと
三色院菫子が大嫌いです。
なのに……俺を好きなのはお前だけかよ。
発売直後から大反響！
これが最近のラブコメなのかよ!?
俺を好きなのはお前だけかよ
駱駝《らくだ》
illustration ブリキ
第22回電撃小説大賞
金賞
電撃文庫

ある中学生の男女が、永遠の友情を誓い合った。1つの夢のもと運命共同体《しんゆう》となったふたりの仲は、特に進展しないまま高校2年生に成長し!?　親友ふたりが繰り広げる、甘酸っぱくて焦れったい〈両片想い〉ラブコメディ。

電撃文庫

インフルエンス・インシデント

Influence Incident

SNSの事件、山吹大学社会学部
『白鷺ゼミ』が解決します!(多分)

駿馬京

illustration◇竹花ノート

女教授と女子大生と女装男子《インフルエンサー》が
インターネットで巻き起こる
事件《インシデント》に立ち向かう!

第27回
電撃小説大賞
銀賞
受賞

電撃文庫

浮遊世界のエアロノーツ
無数の島々が浮かぶ世界で
森 日向
〈イラスト〉――にもし
自分探しの旅がはじまる。
心躍るロードノベル開幕!
世界を変える《干渉力》の
才能を持つが故に人々から疎まれ、
心を閉ざしていた少女・アリア。
自由気ままな飛空船乗りの泊人や、
文化や価値観の異なる
島の住人たちとの交流のなかで、
少女は《風使い》としての力を
開花させていく――。
電撃文庫

陸道烈夏
illust
らい
「命《タマ》とられちゃったけど、文句あるか?」
この少女、元ヤクザの
組長にして——!?
守るべき者のため、
兄(高校生)と妹(元・組長)が蔓延る悪を討つ。
最強凸凹コンビの
任侠サスペンス・アクション!
タマとられちゃったよおおおぉ
YAKUZA GIRL
電撃文庫